AF619106

PAPIER
FRESSERCHEN
MTM-VERLAG
DIE BÜCHER MIT DEM DRACHEN

Impressum:

Personen und Handlungen sind frei erfunden.
Ähnlichkeiten mit lebenden oder verstorbenen Personen sind zufällig und nicht beabsichtigt.

Besuchen Sie uns im Internet:
www.papierfresserchen.eu

Mühlstr. 10, 88085 Langenargen
info@papierfresserchen.eu

Erstauflage 2025

Das Cover wurde mithilfe Künstlicher Intelligenz (KI) erstellt.
Die Beschreibungen für das Bild stammt von CAT creativ.

Gedruckt in Polen (Bookpress)

ISBN: 978-3-96074-872-4 – Taschenbuch
ISBN: 978-3-96074-873-1 – E-Book

Peter Voigt

Sterne und Klo

Inhalt

1. Jasmins Geburtstag

„Deine Schwester wird mal nach den Sternen greifen!"

Das ist der von meiner Mutter am häufigsten gesagte Satz, den sie während meines langen Lebens, – ich bin immerhin schon fünfzehn Jahre alt –, an mich richtete. Heute Morgen beim gemeinsamen Frühstück, vor drei Stunden, hörte ich ihn das letzte Mal.

Wenn Mutter ehrlich wäre, würde der vollständige Satz so lauten: „Deine Schwester wird mal nach den Sternen greifen und du ins Klo!" Den Teil des Satzes mit dem Klo lässt sie rücksichtsvoll weg. Aber ich vermute, dass Mutter so denkt. Ich nehme ihr das nicht übel, denn wenn ich ehrlich bin, denke ich auch so. Vermutlich werde ich in diesem Leben nie nach den Sternen greifen!

Den Unterschied zwischen meiner Schwester und mir erkennt man schon, wenn man nur unsere Namen hört. Sie heißt Jasmin! Das klingt nach betörendem Duft, nach Schönheit und nach Leichtigkeit. Jasmin heißt auch eine Pflanze, die sich dadurch auszeichnet, dass sie eine Kletterpflanze mit sehr dekorativen weißen und duftenden Blüten ist. Der Name Jasmin passt supertreffend zu meiner Schwester. Einen beachtlichen Unterschied kann man auch an den Wochentagen erkennen, an denen wir das Licht der Welt erblickten. Jasmin ist ein Sonntagskind und ich, wie konnte es anders sein, wurde an einem Freitag, dem 13., geboren! Sechs Wochen zu früh. Vermutlich sollte ich erst am 1. April auf die Welt kommen, sozusagen als Aprilscherz.

Übrigens, ich heiße Ulrike. An dem Namen hatte ich nichts auszusetzen, bis ich in die Schule kam. Mit Beginn meiner Schulzeit entdeckte ein Junge aus meiner Klasse sein dichterisches Talent. Er fand, dass sich auf Ulrike, die Dicke gut reimt. Wir wurden keine Freunde. Nach der Grundschule zog er mit seiner Familie weg. Das Einzige, was von ihm im Gedächtnis meiner Klassenkameraden hängen blieb, ist der tolle Reim: Ulrike, die Dicke!

Jasmin ist schlank, eigentlich dürr. Ich bin nicht fett, aber ein paar

Gramm weniger dürften es gerne sein. Zugegeben, sogar ein paar Kilo. Würde man von meiner Schwester und mir die inneren Organe kontrollieren wollen, müsste mich ein gutes Röntgengerät durchleuchten, ein sehr gutes, während es genügte, wenn Jasmin sich einfach vor ein Fenster stellte. Vermutlich würde ein Röntgenologe sogar den dahinter stehenden Baum durchschimmern sehen.

Heute ist der 4. Mai, ein Samstag und Jasmins 16. Geburtstag. Mutter hat sich einen dunkelblauen Rock und eine weiße Bluse angezogen. So bekommen wir sie sonst nur zu Weihnachten zu sehen. Eigentlich kennen wir sie gewöhnlich in Jeans und T-Shirt. Es sei denn, es ist statt Weihnachten ein anderer besonderer Feiertag – nämlich Jasmins Geburtstag.

Jasmin und ich teilen uns ein Zimmer. Ich finde das nicht so toll, meine Schwester hasst es!

„Ihr könnt kommen!“, ruft uns unsere Mutter.

Jasmin steckt in einem weißen Kleid mit vielen Rüschchen. Man könnte denken, sie will heiraten. Ich habe meine alte Lieblingsjeans an und einen dünnen Pullover.

Ich lasse Jasmin den Vortritt, gehe noch einmal an meinen Nachtschrank und hole mein Geburtstagsgeschenk für meine Schwester. Nur Sekunden nach Jasmin betrete ich unser Wohnzimmer. Es riecht nach Kaffee und nach Kakao. Auf dem Tisch steht eine riesige Torte mit sechzehn brennenden Kerzen darauf und in einer Vase steckt ein großer Strauß verschiedenfarbiger Rosen. Aus der Stereoanlage klingt: *Happy birthday to you, happy birthday …*

Mutter dreht den Ton leiser, geht zu meiner Schwester und schließt sie in ihre Arme. „Alles Gute, meine Liebe! Möge sich alles erfüllen, was du dir selbst wünschst. Vor allem wünsche ich dir anhaltenden Erfolg, wenn du erst einmal nach den Sternen greifst! Vielleicht erlebe ich es noch, dich auf einer großen Bühne singen zu hören.“

Mutter ist Mitte vierzig. Was glaubt sie denn, wie lange es noch dauern wird, bis Jasmin von einer Bühne trällert?

Mutter löst sich von Jasmin, nimmt ein kleines Päckchen mit buntem Papier und einer roten Schleife aus der alten Schrankwand und reicht es ihr. „Ich platze gleich vor Neugier!“, ruft Jasmin und springt um den Esstisch herum, sodass der Saum ihres weißen Kleidchens zu hüpfen scheint.

„Ich möchte dir auch gratulieren!“, sage ich und halte meiner Schwester mein Päckchen hin.

„Danke! Ihr seid so lieb zu mir!"

„Blas erst einmal die Kerzen aus!", sagt Mutter. „Wir wollen noch von der Torte essen. Danach kannst du die Geschenke auspacken."

Jasmin braucht mehrere Versuche, bis alle sechzehn Kerzen ausgepustet sind.

Mutter und ich sitzen am Tisch und beobachten Jasmin beim Auspacken. Sie beginnt mit Mutters Päckchen. Kaum hat sie das Geschenkpapier abgerissen, entfleucht ihr ein: „Juchhu, geil, megageil!"

Jetzt erkenne auch ich, was Mutter meiner Schwester geschenkt hat: ein Handy, ein nagelneues, sauteures Handy. Ich fasse es nicht. Mutter hat ihr erst vor eineinhalb Jahren ein Handy geschenkt. Meins habe ich schon seit mehr als zwei Jahren. Okay, ich bin damit zufrieden, aber so ein geiles Teil, wie Jasmin bekommen hat, hätte ich auch gern. Mein Geburtstag liegt erst drei Monate zurück und ich habe von Mutter ein Set teurer Bleistifte und verschiedene Zeichenblöcke bekommen. Ich liebe es, zu zeichnen – nur mit Bleistift. Von Jasmin bekam ich ein Buch mit verschiedenen Zeichentechniken. Okay, ich habe mich gefreut. Aber ein Handy geschenkt zu bekommen, wäre auch cool gewesen.

Meine Schwester fällt meiner Mutter um den Hals und küsst sie auf die Wange. „Vielen Dank. So eins habe ich mir seit Monaten gewünscht!"

„Die gibt es erst seit vier Wochen!", unterbreche ich die Jubelarie meiner Schwester.

„Woher weißt du denn, was gerade angesagt ist?"

Ich verdrehe die Augen, was mehr sagt, als würde ich einen Kommentar abgeben.

Jasmin reißt von meinem mühevoll verpackten Geburtstagsgeschenk das Geschenkpapier ab. Zum Vorschein kommt ein von mir gemaltes Bild, für das ich einen teuren, dunkelbraunen Rahmen gekauft habe. Die Bleistiftzeichnung zeigt meine Schwester in einem weißen Kleid, genauso eins, wie sie es heute trägt. Konnte ich aber beim Zeichnen nicht ahnen. Ich finde, ich habe sie sehr gut getroffen. Vielleicht sieht sie auf dem Bild sogar ein bisschen besser aus als in Wirklichkeit – wie eine Prinzessin.

Meine Schwester hält das Bild in beiden Händen, zieht die Mundwinkel breit und sagt: „Nicht schlecht! Aber ich hätte ein etwas freundlicheres Gesicht verdient. Sieht so aus, als wäre ich sauer. Aber trotzdem danke!"

Ich zwinge mich zu einem Lächeln. Hätte ich ihr ein paar Reiswaffeln geschenkt, hätte sie sich vermutlich mehr darüber gefreut. Und ich hätte weniger Arbeit gehabt! Muss ich mir für den nächsten Geburtstag meiner lieben Schwester merken.

Das Frühstück ist ein Highlight! Die Marzipantorte, ein Kracher. Jasmin rührt nicht ein Stück davon an. Sie entscheidet sich für ihr Müsli. Müsli als Geburtstagsfrühstück zum 16. Geburtstag! Man kann es auch übertreiben! Nie im Leben werde ich so! Vielleicht hat sie sich schon ein paar Gehirnzellen abgehungert.

Ich lasse mich beim Verzehr des zweiten Stückchens der leckeren Torte nicht stören. Dazu gibt es süßen Kakao. Ich muss zugeben, das ist ein Geburtstagsfrühstück, wie es sich für einen Menschen geziemt, der mal nach den Sternen greifen wird. Vermutlich.

Mutter räumt den Tisch ab und ich helfe ihr. Das Geburtstagskind ist mit seinem neuen Handy beschäftigt und will nicht gestört werden. Vermutlich für den Rest des Tages.

Ich spüle das Frühstücksgeschirr ab. Unsere Geschirrspülmaschine heißt Ulrike.

Mutter schlüpft in ihren Mantel und verlässt uns, weil sie, wenn sie nicht im Supermarkt an der Kasse sitzen muss, in einer Allgemeinarztpraxis sauber macht. So wie an diesem Samstag.

Ich bin mit dem Abwasch fertig und gehe ins Wohnzimmer zurück. Dort lasse ich mich aufs Sofa fallen.

Jasmin legt ihr Handy auf den Esstisch, verschwindet aus dem Wohnzimmer und kommt wenig später mit dem Notenständer und ihrem Notenheft zurück. Sie schlägt eine Seite auf und ihrem Mund entfleuchen merkwürdige Geräusche. Jasmin würde sagen, sie singt sich ein.

Das ist mein Zeichen. Ich ziehe mich in unser gemeinsames Zimmer zurück. Eigentlich weiß ich nicht, was ich tun soll. In solchen Situationen kommt mir Adrian in den Sinn. Ich beschließe, ihn anzurufen. Er ist wie ein Bruder, manchmal nervig, aber meistens fast normal. Adrian ist annähernd zwei Köpfe größer als ich und mindestens doppelt so breit. Wir sind schon zusammen in den Kindergarten gegangen. Er war damals schon größer als alle anderen Kinder. Adrian hat mich immer beschützt, wenn ich Ärger hatte. Weil er nur drei Eingänge in unserem Wohnblock von mir entfernt wohnt, gehen wir auch gemeinsam den Schulweg. Nebeneinanderzusitzen habe ich abgelehnt. Ich wollte vermeiden, dass jemand irgendetwas denkt, was nun wirklich nicht passieren wird. Adrian ist wie ein Bruder, aber keines Falls mein Typ. Aber jetzt brauche ich ihn. Deshalb tippe ich in meinem Handy in der Kontaktliste auf seinen Namen und gleich danach auf den grünen Button mit einem Telefonhörer. Es piept. Es piept mehrmals hintereinander.

In dem Moment, als ich den Anruf abbrechen möchte, höre ich: „Hallo, wasn los?"

„Adrian, ich muss mit dir reden!"

„Was gibt es denn?"

„Jasmin hat heute Geburtstag. Sie hat ein nagelneues Handy von meiner Mutter geschenkt bekommen."

„Na und? Was ist schon dabei?", keucht mein bester Freund in sein Handy.

„Hör mal, Alter, ihr Handy ist erst eineinhalb Jahre alt. Meins schon über zwei Jahre. Muss Prinzessin Jasmin, bloß weil sie mal nach den Sternen greifen wird, so verwöhnt werden?"

„Du weißt doch, wie deine Schwester tickt, hält sich jetzt schon für einen Opernstar. Meine Güte, Uli, deshalb musst du dich doch nicht aufregen."

„Ja, du hast eigentlich recht, Adrian. Aber unsere Mutter sitzt nicht nur an der Kasse im Supermarkt, sie macht auch noch, wenn sie eigentlich frei hätte, in einer Arztpraxis sauber. So wie jetzt. Und alles bloß, damit sie meiner Schwester etwas bieten kann. Was denkst du, mache ich später, während meine Schwester nach den Sternen greift?"

Adrian atmet tief ein und aus. „Kann ich hellsehen?"

„Jasmin wird nach den Sternen greifen und ich ins Klo!"

„Jetzt übertreibst du aber. Du kannst gut zeichnen. Vielleicht wirst du mal eine Künstlerin, die mit ihren Bildern mehr Geld verdient als die Opernsängerin Jasmin Brandt."

„Danke, du machst es mir erträglicher, mit dieser verdammten Ungerechtigkeit klarzukommen."

„Okay, deine Zeit ist um!", knurrt mein Freund. „Runter von meiner Couch! Dein Psychiater muss mit seinem Vater einkaufen gehen. Mutter kann nicht, hat einen gebrochenen Fuß. Eine Wahnsinnsumstellung für meinen Vater! Schönen Tag noch!" Adrian hat mich weggedrückt.

Ich verlasse Jasmins und mein Zimmer, als Mutter zurückkommt. Meine Schwester kommt aus dem Wohnzimmer, um ihre Musikutensilien in unser Zimmer zu bringen.

„Was gibt es zu Mittag?", fragt sie unsere Mutter, als sie an ihr vorbei zu unserem Zimmer läuft. „Großen Hunger habe ich allerdings nicht!"

„Heute gibt es Geburtstagsmittag", antwortet Mutter und ein Lächeln zieht in ihr Gesicht.

„Was soll das denn sein?", fragt Jasmin, bevor sie in unserem Zimmer verschwindet.

„Es gibt Klöße, Rotkohl und Rouladen. Ist gleich fertig, habe es gestern Abend schon vorgekocht", ruft Mutter ihr nach. „Muss es nur noch warm machen. Außerdem gibt es Schokoladenpudding mit Vanillesoße."

Meine Schwester kommt zurück, zieht die Mundwinkel auseinander und schüttelt ihr engelblondes Köpfchen. Ich ahne, was gleich passieren wird. „Ulrike, hilfst du mir bitte, den Tisch zu decken?"

„Klar, gerne doch. Für die Sternengreiferin ist kein Aufwand zu groß!"

„Ach Uli, du bist doch nicht etwa neidisch?"

„Bin ich gar nicht!", schwindel ich und trage die Teller und das Besteck ins Wohnzimmer. Dort decke ich den Tisch ein.

„Nimm aus dem linken Schubfach in der Schrankwand bitte die Servietten und lege sie dazu", ruft Mutter aus der Küche.

Mutter hat es wirklich geschafft, nach nur einer viertel Stunde das Festmahl auf den Tisch zu bringen. Ich frage mich immer, woher sie die Energie nimmt – in ihrem Alter und dann noch mit zwei Jobs. Sie legt eine CD in unsere alte Stereoanlage und Smetanas *Moldau* plätschert in unser Wohnzimmer. Jasmins Lieblingsstück, war doch klar!

Kaum sitzen Mutter und ich am gedeckten Tisch, als die Tür geöffnet wird und Jasmin erscheint. Sie hat sich umgezogen, steckt in einer Röhrenjeans und trägt eine hellblaue Bluse. Jasmin zieht ein Gesicht, als müsse sie gleich die Henkersmahlzeit hinunterwürgen. Mutter gibt mir zwei Klöße, eine Roulade mit Soße und einen Löffel voll Rotkraut auf meinem Teller. Ich bedanke mich. Sie greift nach Jasmins Teller und will ihr auch Klöße darauflegen. Was nun passiert, hätte ich vorhersagen können.

„Uh nee, ich will keine Kohlenhydrate und auch kein Fleisch! Is ja eklig!"

„Jasmin, was willst du denn dann essen?"

„Mir reicht eine kleine Kelle voll Soße. Und ein bisschen Rotkohl nehme ich auch!"

„Findest du nicht, dass du übertreibst?", fragt unsere Mutter meine Schwester. „Ich habe extra wegen deines Geburtstages so aufwendig gekocht."

„Ihr versteht mich nicht. So fett, wie ich jetzt schon bin, kann ich unmöglich bei dem Chorfest unserer Schule auftreten!“ Meiner Schwester kommen die Tränen. Ich hoffe, dass ihr Auftritt gleich vorbei ist, denn mir läuft bereits das Wasser im Mund zusammen.

„Ist gut, Jasmin“, versucht Mutter, den Frieden wiederherzustellen. „Ich finde zwar nicht, dass du zu dick bist. Aber du hast Geburtstag und da kannst du bestimmen, was du essen möchtest!“

Ich lache mich gleich tot. Jasmin bestimmt immer, was sie isst oder auch nicht. Mutter gibt ihr etwas Soße und einen vollen Löffel Rotkohl. „Guten Appetit!“ Jasmin und ich wünschen auch guten Appetit. Endlich, ich bin fast verhungert.

Meine Schwester ist mit dem Essen fertig, als ich gerade mal den ersten Kloß gegessen habe. Ist keine Kunst. Von dem, was sie ihrem dürren Körper zugeführt hat, wäre ich niemals satt geworden.

Nach dem Mittagessen übernehme ich den Abwasch. Wie gewohnt. Mutter legt sich auf die Wohnzimmercouch und Jasmin verschwindet in unserem Zimmer.

Ich habe das Wasser in die Spüle gelassen, als ich meine Schwester singen höre. Zum gefühlt tausendsten Mal muss ich mir das *Heidenröslein* anhören. Es macht mich wahnsinnig. Hätte sie nicht ein Talent zum Tanzen haben können. Eine Ballerina wäre geräuschloser. Ich trockne das Geschirr ab und sehe auf die Küchenuhr über der Tür. Es ist gleich 13 Uhr. Was mache ich heute noch? Schließlich gibt es in zwei Stunden schon wieder etwas zu essen. Mutter hat außer der Torte von heute Morgen auch noch diverse Kuchenstücke gekauft. Ein gemeinsames Kaffeetrinken mit Mutter und Jasmin würde ich gerade noch überleben. Doch haben sich die besten Freundinnen meiner Schwester angekündigt: Sophie, Denise und Ella, drei Möchtegernprinzessinnen. Eine ist schöner als die andere, aber eine ist auch dümmer als die andere. Jasmin ist bestimmt nicht die hellste Kerze auf einer Torte, aber ihr Licht leuchtet immer noch heller als die Lichter ihrer Freundinnen.

Als ich das Geschirr in die jeweiligen Schrankfächer sortiere, kommt Mutter in die Küche. „Danke, mein Kind! Lieb von dir, dass du den Abwasch übernommen hast! Kann ich dir noch etwas helfen?“

„Nein, bin fertig! Ruhe dich noch ein bisschen aus, bevor die Prinzessinnenshow beginnt.“

„Uli, sei nicht sauer. Es ist ihr 16. Geburtstag. Und irgendwann kommt ihr Ehrgeiz auch uns zugute. Wenn sie erst einmal berühmt sein wird. Du weißt, ich denke, deine Schwester wird mal …"

„… nach den Sternen greifen! Ich habe es zu Genüge von dir gehört. Jasmin wird nach den Sternen greifen und ich ins Klo!"

„Ach Ulrike, du wirst auch etwas gut können. Du musst nur überlegen, was dir Spaß macht und welchen Beruf du einmal erlernen willst."

„Am liebsten möchte ich mit meinen Zeichnungen Geld verdienen."

„Das sind Hirngespinste!", sagt meine Mutter und hat nicht die leiseste Ahnung, wie mich das verletzt.

„Wir werden es ja sehen", entgegne ich und verlasse die Küche. Ich setze mich im Wohnzimmer auf die Couch und schalte den Fernseher ein. In mein Zimmer kann ich nicht, weil dort Jasmin vermutlich die Klamotten aussucht, die sie anzuziehen beabsichtigt, wenn ihre Freundinnen kommen.

Ich zappe durch die einzelnen Sender. Bei einem Musikkanal bleibe ich hängen. Es läuft ein Konzert mit Marcel Weniger. Ich flippe aus. Vermutlich bin ich sein größter Fan. Mich ärgert, dass ich die erste Stunde des Konzertes verpasst habe. In diesem Moment beginnt er auf seiner Gitarre mein Lieblingslied zu spielen. Es heißt: *Ich sehe die Welt durch den Nebel!* Marcel spielt fast nur Balladen, meistens traurig und nur mit seiner Gitarre. Ich habe mir schon unzählige Titel von ihm aus dem Internet heruntergeladen. Das letzte Lied des Konzerts ist vorbei und der Abspann läuft über den Bildschirm, als es läutet. Ich sehe auf die Uhr, die anzeigt, dass es erst 14 Uhr ist.

Meine Befürchtung, dass die drei besten Freundinnen meiner Schwester kommen, bestätigt sich, denn ich höre ihr Gegacker vom Flur her. Die Wohnzimmertür geht auf und Mutter kommt herein. „Die Mädchen sind bei Jasmin im Zimmer. Hilfst du mir, den Kaffeetisch zu decken?"

„Natürlich! Bleiben die Prinzessinnen länger bei uns?"

Mutter nickt und sieht mich an. „Jasmin hat ihre Freundinnen auch zum Abendessen eingeladen."

„Na toll!", sage ich eher zu mir als zu meiner Mutter. Ich trage das Tablett mit dem Geschirr ins Wohnzimmer, während Mutter auf eine große Porzellanschale die Kuchenstücke drapiert. Den Rest der Marzipantorte gibt es auch. Die stelle ich im Wohnzimmer in die Nähe meines Platzes.

Mutter bereitet Pfefferminztee zu – auf ausdrücklichen Wunsch von Jasmin und ihren Gästen, die alle sehr gesundheitsbewusst leben. Ich mache mir eine kleine Kanne mit Kakao und schalte für Mutter die Kaffeemaschine an. Vielleicht sind wir die einzigen Normalen, die sich heute in dieser Wohnung aufhalten. Meine Mutter bittet mich, Jasmin und ihre Freundinnen zu holen.

Ich sitze als Erste an der Kaffeetafel, gefolgt von unserer Mutter. Als Sophie, Denise und Ella endlich Platz genommen haben, stellt sich Jasmin in die Mitte des Wohnzimmers. Mir ist nicht klar, was gleich passieren wird.

Jasmin schiebt eine CD in die Stereoanlage, und als die ersten Töne einer Instrumentalversion erklingen, beginnt sie zu singen. Ich fasse es nicht – das Heidenröslein. Als Jasmin endlich die letzte Strophe beendet hat, setzt Beifall ihrer Freundinnen und unserer Mutter ein. Gelangweilt klatsche ich auch ein paar Mal in meine Hände. Ich gebe zu, meine Schwester kann gut singen. Sie ab und zu trillern zu hören, ist okay, aber bitte nicht jeden Tag.

„Das war eine tolle Überraschung!“, sagt Mutter und sie sieht wirklich glücklich aus.

Jasmin, Ella und Denise essen Reiswaffeln und ziehen ein Gesicht, als verspeisen sie ein kulinarisches Highlight. Sophie scheint nicht ganz so gestört zu sein wie meine Schwester und die anderen beiden. Sie lässt sich von Mutter ein Stück Torte auf ihren Teller legen. Dafür erntet sie vorwurfsvolle Blicke ihrer Freundinnen.

Mir ist egal, was die essen. Ich schaffe zwei Stückchen Marzipantorte und ein Stück Kuchen – gedeckter Apfelkuchen. Es gibt nichts Besseres und die Torte kann da auch nicht mithalten. Gedeckter Apfelkuchen sollte zu den Grundnahrungsmitteln gehören. Zu meinen auf jeden Fall!

Ich beobachte Mutter. Sie scheint mit diesem Geburtstagskaffeetreffen zufrieden zu sein, denn in ihrem Gesicht hat sich ein Dauerlächeln festgesetzt.

Jasmin hat die zweite Reiswaffel verdrückt, lehnt sich zurück und streichelt sich über ihren Bauch. „Meine Güte, jetzt bin ich aber voll!“

Ich glaub, ich falle gleich vom Stuhl. Als sich alle so vollgestopft haben, beginnen sie mit ihrem Gegacker. An meine Ohren dringen nur Wortfetzen: „Oh mein Gott, so süß, total abgefahren, megacool.“ Es geht um irgendwelche Typen, um eine Boygroup, um den neusten Fitnesstrend und um Klamotten. Nach einer halben Stunde ist meine Schmerzgrenze erreicht. Mich drängt es zur Flucht.

„Möchtest du noch Kakao?“, fragt mich Mutter.

„Nein, danke. Ich will noch mal raus. Bin zum Abendbrot wieder zurück.“ Ich schiebe den Stuhl nach hinten und stehe auf.

„Wo willst du denn hin?“, erkundigt sich Mutter.

„Ich habe ein bisschen Kopfschmerzen, gehe nur spazieren.“

„Hast du ein Date?“, fragt mich Denise.

Jasmin muss lachen und hält sich die Hand vor ihren Mund. „Ich vermute, meine Schwester geht wieder in den Wald, um dort in ihr Heft zu kitzeln!“

Sie hat recht. Das jedoch gebe ich nicht zu. Vor einigen Monaten hatte ich ihr erzählt, dass ich öfters am Waldrand im Reißbachtal sitze und zeichne. Ich muss mir eingestehen, dass es ein Fehler war, es Jasmin zu sagen.

Als ich das Wohnzimmer verlasse und mich im Flur anziehe, ruft mir Mutter nach, dass es halb sieben Abendessen gibt. Ich rufe zurück, dass ich pünktlich sein werde, schlüpfe in meinen Anorak, ziehe mir umständlich meine warmen Stiefel an und setze eine Strickmütze auf. Obwohl wir bereits Mai haben. Jedoch hat es heute Morgen sogar geschneit und das Thermometer minus zwei Grad angezeigt. Von wegen Erderwärmung! Bevor ich die Wohnung verlasse, greife ich nach meiner Umhängetasche mit meinen Zeichenutensilien.

Ich trete auf die Straße vor unserem Neubaublock und freue mich, dass es aufgehört hat zu schneien. Kleine Atemwolken verlassen meinen Mund. Mein Ziel steht fest. Ich muss unser Wohnviertel mit den Neubauten aus den Sechzigerjahren verlassen und durch das angrenzende kleine Dorf Hallrich laufen, bis an dessen Ende. Dort befindet sich der kleine Bahnhof, an dem aber keine Züge mehr halten. Ich laufe unter der Bahnunterführung hindurch, passiere die letzten Häuser und muss noch ungefähr zwei Kilometer laufen. Die schmale Straße ist feucht, aber schneefrei. Rechts neben der Straße erhebt sich der steil ansteigende Fichtenwald. Links neben der Straße geht es auf einer dünn mit Schnee bedeckten Wiese allmählich hinab bis zum kleinen Reißbach. Auf der anderen Seite des Baches geht es wieder aufwärts zu dem dichteren Wald. Vorn stehen Tannen, die von den dahinterstehenden Fichten überragt werden. Auf der dünnen Schneedecke kann ich Tierspuren entdecken.

Ich muss noch einen Kilometer laufen und beschleunige meine Schritte. Weit und breit ist kein Mensch zu sehen oder zu hören. Doch gibt es sichere Zeichen, dass Menschen mit ihren Hunden hier waren. Die ekligen

Hinterlassenschaften der Vierbeiner sind der Beweis. Das Einzige, was ich ab und zu höre, ist der Gesang einiger Meisen und Finken. Die Straße macht eine kleine Biegung nach rechts. Das Tal passt sich dem Straßenverlauf an.

Endlich sehe ich mein Ziel. Ich stapfe über die rutschige Wiese zum Bach hinunter. Zum Glück ist er an einer Stelle so schmal, dass ich ohne Schwierigkeit auf die andere Seite springen kann. Ich kämpfe mich hinauf zum Waldrand, wo ein Hochsitz steht. Dessen Kanzel ist an drei Seiten geschlossen. Nur an der Rückseite ist sie offen. Dort befindet sich auch die steile Holzleiter. Ich kletter nach oben. Die Sprossen sind kalt und feucht. Ich muss aufpassen, nicht abzurutschen. In der aus dicken Bohlen gefertigten Kanzel befindet sich in der Mitte ein quer verlaufendes, dickes Brett, das rechts und links auf zwei Holzklötze geschraubt wurde. Ich setze mich darauf. Nach vorn, zu der Wiese hin, und an der rechten und linken Seite ist ein zwei Hände breiter Ausguck. Von hier aus haben die Jäger eine gute Sicht auf die Wiese, um das Wild zu beobachten oder auch, um es zu schießen. Das wiederum finde ich total blöd und unfair.

Ich hole aus meiner Umhängetasche mein Skizzenheft und meinen Bleistift heraus. Allerdings weiß ich nicht, was ich zeichnen könnte. Plötzlich sehe ich, wie zwei Rehe auf die Wiese kommen. Ein Reh sieht zu mir. Ich vermeide es, zu atmen. Das andere Reh frisst ein paar grüne Grasspitzen. Als das Reh, das zu mir sieht, keine Gefahr wittert, beginnt es auch zu fressen. Ich hoffe, dass beide Rehe noch ein paar Minuten auf der Wiese verweilen, denn ich bemühe mich, sie zu skizzieren. Plötzlich recken beide Rehe ihre Köpfe in die Höhe. Ich seh hinüber zur Straße und erkenne, dass ein Mann kommt. Er hat einen kleinen Hund dabei, den er an einer Leine führt. Als der ziemlich große Mann, der etwas nach vorn gebeugt läuft, die Wiese betritt, springen die Rehe aufgeschreckt davon und verschwinden hinter den Tannen. Zum Glück hatte ich sie schon zu Papier gebracht.

Ich beobachte den Mann. Er scheint ziemlich alt zu sein. Aus seinem Hut hängen lange, graue Haare heraus, die bis über den Kragen seines langen, schwarzen Mantels reichen. Ich kann sein Gesicht nicht erkennen, denn er ist zu weit entfernt und nur von der Seite zu sehen. Dem Mann fällt das Laufen nicht leicht. Er bekommt seine in hohen Lederstiefeln steckenden Füße kaum hoch und schlurft über die feuchte Wiese. Der strubblige Hund läuft dicht neben ihm. Ich frage mich, wo die beiden hingehen wollen. Ein Förster oder ein Jäger scheint er nicht zu sein. Ich finde die Situation etwas merkwürdig, aber Angst habe ich nicht. Der Alte und sein Hund verschwinden zwischen zwei etwas weiter auseinanderstehenden Tannenbäumen im dichten Wald. Ich warte noch ein paar Minuten, dann sehe ich auf mein Handy und erschrecke, dass es schon so spät ist. Ich muss mich sputen, um nicht das Abendessen zu verpassen.

Kaum bin ich an unserem Wohnblock angekommen, als mir Adrian entgegenkommt. Er trägt einen blauen Müllbeutel in einer Hand und will ihn zum Müllplatz bringen. Adrian sagt, dass er sich beeilt und gleich bei mir sein wird. Es ist immer noch kalt. Mein Freund kommt zu mir. Wir labern über unbedeutenden Kram. Er will nur nicht so schnell in seine Wohnung zurückkehren, weil ihn seine Eltern stressen. Seine Mutter, die mit gebrochenem Fuß auf der Couch liegt, gebe ständig seinem Vater Anweisungen, was als Nächstes zu tun sei. Seinen Vater nerve das und es käme mehrfach zu Streitereien. Dies nerve dann meinen Freund. Ich sage Adrian, dass er es aushalten solle. Er könne ja mit mir tauschen. Dann würde er wirklich wissen, was nervt. Adrian lacht und klopft mir auf die Schulter. Wir verabschieden uns voneinander.

Zu Hause angekommen, ziehe ich mich um und betrete das Wohnzimmer. Mutter spielt mit Jasmin und ihren Freundinnen Rommé. Es muss Jahre zurückliegen, als hier das letzte Mal dieses Kartenspiel benutzt wurde.

„Hallo Uli, toll, du bist pünktlich“, sagt Mutter. „Wenn wir dieses Spiel beendet haben, werden wir zu Abend essen. Deine Schwester und ihre Freundinnen wollen dann noch ausgehen!“

„Schön!“ Ich verschwinde in Jasmins und meinem Zimmer. Dort packe ich mein Skizzenheft in das oberste Schubfach meines Schreibtisches.

Für das Abendbrot hat sich Mutter tüchtig ins Zeug gelegt. Es gibt Kartoffelsalat und Würstchen. Als Nachtisch hat sie einen bunten Obstsalat gezaubert. Er sieht toll aus. Ich muss mich zurückhalten. Auch die Schlagsahne aus der Sprühdose fehlt nicht. Mutter und ich haben alles im Wohnzimmer auf dem Esstisch platziert und das gute Geschirr gedeckt. Das ist noch von unserer Oma, die schon vor acht Jahren gestorben ist. Dieses Service gibt es nur zu Feiertagen oder besonderen Anlässen. Da Jasmins Geburtstag noch kein gesetzlicher Feiertag ist, – ich hoffe, es nicht zu erleben –, stufe ich den Tag als besonderen Anlass ein. Meine Schwester und ihre Freundinnen sitzen um den Couchtisch und sehen argwöhnisch zu den aufgetafelten Speisen. Ich habe Hunger und muss keine Angst haben, nicht satt zu werden, denn die Prinzessinnengroup wird nicht viel davon verzehren. Gut so!

„Kommt bitte zu Tisch!“, sagt Mutter – vermutlich soll es vornehm klingen.

Kaum sitzt Jasmin am Esstisch, schon verfinstert sich ihre Miene. „Ich möchte lieber eine kleine Scheibe Vollkornbrot und vielleicht ein bisschen Rührei.“

„Mach ich dir, mein Schatz! Ist nun mal dein Geburtstag“, sagt Mutter und springt von ihrem Stuhl hoch. Im Hinausgehen sagt sie noch: „Ich hatte es mit dem Kartoffelsalat und den Würstchen gut gemeint. Das hast du früher doch auch alles gegessen.“

„Vielleicht bin ich davon so fett geworden! Jetzt ernähre ich mich gesund!“

„Könnten wir auch Brot und Ei bekommen?“, fragen Denise und Ella.

„Meinetwegen brauchen Sie sich nicht solche Umstände machen!“, sagt Sophie. „Ich würde auch von dem Kartoffelsalat probieren und Würstchen dazu essen.“

Mutter lächelt und verlässt das Wohnzimmer. Diese Sophie wird mir langsam sympathisch, hat sie doch schon zum Kaffee auf Reiswaffeln verzichtet und auch von der Marzipantorte gegessen. Welch Wunder, sie hat es überlebt!

„Ich achte lieber darauf, nicht fett zu werden!“, sagt meine Schwester.

Ich kann kaum an mich halten. Jasmin war noch nie dick, geschweige denn fett! Aber ich wusste, dass es dazu kommt. Und Sophie, die noch so isst wie normale Menschen nun mal essen, ist schlank und kein Gramm dicker als die anderen Prinzessinnen.

Mutter kommt mit Jasmins Bestellung zurück. Sie hat die Brotscheiben schon mit Butter bestrichen – vermutlich zu dick –, bringt eine große Pfanne mit Rührei und holt noch einen Teller mit Gurken, Tomaten und Paprikastreifen.

Endlich können wir essen! Ich versuche, mich im Rahmen meiner Möglichkeiten zurückzuhalten. Trotzdem muss ich mir, nachdem mein Teller leer ist, noch einmal vom köstlich schmeckenden Kartoffelsalat nehmen. Um nicht auch noch mal zwei Würstchen zu nehmen, entscheide ich mich für zwei Esslöffel Rührei. Ich darf mich nicht so vollstopfen, muss in meinen Magen noch ein bisschen Platz lassen, um ihn mit Obstsalat und Schlagsahne auszufüllen. Es ist mir egal, ob mich Jasmin und ihre Freundinnen für verfressen halten. Ich muss so einen Tag mit solch einem Speisenangebot ausnutzen. Wer weiß, wann es so viele Köstlichkeiten wieder gibt?

Kaum ist die letzte Person am Tisch mit dem Abendessen fertig – also ich –, stehen Jasmin und ihre Freundinnen auf und wollen sich noch einmal die Füße vertreten nach dem üppigen Essen. Mir ist klar, was die wollen. Ihr Ziel ist der Skaterplatz, weil dort am Samstagabend noch irgendwelche Typen abhängen. Vermutlich hoffen die Prinzessinnen, dort auf einen Prinzen zu treffen oder sogar auf vier. Ich war mal mit Adrian dort. Von Menschen, die nur ansatzweise etwas mit einem Prinzen gemeinsam haben, war dort weit und breit nichts zu sehen.

Kaum haben die Mädchen die Wohnung verlassen, helfe ich Mutter bei der Bewältigung des Abwaschs. „Dein Essen war super!“, sage ich so beiläufig, weil mir aufgefallen ist, dass sich keiner von den Gästen bedankt hat und schon gar nicht Jasmin. Mutter lächelt.

Als der Abwasch gemacht ist, fragt mich Mutter, ob ich mit ins Wohnzimmer komme, um mit ihr irgendeine Unterhaltungssendung zu sehen. Ich antworte, dass ich in unser Zimmer gehe, weil ich noch etwas zu tun habe.

Minuten später sitze ich an meinem Schreibtisch, hab meine Tischlampe an und lege meine Zeichenutensilien zurecht. Vor mir liegen die Skizzen von den Rehen, die ich am Nachmittag beobachtet habe. Ich bemühe mich, die Rehe so lebensnah wie möglich in meiner Reinzeichnung darzustellen. Ich komme gut voran und muss nur sehr wenig wegradieren. Plötzlich klopft es an der Tür und ich bekomme einen Riesenschreck, so vertieft bin ich bei meinem Zeichnen. Mutter kommt lächelnd zu mir an den Schreibtisch, streichelt mir über den Kopf und beugt sich zu meinen Zeichnungen. „Es ist schon halb elf! Mach langsam Schluss. Die Musiksendung ist bereits vorbei. Zeig mal bitte, was du gezeichnet hast.“

Ich schiebe das Blatt an den Schreibtischrand und bin auf ihr Urteil gespannt.

„Das sieht doch toll aus! Ich frage mich, woher du das Talent hast!“

„Tja, wenn nicht von dir, dann vielleicht von meinem Vater, den ich nie kennenlernen durfte!“

„Was heißt *durfte*. Er hat sich eine andere Frau gesucht, als ich mit dir schwanger war.“

„Ich weiß, hast du schon ein paarmal erzählt."

„Wenn du so gut zeichnen kannst, könntest du mal Dekorateur oder so etwas Ähnliches werden", sagt Mutter.

„Ich will mal Zeichnerin werden und damit mein Geld verdienen!"

„Ach Uli, das sind doch Hirngespinste. Vom Rehezeichnen wirst du nicht leben können. Du wirst schon einen ordentlichen Beruf erlernen müssen. Vielleicht Bauzeichner oder so etwas!"

„Ist gut, Mama, ich habe noch Zeit, es mir zu überlegen!"

„Da hast du recht. Übrigens, Jasmin hat angerufen, sie schläft bei Denise."

„Das ist toll. Da werde ich jetzt duschen gehen, mich ins Bett legen und ungestört auf meinem Handy die Playlist mit Titeln von Marcel Weniger hören." Mutter wünscht mir viel Spaß und verlässt das Zimmer.

Nachdem ich geduscht bin, Zähne geputzt habe und meine Schlafklamotten angezogen habe, gehe ich zu Mutter ins Wohnzimmer und wünsche ihr eine gute Nacht.

Nur wenige Minuten später liege ich in meinem Bett, hab das Licht aus und höre meinen Lieblingssänger, der nicht nur gut singen kann, er sieht auch mega aus.

Irgendwann muss ich eingeschlafen sein. Als ich wach werde und zu meinem Wecker sehe, bekomme ich einen Schreck. Es ist bereits halb acht. Ich stelle fest, dass ich gute Laune habe. Das liegt an dem schönen Traum, den ich hatte und an den ich mich noch gut erinnere: Ich saß auf dem Hochsitz und habe durch Klatschen ein Reh verscheucht, um es so vor einem Jäger zu retten. Als der Jäger wütend fortgegangen war, kam das Reh zurück und bedankte sich. Es sagte, dass ich einen Wunsch frei hätte. Ich wünschte mir, dass ich einmal eine eigene Ausstellung für meine Bleistiftzeichnungen erhalte.

In diesem Moment werde ich wach. Der Traum war so schön und alles so deutlich, dass er mir Hoffnung macht. Nur beim Zeichnen entwickele ich richtigen Ehrgeiz. Und ich werde alles dafür tun, dass so ein Traum wie der der letzten Nacht einmal in Erfüllung geht.

2. Die Schule und Lukas

Der schlimmste Tag der Woche ist der Montag, der Wochenbeginn! Und jede Schulwoche beginnt auch an einem Montag. Und es gibt in meinem Leben genug Begebenheiten, bei denen ich ins Klo greife. Der Ort, wo das am häufigsten passiert, ist die Schule. Es wäre übertrieben, wenn ich sagen würde, ich hasse die Schule. So ist es nicht. Aber ich halte die Schule für Zeitverschwendung. Wofür lernt man viele Dinge, die man im späteren Verlauf des Lebens nicht mehr braucht? Neulich, als ich eine Vier in einer Mathearbeit nach Hause brachte, stellte Mutter wieder einmal die Frage, was mal aus mir werden soll. Daraufhin habe ich sie gefragt, wie oft sie in ihrem Leben schon mal die binomischen Formeln benötigt hat. Darauf gab es keine Antwort. War mir klar.

Ich warte an unserem Hauseingang wie immer auf Adrian, damit wir gemeinsam zur Schule gehen können. Mir wird kalt, obwohl ich mich warm angezogen habe. Das Thermometer an der Balkontür hat nur zwei Grad angezeigt. Im Mai!

„Morgen! Wartest du schon lange auf mich?" Adrian steht vor mir und zuckt entschuldigend mit seinen Schultern.

„Wie immer – zehn Minuten!", antworte ich. „Bin ich schon gewohnt. Blöd nur, dass es saukalt ist."

„Sorry! Versuche, mich zu bessern!"

Wer es glaubt! Wir setzen uns endlich in Bewegung. Noch ein paar Minuten länger rumgestanden und ich wäre angefroren.

Im Flur vor unserem Klassenzimmer hören wir schon den Lärm unserer Klassenkameraden. Am liebsten würde ich wieder nach Hause gehen und mich in mein kuscheliges, warmes Bett legen. So aber haben wir gleich Kunsterziehung bei Frau Thomas. Eigentlich ist sie nett, aber sie kritisiert oft meine Zeichnungen, nicht meine Bleistiftzeichnungen, aber alle Farbbilder, Aquarelle oder Acrylbilder. Außerdem ist das Malen nur ein kleiner Teil der Kunsterziehung. Mich interessieren weder die alten Maler noch die Zeiten, in denen sie gelebt haben. Frau Thomas wird nach diesem

Schuljahr in eine andere Stadt ziehen. Uns hat sie nur gesagt, dass ihr Mann dort einen neuen Job gefunden hat. Ich hoffe, dass wir im neuen Schuljahr einen Lehrer oder eine Lehrerin bekommen, der oder die meine kleinen Kunstwerke besser zu schätzen weiß. Ich sitze an der letzten Bank in der Fensterreihe. Allein, weil ich es so will!

Frau Thomas betritt das Klassenzimmer und es wird etwas ruhiger. Ich finde, dass sie supertoll aussieht. Ihr gelber Pullover bringt Farbe in diesen tristen, grauen Morgen. Dazu trägt sie eine enge Jeans. Für ihre etwas über dreißig Jahre sieht sie noch ziemlich knackig aus. Nachdem sie uns begrüßt hat, rollt sie ein Bild aus und hängt es an den Kartenhalter. Mir gefällt das Bild nicht. Was soll es darstellen? In der Mitte eines schwarz gefüllten Halbkreises ist ein runder, hellgelber Fleck zu sehen.

„Kann mir jemand sagen, wie das Bild heißt und wer dessen Maler ist?", wendet sich unsere Lehrerin an uns.

Melissa, unsere Klassenschönste und Oberstreberin, meldet sich sofort. Natürlich wird sie drangenommen. Sie war auch die Einzige, die sich gemeldet hat. „Der Maler ist Jean de Mileur. Und das Bild heißt *Licht am Ende des Tunnels*!"

„Das ist richtig, Melissa!", sagt Frau Thomas und ein Lächeln zieht in ihr Gesicht.

Mir ist egal, was das für ein Bild ist, und auch, wer es gemalt hat. Ich verstehe sowieso nicht, wieso dieses Bild ein Kunstwerk sein soll. So etwas kann jeder Grundschüler malen. Bei meinen Zeichnungen weiß man sofort, was ich darstellen will. Anscheinend ist das aber keine Kunst. Ich sehe aus dem Fenster und wünsche mir die Sonne herbei.

Frau Thomas diskutiert mit uns, was das Bild bedeutet, welche Aussage es beinhaltet und in welchen Stil es gemalt wurde. Ich wunder mich über Adrian, der sich sonst kaum an solchen Diskussionen beteiligt. Er sagt, dass es zeigt, dass nach jeder dunklen Zeit ein Licht kommen kann. Frau Thomas lobt meinen Freund, erklärt aber, dass dies nicht genau die Aussage dieses Bild treffe. Ich sehe wieder aus dem Fenster und beobachte eine Kohlmeise, die auf einem Ast herumpickt. Diesen kleinen Vogel würde ich gern zeichnen. Jeder, der mein fertiges Bild sieht, würde erkennen, dass es eine Meise ist.

Die Unterrichtsstunde neigt sich dem Ende zu. Frau Thomas klärt uns über dieses Bild auf. Sie sagt, dass das Dunkle im großen Halbkreis für etwas Negatives steht, ein negatives Ereignis zum Beispiel. Und der gelbe

Kreis darin bedeutet, dass man die Hoffnung nicht aufgeben soll, denn nach jeder schlechten Zeit könne es wieder eine positive Zeit geben. Melissa meldet sich und sagt, dass Frau Thomas recht habe und sie es genauso deuten würde.

„Da hat Frau Thomas aber Glück gehabt“, denke ich. Endlich läutet die Pausenklingel, die Erlösung.

Dem Kunsterziehungsunterricht folgt eine Stunde Musik. Auch das ist nicht gerade mein Lieblingsfach. Unsere Musiklehrerin klärt uns zum gefühlten hundertsten Mal darüber auf, wie das Schulchorfest ablaufen wird. Als sie erwähnt, dass meine Schwester Jasmin ein Solo geben wird, sieht sie zu mir und lächelt. Ich weiß nicht, was es da zu lächeln gibt. Ich habe mit Sicherheit nichts mit dem Geträller meiner Schwester zu tun. Für ihre Übungsstunden zu Hause müsste ich Schmerzensgeld bekommen. Nach diesem Hinweis üben wir ein Frühlingslied ein. Singen liegt mir nicht. Während die ganze Klasse singt, bewege ich nur meine Lippen. Von den Jungen singt auch kaum jemand mit. Das finde ich rücksichtsvoll, denn deren überwiegende Mehrheit hat noch mit den Folgen des Stimmbruchs zu kämpfen.

Endlich ist auch die Musikstunde absolviert und es geht zur Hofpause. Ich setze mich auf die Lehne der Bank, auf der ich fast immer in den Pausen sitze. Die Füße sind auf der Sitzfläche. Die Bank steht nur einen Meter vor dem Hofzaun. Es ist etwas kalt an meinem Po, aber zum Essen muss ich mich setzen, auch wenn es nur die Rücklehne der Bank ist. Ich packe mein Salamibrot aus und beiße hinein.

Jasmins Klasse hat auch Hofpause. Meine Schwester steht in der Mitte des Schulhofes und wird von einer unüberschaubaren Menge ihrer Mitschüler umringt. Ich erkenne auch die Möchtegernprinzessinnen, die bei uns zu Besuch waren, als Jasmin Geburtstag hatte.

Ich will nur meine Ruhe haben. Doch sogar das bleibt mir nicht vergönnt. Plötzlich setzt sich ein Junge neben mich auf die Banklehne und ich frage mich, was der hier will. Es ist Lukas Krüger aus Jasmins Parallelklasse. Also geht er in die zehnte Klasse.

„Na, schmeckts?“, fragt er mich und lächelt dümmlich.

Ich habe den Mund voll und bin nicht in der Lage, sofort zu antworten. Außerdem – was will der von mir? Lukas ist ein supercooler Typ. Er hat kurze, schwarze Haare, schöne braune Augen und spielt Fußball. Ich könnte ’zig Mädchen unserer Schule nennen, die jetzt auf mich neidisch sind. Meine Schwester gehört nicht dazu. Sie liebt nur ihre Musik, ihren Gesang und sich selbst. Ein Junge hat in ihrem Leben noch keinen Platz. Sollte sie wirklich mal nach den Sternen greifen und ein Opernstar werden, wird ihr Auserwählter vermutlich ein Tenor sein oder ein Dirigent oder ein Millionär. Typen wie Lukas haben keine Chance bei Jasmin. Endlich habe ich ausgekaut. „Ja, schmeckt!"

„Ich beobachte dich schon seit ein paar Wochen. Mir ist dabei aufgefallen, dass du anders bist als die meisten Mädchen!"

Was will der von mir? Ich passe bestimmt nicht in sein Beuteschema. Mag sein, dass ich anders bin als manch andere, vor allem anders als meine Schwester. Okay, ich finde ihn süß. „Wieso bin ich anders?"

„Du legst nicht so viel Wert auf Klamotten und auf dein Äußeres. Du bist so, wie du bist, und nur so willst du auch sein. Das finde ich stark!"

Der spinnt wohl! Bloß weil ich etwas legerer rüberkomme als meine Schwester, heißt das nicht, dass es mir egal ist, was ich anziehe. „Soll das ein Kompliment sein? Klang etwas merkwürdig!"

„Ich wollte dich nicht beleidigen. Du machst halt nicht so auf Tussi wie die meisten hier!" Lukas lächelt mich an und seine Grübchen werden sichtbar.

Ich schmelze gleich dahin und spüre gar nicht mehr die Kälte.

„Ich lass dich mal lieber in Ruhe dein Brot essen. Vielleicht sehen wir uns noch ein paar Mal in dieser Woche. Würde mich freuen!" Lukas steht auf und begibt sich zum Schuleingang.

Ich kann ihm nicht einmal antworten. Mir hat es den Hals zugeschnürt und ich bin nicht fähig, auch nur einen Ton von mir zu geben. Mir fällt auf, dass mich fast alle Schülerinnen anstarrten, als mich Lukas verlässt. Ich selbst bin mir nicht sicher, ob er es wirklich ernst meinte oder ob er mich nur verarschen wollte. Ich werde es in den nächsten Tagen herausfinden.

Die letzte Schulstunde ist vorüber und ich weiß nicht, was wir in den letzten Stunden behandelt haben. Lukas Krüger hat sich in mein Gehirn geschlichen und da ist mit einem Male für nichts anderes mehr Platz. Ich finde ihn total süß, will aber vorsichtig sein. Als ich fast als letzte Schülerin das Schulgebäude verlasse, Jasmin und ihre Freundinnen sind schon lange auf dem Heimweg, und Adrian ist noch zur Koch-AG gegangen, sehe ich, dass Lukas vor der Schule steht. Der wird doch nicht auf mich warten? Bestimmt nicht!

Ich verlasse das Schulgebäude und Lukas stellt sich mir in den Weg. „Kann ich deine Handynummer bekommen? Würde mich sehr darüber freuen! Wir könnten uns ja ab und zu mal schreiben!"

In meinem Kopf setzt ein Gedankentsunami ein. „Ulrike, bleib cool oder tu wenigsten so", schießt es mir durch den Kopf. „Klar, von mir aus. Ich gehöre aber nicht zu denen, die laufend auf ihr Handy starren. Also wunder dich nicht, wenn ich mal nicht sofort zurückschreibe. Das ist nichts Persönliches!", sage ich dann.

„Verstehe, ich werde mich überhaupt wahnsinnig freuen, wenn du mir mal antwortest. Bekomme ich nun deine Nummer?"

Ich krame mein Handy aus meiner Tasche hervor und diktiere Lukas meine Nummer.

„Ich werde dir dann gleich eine Nachricht schicken", sagt er, „damit du dir meine Nummer einspeichern kannst! So, nun muss ich los! Machs gut!"

„Ja, du auch!" Ich sehe Lukas nach, der in eine andere Richtung laufen muss als ich.

Zu Hause verkrieche ich mich in unser Zimmer. Jasmin ist nicht anwesend. Ich vermute, dass sie noch bei einer Freundin ist und sie gemeinsam lernen. Seit meine Schwester beschlossen hatte, nach diesem Schuljahr auf das Gymnasium zu gehen, hockte sie mehr über ihren Büchern als in all den Jahren zuvor. Jasmin fällt das Lernen nie schwer. Auch das Aneignen von Formeln, Vokabeln oder das Auswendiglernen von Gedichten kostet sie nur ein müdes Lächeln. Meiner Schwester fliegt im Gegensatz zu mir alles nur so zu.

Ich werfe mich auf mein Bett. Vor einer halben Stunde hatte ich behauptet, dass ich nur selten auf mein Handy sehe. Auf dem Nachhauseweg und während der paar Minuten, die ich in unserer Wohnung bin, habe ich vermutlich an die fünfzig Mal auf mein Handy gestarrt. Umsonst. Keine Nachricht von Lukas.

Jasmin kommt nach Hause, betritt unser Zimmer und starrt mich minutenlang an.

„Was ist? Was guckst du so?"

Jasmin grinst. „Was war denn das heute in der Hofpause?"

„Ich habe mein Salamibrot gegessen", sage ich und stelle mich doof.

„Willst du mich verarschen? Was sollte das mit dem Typ aus meiner Parallelklasse, diesem Krüger?"

„Bin ich dir Rechenschaft schuldig? Da war nichts. Der musste sich nur mal setzen, vermute ich!"

„Hör zu, Uli, du musst mich nicht für blöd halten. Hat der dich etwa angebaggert?"

„Wäre das ein Verbrechen?", frage ich Jasmin und spüre, wie ich beginne, stinkig zu werden. Denkt sie, dass ich so einen Typ nicht verdient habe oder zu hässlich für ihn bin?

„Sollte er dich angebaggert haben, musst du dir nichts darauf einbilden." Meine Schwester verschränkt ihre Arme und zieht die Augenbrauen hoch. „Der verarscht dich doch bloß."

„Das werden wir ja sehen. Ich glaube, dass er ehrlich ist, und er hat mir schon ein paar süße Nachrichten geschickt!", lüge ich.

„Zeig! Das glaube ich nicht!"

„Das geht dich nichts an. Halt dich bitte aus meinen Angelegenheiten raus. Verstanden?"

„Bin nicht taub. Ich wollte dich nur warnen. Komm mir nicht angeheult und sage, dass ich recht hatte."

Unser Gespräch ist damit beendet.

Jasmin stellt ihren Notenständer in die Mitte unseres Zimmers und legt ein paar Notenblätter darauf. Das oberste Blatt rutscht herunter und segelt zu Boden. Vom Bett aus kann ich den Titel lesen: *Das Heidenröslein.*

3. Willy, der Penner

Jasmin beabsichtigt, zum tausendsten Mal das Heidenröslein zu üben. Jetzt heißt es für mich, schnell zu flüchten. Nur ein paar Minuten später verlasse ich unsere Wohnung. Ich habe meine Zeichensachen mitgenommen und bin dabei, zu meinem Lieblingsplatz zu gehen. Auf dem Weg zum Hochsitz begegnet mir kein Mensch. Gut so!

Plötzlich vibriert mein Handy in meiner Hosentasche. Mir bleibt fast die Luft weg. Endlich halte ich es in meiner Hand und sehe, dass ich eine Nachricht bekommen habe. Ich öffne sie und lese:

Hi Ulrike! Wie versprochen will ich mich melden. Es war schön heute, während der Hofpause neben dir zu sitzen. Vielleicht morgen wieder!? Gruß Lukas!

Ich lese seine Nachricht zweimal. Nach meiner totalen Begeisterung folgt die Ernüchterung. Schön, ich freue mich, aber aus seinen Zeilen kann ich nichts herauslesen. Die Frage, ob er etwas von mir will, bleibt unbeantwortet. Ich speicher seine Nummer bei meinen Kontakten. Sofort erscheint sein Profilbild. Ich muss es anklicken und mit zwei Fingern vergrößern. Mit einem Wisch über das Display speichert sich das Bild von Lukas bei den Screenshots. Perfekt. Dennoch etwas enttäuscht, stecke ich mein Handy wieder ein. Ich nehme mir vor, ihn ein wenig zappeln zu lassen. Heute Abend, wenn ich im Bett liege, werde ich Lukas schreiben – nicht euphorisch und total cool. So ist der Plan.

Als ich mein Ziel fast erreicht habe, gehe über die Wiese, springe über den Bach und kletter wenig später auf den Hochsitz. Es könnte etwas wärmer sein und vielleicht sogar die Sonne hervorkommen. Doch der graue Himmel weiß dies zu verhindern. Als ich auf dem Brett in der Kanzel sitze, packe ich meinen Block aus und suche den Bleistift mit der harten Miene. Mit ihm kann ich gut vorzeichnen. Ich halte nach einem Motiv Ausschau. Doch weit und breit ist nichts zu sehen, was ich gern zu Papier bringen möchte. Mir kommt eine Idee. Ich skizziere, ohne auf Details einzugehen, zwei Herzhälften. An ihren Innenflächen versuche ich sie so zu zeichnen, als wären sie auseinandergerissen worden. Zwischen beiden Herzhälften lasse ich genauso viel Platz, wie eine Herzhälfte breit ist. Ich habe mich für das Querformat entschieden. Ein Drittel nimmt die linke Herzhälfte ein und die andere das rechte Drittel.

Für den Platz zwischen den beiden Hälften habe ich mir gedacht, dort ein Gesicht hineinzuzeichnen. Und ich weiß auch schon, wessen Gesicht es sein soll – das von Lukas. Umständlich krame ich mein Handy hervor, öffne die abgespeicherten Screenshots und tippe auf das Foto von Lukas. Der ist aber auch süß! Wenn ich mit ihm zusammenkomme, werde ich viele Neider unter den Mädchen unserer Schule haben. Warum soll ich nicht auch einmal Glück haben? Ausnahmsweise mal nicht ins Klo greifen.

Bevor ich Lukas' Gesicht skizzieren kann, höre ich das Bellen eines Hundes. Das Zeichnen von Lukas' Gesicht muss ich auf einen späteren Zeitpunkt verschieben. Ich sehe von der Kanzel und erkenne drüben auf der Straße den alten Mann, den ich hier schon einmal gesehen habe. Es war sein zotteliger Hund, der dem Alten kaum bis ans Knie reicht, der gebellt hat. Sein schwarzes Fell gefällt mir, auch wenn es etwas zerzaust wirkt. Der Mann verlässt auch heute wieder die Straße und läuft über die Wiese. Der Alte trägt einen langen schwarzen Mantel und hat wieder seinen Hut auf. Er trägt einen Rucksack auf seinen Rücken. Am Bach angelangt, macht er einen großen Schritt und kommt trocken auf die andere Seite. Keine Kunst, wenn man so lange Beine hat. Ich könnte mir auch nicht vorstellen, dass er über den Bach springt.

Was mich ein wenig beunruhigt, ist die Tatsache, dass er direkt auf den Hochsitz zuläuft. Ich verstaue meine Zeichenutensilien, rutsche nach vorn vor das Brett, auf dem ich bis jetzt saß, und ducke mich. Auf keinen Fall möchte ich von ihm gesehen werden.

„Der wird doch nicht auf die Kanzel klettern wollen", schießt es mir durch den Kopf. Vorsichtig erhebe ich mich ein wenig, um zu sehen, wo er ist. Ich sehe nichts. Er muss schon so nahe am Hochsitz sein, dass ich den Alten nicht erblicken kann. Ich verhalte mich ruhig.

Plötzlich höre ich, wie der alte Mann sagt: „So, Whisky, die Pause haben wir uns verdient. Ich habe für dich ein Leckerli dabei und für mich eine Flasche Bier."

Vorsichtig steige ich über das Brett und begebe mich langsam an die offene Stelle in der Kanzel, die als Einstieg oder auch als Ausstieg dient. Dort befindet sich die Holzleiter, über die ich die Kanzel verlassen will. Aber daran ist nicht zu denken. Ich beschließe, zu warten, bis sich der Alte mit seinem Hund in Richtung Wald davonmacht. Hoffentlich dauert das nicht zu lange. Ich beuge mich vor und sehe, wie der Alte im Gras sitzt und sich mit seinem Rücken an die Holzleiter lehnt. Sein Hund liegt daneben und hat seine Schnauze auf ein Bein des Alten abgelegt. Ich weiß nicht, was ich tun soll. Obwohl ich keine Angst habe, ist mir die Situation unangenehm.

Es sind ungefähr zehn Minuten vergangen, die mir vorkamen, als sei eine Stunde verstrichen. Ich beuge mich noch einmal nach vorn, um nach meinen ungebetenen Gästen zu sehen. Mist, im gleichen Moment blickt der Alte nach oben und sieht mich. „Gehen Sie ein bisschen zur Seite!“, rufe ich hinunter und hänge mir meine Tasche um. „Ich komme runter!“

Der Alte schüttelt den Kopf und rutscht ein wenig zur Seite, ohne sich zu erheben. Kaum habe ich den Hochsitz verlassen, mustert mich der Mann, trinkt einen Schluck aus seiner Flasche und wischt sich anschließend mit einem Handrücken über seinen ungepflegten, grauen Bart.

„Was hast du hier zu suchen?“, brummt er mich an.

Der Hund kommt zu mir und springt, ohne zu bellen, an meinem Bein hoch und bleibt auf seinen Hinterbeinen stehen. Erst als ich ihm über den Kopf streichel, weicht er von mir zurück. Der Hund hat gar kein schwarzes Fell, es ist tief dunkelblau.

„Was ist das für eine Rasse?“, frage ich den Alten.

„Man beantwortet keine Frage mit einer Gegenfrage! Es ist ein Zwergschnauzer. Ich wollte aber wissen, warum du dich hier herumtreibst. Es ist verboten, auf den Hochsitz zu klettern!“

Ich stelle mich vor ihn hin, und da er sitzt, blicke ich auf ihn herunter. „Der Hochsitz ist offen, also kann ich auch in die Kanzel. Wo steht, dass das verboten ist?“, frage ich und verschränke meine Arme. „Außerdem – sind Sie ein Jäger oder ein Förster? Jedenfalls sehen Sie nicht so aus!“

„Ich bin natürlich kein Jäger. Wie sehe ich denn aus?“

„Na, nicht wie ein Jäger, eher wie ein ..., wenn ich ehrlich sein soll, wie ein Penner. Und im Übrigen geht es Sie nichts an, was ich hier mache.“

„Mich interessiert aber, was so ein junges Mädchen alleine hier tut. Hast du keine Freunde?“

Ich überlege, ob ich ihm antworten soll. Damit er Ruhe gibt und ich nach Hause gehen kann, sage ich: „Klar habe ich Freunde, aber ich bin gern hier, um in Ruhe zeichnen zu können."

Der Mann hebt seinen Kopf und auf seiner Stirn bilden sich Falten. Er starrt mich eine Weile an und trinkt erneut aus seiner Flasche.

„Ich gehe jetzt!", sage ich. „Es wäre schön, wenn Sie sich das nächste Mal einen anderen Platz suchen würden, wo Sie trinken. Das ist nämlich mein Hochsitz!"

„Dass ich nicht lache, dein Hochsitz! Aber bevor du gehst, könntest du mir mal zeigen, was du so zeichnest!"

„Warum sollte ich? Sie sehen nicht so aus, als würden Sie davon etwas verstehen." Kaum sind mir diese Worte entschlüpft, denke ich, dass es vielleicht etwas zu vorlaut war.

„Vielleicht täuscht dich mein Äußeres! Daran lässt sich bestimmt nicht erkennen, ob ich vom Zeichnen etwas verstehe. Komm, sei so gut und zeig mir deine Zeichnungen. Setz dich her!"

Für einen Moment weiß ich nicht, was ich tun soll. Da mich aber sonst niemand nach meinen Zeichnungen fragt und wirkliches Interesse für sie aufbringt, hocke ich mich neben den Alten und öffne meine Umhängetasche. Ich reiche ihm meine Mappe. Ein Lächeln zieht in sein furchiges Gesicht. Mir fallen seine blauen, flinken Augen auf und die vielen Falten, die sein Gesicht zerfurchen. Ich bin gespannt, was er zu meinen Zeichnungen sagt. Der alte Mann trinkt den letzten Schluck seiner Bierflasche, verstaut sie in seinem Rucksack, streichelt seinen Hund und greift nach meiner Mappe. Der Alte sieht sich meine unfertige Skizze mit dem zerrissenen Herz an, nickt und blättert weiter.

Ich habe nur noch die Zeichnungen mit den zwei Rehen dabei, die ich vorgestern hier skizziert und am Abend fertig gezeichnet habe. All meine anderen Zeichnungen habe ich zu Hause in einer großen Ledermappe mit Reißverschluss, ein Geburtstagsgeschenk meiner Mutter.

„Sagst du mir deinen Namen?", fragt er mich.

„Warum wollen Sie den denn wissen?"

„Weil ich mir den Namen merken sollte!"

„Und warum sollten Sie sich meinen Namen merken wollen?" Vielleicht ist der Alte auch ein bisschen verwirrt, vermute ich.

„Weil es der Name eines sehr talentierten Mädchens ist, das mal eine gute Künstlerin werden könnte. Also, wie heißt du?"

„Ich heiße Ulrike. Es freut mich, wenn Ihnen meine Bilder gefallen. Aber mal ehrlich, verstehen Sie etwas davon?"

„Ich heiße Willy!", sagt der Alte. „Vor vielen Jahren war ich Kunsterziehungslehrer. Ich habe neben dem Lehrerstudium auch Malerei und Grafik studiert. Ich weiß also, wovon ich spreche."

„Das ist ja toll! Entschuldigen Sie, dass ich einen falschen Eindruck von Ihnen hatte."

„Schon gut! Du darfst mich Willy nennen. So, Whisky und ich müssen weiter." Der alte Mann erhebt sich schwerfällig, setzt den Rucksack auf und ergreift die Hundeleine. „Übrigens, bei deinem Bild mit den beiden Rehen könntest du die Schatten anders anlegen. Der Schatten des linken Rehs ist nicht im gleichen Winkel wie der Schatten des rechten Rehs. Wenn du willst, kannst du mir noch andere Zeichnungen von dir zeigen, aber nur, wenn du es möchtest. Vielleicht kann ich dir mit meinem Restwissen von der schönsten Sache der Welt ein wenig helfen!"

„Das mit dem Schatten ist mir gar nicht aufgefallen. Aber danke! Oh Willy, das wäre toll, wenn ich mich mit dir über das Zeichnen austauschen könnte. Du findest, dass das Zeichnen die schönste Sache der Welt ist?"

„Alles, was durch Kreativität entsteht, ist fantastisch. Es ist egal, ob Zeichnen, ob Malen, ob Komponieren, ob Schreiben oder ob Töpfern. Aus dem Nichts etwas entstehen zu lassen, nur geboren aus deinen Gedanken, aus deiner Fantasie, ist etwas Tolles. Wenn das Erschaffene dann noch Freude unter die Menschen bringt, ist es das Größte!"

„So hat noch nie jemand mit mir gesprochen", denke ich. In mir breitet sich eine euphorische Stimmung aus. Und das durch die Worte eines Mannes, den ich für einen Penner hielt. „Ich könnte nächsten Samstag um 14 Uhr wieder hier sein. Wollen wir uns dann treffen?"

Willy ist mit Whisky schon ein paar Meter von mir entfernt, als er sich umdreht, lächelt und sagt: „Na, dann bis Samstag! Ich freue mich!"

„Ich mich auch!", rufe ich ihm nach.

Wenige Augenblicke später ist er plötzlich hinter den kleinen Tannen verschwunden. Vielleicht will er noch einen Waldspaziergang machen, vermute ich und begebe mich auf den Heimweg. Eigentlich wollte ich Willy noch fragen, warum er so aussieht, wie er aussieht. Aber das bekomme ich bei unserem nächsten Treffen heraus. Plötzlich fällt mir auf, dass ich während der Zeit mit Willy nicht einmal an Lukas gedacht habe. Das ändert sich aber in dem Moment, in dem ich darüber nachdenke.

Zu Hause wartet Mutter schon mit dem Abendbrot. Während Mutter und ich unser Brot essen, Jasmin bevorzugt drei Reiswaffeln, fragt mich unsere Mutter: „Wo warst du denn heute Nachmittag so lange?"

„Hat sich bestimmt mit dem bescheuerten Lukas aus meiner Parallelklasse getroffen!", gibt Jasmin ihren Senf dazu.

Eigentlich möchte ich nicht darüber reden, mache es aber trotzdem. Obwohl ich weiß, dass mich niemand verstehen wird. „Ich habe im Reißbachtal einen alten Mann kennengelernt. Er war mal Zeichenlehrer und findet meine Zeichnungen gut."

Mutter sieht mich an. „War das so einer mit Hut? Und einen Hund hatte er auch dabei?"

„Ja, genau. Der Hund heißt Whisky."

„Lass dich nicht mit dem ein!" Mutters Stimme klingt so, als würde sie es ernst meinen. „Er ist ein Trinker, total verrückt und haust in einer Hütte im Wald."

„Ich fand ihn ganz in Ordnung!", sage ich trotzig.

„Dein Geschmack scheint sich aufgelöst zu haben", sagt Jasmin und grinst. „Erst findest du Lukas Krüger toll und nun auch noch einen Penner. Irgendetwas stimmt mit dir nicht!"

„Bloß keinen Neid, Schwester! Vielleicht habe ich einfach mehr Menschenkenntnis als du!"

„Ich will dir nur sagen, dass du aufpassen sollst, wenn du so allein herumstromerst", mischt sich Mutter ein und das Gespräch ist damit beendet.

Ich liege in meinem Bett und schreibe Lukas eine Nachricht:

Hallo Lukas, habe mich gefreut, dass du mir geschrieben hast. Von mir aus können wir morgen die Hofpause wieder zusammen verbringen. Gute Nacht! Bis morgen! LG, Ulrike.

Ein Blick aus dem Fenster verrät mir, dass es schon dunkel geworden ist. Ich versuche einzuschlafen, was mir nicht gelingen will. Noch schwirren zu viele Gedanken durch meinen Kopf. Warum lebt Willy in einer Hütte im Wald? Auch diese Frage werde ich ihm stellen. Ich hoffe, dass sich Jasmin täuscht und Lukas ehrlich zu mir ist.

Kurz bevor ich einschlafe, denke ich: „Was war das für ein toller Tag! Erst die Nachricht von Lukas und dann die Begegnung mit Willy!"

4. Ist das Liebe?

Ich gehe mit Adrian zur Schule. Er erzählt von seinen Eltern und dem Stunk, den es ständig gibt. Seine Mutter, die immer noch mit gebrochenem Fuß die Couch hüten muss, kommandiere seinen Vater ständig rum. „Deshalb bin ich froh, dass ich bis heute Nachmittag nicht zu Hause bin", stöhnt Adrian. „Mein Vater hat Urlaub genommen, um meine Mutter zu pflegen! Danach wird er erst richtig Urlaub brauchen."

Ich kichere – endlich sind wir an der Schule. Adrian geht zu seinen Kumpels und ich stehe dumm rum. Ich sehe, wie Jasmin und ihre Freundinnen kichern. Das können sie besonders gut. Ich halte nach Lukas Ausschau. Doch von dem Jungen, mit dem ich gerne gehen würde, ist nichts zu sehen. Die Schulklingel läutet, was der Aufforderung gleichkommt, in die jeweiligen Klassenzimmer zu gehen.

Wir haben zwei Stunden Biologie, danach zwei Stunden Mathe und zum Schluss eine Stunde Sport. Das sind alles keine Fächer, die mich interessieren, geschweige denn mir Spaß machen. Das Einzige, worauf ich mich an diesem Schultag freue, ist die Wahrscheinlichkeit, mit Lukas die Hofpause zu verbringen. Aber so ganz sicher bin ich mir nicht, ob es so kommen wird. Schließlich habe ich ihn vor Schulbeginn nicht entdecken können.

In Biologie geht es um die Fotosynthese, um Blattgrün und um die Sonne. Es interessiert mich nicht und ich finde es langweilig. Stattdessen kritzel ich in meinen Biohefter ein paar Fantasieblumen. Die erste Stunde ist endlich vorbei. Hofpause gibt es aber immer erst nach der zweiten Stunde. Ich bemühe mich, die zweite Biostunde zu überstehen, ohne einzuschlafen. Meine größte Hoffnung besteht darin, in der folgenden Pause Lukas zu sehen. Endlich ist es so weit, die Pausenklingel läutet. Ich schnappe mir meine Brotbüchse, eine kleine Flasche Apfelschorle und verlasse das Schulgebäude. Wie immer ist meine Bank frei. Es ist sozusagen meine eigene Bank. Die anderen Schüler und Schülerinnen stehen meistens in kleinen Grüppchen zusammen. Da ich irgendwie menschenscheu bin und keine Lust auf dummes Gelaber habe, sitze ich seit ein paar Jahren auf dieser Bank. Ich platziere mich auf der Lehne und beiße in mein Leberwurstbrot. Dabei halte ich nach Lukas Ausschau – mit Erfolg. Mit einem Lächeln kommt er auf mich zu. Mir entgeht nicht, dass viele Mädchen ihm nachsehen und vermutlich nicht begreifen, dass er zu mir möchte.

„Hallo, danke für deine Nachricht von gestern Abend!", sagt Lukas. „Ich fand es cool und habe gehofft, danach von dir zu träumen. Ist leider nicht passiert."

„Hauptsache, du hast gut geschlafen!", antworte ich und beiße in mein Pausenbrot.

Wir reden über das Wetter. Wobei es nicht viel darüber zu reden gibt. Es ist frisch, unter zehn Grad, und der Himmel zeigt sich im langweiligen Grau. Nach einer kurzen Pause starrt mich Lukas an, bevor er sagt: „Willst du mit mir heute Abend ins Kino gehen?"

„Was kommt denn für ein Film?"

„Ein Actionfilm, amerikanisch, aber echt gut. Ich habe schon die Vorschau gesehen. Der wird dir auch gefallen!"

Ich bemühe mich, ruhig zu bleiben. Am liebsten hätte ich vor Freude losgekrischen. Mit Lukas würde ich mir die Liveübertragung einer Trauerfeier für einen verstorbenen Fisch ansehen. Scheißegal, Hauptsache Lukas. „Oh ja, ich liebe Actionfilme!", lüge ich. „Wann und wo treffen wir uns?"

„Der Film beginnt um 18 Uhr. Treffen wir uns halb sechs vorm Kaleidoskop-Kino. Dann haben wir noch genug Zeit, uns mit Popcorn und Cola zu versorgen! Einverstanden?"

„Klar bin halb sechs vorm Kino!"

„Toll, freue mich!", sagt Lukas und hüpft von der Bank.

Wenige Augenblicke später klingelt es, die Pause ist beendet. Ich bin happy und mir sicher, dass es Lukas mit mir ehrlich meint. Als ich das Schulgebäude betrete, läuft meine Schwester an mir vorbei und schüttelt ihr hübsches Köpfchen. Vielleicht ist sie doch neidisch. Obwohl ich davon überzeugt bin, dass Jasmin nur auf musikalische, künstlerische Typen steht. Im Moment scheint sie sich selbst am meisten zu mögen. Also keine Chance für all die Kerle aus unserer Schule, die ihr hinterherhecheln.

Endlich ist die letzte Stunde, die Sportstunde, vergangen. Wer braucht dieses blöde Bockspringen?

Ich habe viel zu tun. Schließlich muss ich Klamotten raussuchen und mich zurechtmachen. Lukas soll von mir nicht enttäuscht sein.

Eine Stunde später liegt ein riesiger Berg Sachen auf meinem Bett. Jasmin kommt in unser Zimmer. „Willst du ausziehen?“, fragt sie mich und sieht auf den Wäschehaufen.

„Würde ich gerne, aber nein, ich ziehe nicht aus.“

„Hast du etwa ein Date? Sag nicht, du triffst dich mit dem Krüger!“

„Das geht dich auch nichts an!“ Ich merke, wie meine Reizschwelle sinkt. „Außerdem heißt er Lukas!“

„Du wirst schon sehen“, sagt Jasmin und verschränkt ihre Arme. „Entweder er will wirklich etwas von dir und du wirst früher oder später erkennen, dass er ein Idiot ist, oder er verarscht dich!“

Ich ziehe die Augenbrauen hoch. Das muss reichen. Auf eine Diskussion habe ich keinen Bock.

Als ich die Wohnung verlassen will, kommt Mutter von der Arbeit. „Isst du nicht mit uns Abendbrot?“, fragt sie mich.

„Meine Schwester trifft sich mit dem Blödmann ihrer Wahl“, sagt Jasmin.

„Ich treffe mich mit einem Jungen“, sage ich. „Wir wollen ins Kino gehen!“

Jasmin steht der Mund offen. Damit hätte sie nicht gerechnet.

„Vergiss nicht deine gute Erziehung!“, sagt meine Mutter und zwinkert mir zu. Ich nicke kurz und verlasse die Wohnung. Es ist schon zehn Minuten nach 17 Uhr, ich muss mich sputen.

Ich biege um die Ecke und sehe viele Leute vor dem Kino, die mich nicht interessieren. Jedoch sehe ich auch Lukas. Ich kann mein Herz bis zum Hals schlagen hören. Als ich vor ihm stehe, zieht er mich an meinen Schultern zu sich und gibt mir ein Küsschen auf die Wange. Ich fühle mich wie ein Eiswürfel in der Sonne.

Mit Popcorn und Cola sitzen wir in der obersten Reihe im Kino. Lukas streichelt mir über meinen Arm und ich sehe in seine braunen, fast schwarzen Augen. In diesem Moment wird es dunkel. Lukas dreht mit einer Hand mein Gesicht zu sich und küsst mich. Ich lasse es mir gefallen. Plötzlich spüre ich seine Zunge in meinem Mund. Ich werde gleich ohnmächtig. Mein erster Zungenkuss.

Als sich unsere Münder trennen, ist auch die Werbung zu Ende und es wird im Kinosaal wieder hell. Meine Wangen glühen. Lukas zwinkert mir zu und nimmt meine Hand. Der Film gefällt mir nicht. Ein amerikanischer Actionfilm, zu Schrott gefahrene Autos, ewige Schießereien und dumme Dialoge. Immer wieder küssen wir uns. Das entschädigt für den Mist auf der Leinwand.

Nach unserem Kinobesuch begleitet mich Lukas bis vor meinen Wohnblock. Bevor wir uns voneinander verabschieden, küssen wir uns noch einmal.

Auf die Fragen meiner Mutter und meiner Schwester reagiere ich nur widerwillig und nicht mehr als mit Ja und Nein. Ich wünsche „Gute Nacht“ und beschließe, schlafen zu gehen. An Einschlafen ist gar nicht zu denken. Durch meinen Kopf schießen Gedanken wie Sternschnuppen im Sekundentakt. Ich schlafe ein, bevor Jasmin ins Bett geht.

Die nächsten Tage verlaufen wie die Schultage zuvor: Auf den Unterricht habe ich keinen Bock und in den Pausen setzt sich Lukas zu mir. Dabei werden wir stets von etlichen Schülern beobachtet. Das jedoch ist mir egal. Am Freitag schlägt Lukas vor, am Abend noch mal ins Kino zu gehen. Es käme eine lustige Komödie und er vermutet, dass mir der Film besser gefallen wird als der vor ein paar Tagen. Ich willige sofort ein. Mein Vorsatz, cool zu tun und ihn immer einmal zappeln zu lassen, hat sich in Luft aufgelöst.

Endlich sitze ich im Kino neben Lukas und warte, dass das Licht gedämmt wird. Als es passiert, ist es das Signal, uns zu küssen. Der küsst aber auch gut. Ich bin happy. Auch während der Film läuft, küssen wir uns immer wieder. Der Film ist wirklich schöner als der Actionfilm, aber das ist mir egal. Wichtig ist nur, mit Lukas zusammen zu sein und unsere Knutscherei zu genießen.

Nach dem Kinobesuch begleitet mich Lukas wieder bis vor die Haustür. Mir fällt ein, dass Jasmin bei einer Freundin schläft und Mutter mit ihrer Lieblingskollegin zum Tanz gegangen ist. Also wird Mutter auch nicht vor 23 Uhr nach Hause kommen, hoffe ich. Lukas zieht mich zu sich heran und wir küssen uns. Als wir uns trennen, um Luft zu holen, sage ich: „Willst du noch mit zu mir kommen? Jasmin und meine Mutter sind nicht da.“

„Das wäre schön. Ich habe Zeit. Bin gespannt, wie dein Zimmer aussieht.“

„Ich muss mir das Zimmer mit Jasmin teilen!“

„Das ist doch toll!“

„So toll ist das nicht!“

Im Fahrstuhl, wir müssen bis in die siebte Etage fahren, küssen wir uns wieder. Ich öffne die Wohnungstür und wir hängen unsere Jacken auf. Ich nehme Lukas an die Hand und ziehe ihn hinter mir her. Wir gehen schnurstracks in Jasmins und mein Zimmer. Lukas sieht sich um und geht langsam durch das Zimmer. Vor Jasmins Schreibtisch bleibt er stehen. Er sieht sich die Fotos an, die an der Wand dahinter kleben.

„Wow, das ist ja ein geiles Bild!", sagt Lukas und zeigt auf ein Foto.

„Sag bloß niemandem, dass du in unserem Zimmer warst, und auf keinen Fall, dass du Jasmins Fotos gesehen hast. Meine Schwester bringt mich um!" Ich finde, dass sich Lukas die Bilder ein wenig zu lange ansieht. Hat der noch nie ein Mädchen im Bikini gesehen? Die Fotos entstanden vor einem Jahr an der Ostsee. Eine Woche Klassenfahrt.

„Deine Schwester sieht echt stark aus. Dass sie noch keinen Typen hat, verstehe ich nicht."

„Jasmin liebt nur ihren Gesang und sich selbst. Da ist kein Platz für einen Jungen. Möchtest du etwas trinken?" Ich gehe für ein paar Minuten in die Küche und hole uns etwas zu trinken. Lukas und ich trinken Himbeerbrause, sitzen auf meinem Bettrand, quatschen und knutschen. Ich bemerke gar nicht, wie schnell die Zeit vergeht. Es ist schon 22 Uhr. „Du musst jetzt langsam gehen. Meine Mutter könnte jeden Moment nach Hause kommen."

Lukas lächelt mich an und küsst mich wieder. Ich spüre, wie er nach meiner Brust greift. Das mag ich nicht, noch nicht! Nicht nach den wenigen Tagen. Mit etwas Druck schiebe ich ihn von mir weg.

„Gefällt dir das nicht? Ich dachte, du hast mich lieb?", fragt er mich und sein Gesicht ist ernst geworden.

„Natürlich habe ich dich lieb. Lass uns etwas Zeit!"

„Na, dann werde ich mal gehen!" Lukas steht auf und verlässt das Zimmer. Ich folge ihm und sehe, wie er nach seiner Jacke greift und die Tür öffnet, um mich zu verlassen.

„Bist du sauer?", frage ich.

„Schon gut", sagt Lukas. „Deine Schwester hätte sich bestimmt nicht so zickig gehabt. Tschüss!"

„Wann sehen wir uns wieder?", rufe ich ihm nach, als er schon fast am Fahrstuhl ist.

„Weiß nicht!", lautet seine Antwort und er verschwindet im Aufzug.

Mir schießen Tränen in die Augen. Was habe ich falsch gemacht?

Als Mutter eine Stunde später nach Hause kommt, stelle ich mich schlafend. Ich habe keine Lust, mir ihr zu reden. Außerdem möchte ich nicht, dass sie meine verheulten Augen sieht und Fragen stellt, die ich nicht beantworten will.

Ich habe schlecht geschlafen und einen blöden Traum gehabt. Erinnern kann ich mich nur noch daran, dass ich Jasmin und Lukas Hand in Hand aus der Schule kommen sah. Die Sonne scheint durch den Spalt zwischen den zwei Übergardinen, und in diesem Lichtkegel tanzen winzige Staubpartikel. Ich sehe auf die Uhr und bin überrascht, wie lange ich geschlafen habe. Es ist zehn Uhr. Schlaftrunken schlurfe ich zum Bad.

Die Wohnungstür wird geöffnet und Jasmin kommt nach Hause. „Bist du jetzt erst aufgestanden? Musst einen langen Abend gehabt haben? Ich habe frische Brötchen mitgebracht und mache uns Frühstück!"

Ich habe gar nicht mitbekommen, als Mutter die Wohnung verließ, um in die Arztpraxis zu gehen. Als ich aus dem Bad komme, hat Jasmin den Tisch gedeckt. Für mich hat sie zwei Brötchen, Marmelade und Honig hingestellt. Für sich hat sie einen Smoothie gemixt. Ich hoffe für meine Schwester, dass er besser schmeckt, als er aussieht. Dazu gibt es Kakao. Wir sind beide keine Kaffeetrinker.

Jasmin gönnt sich nach dem Smoothie noch eine Reiswaffel, während ich beginne, das zweite Brötchen mit Honig zu bestreichen.

„Wie war es denn mit dem Krüger im Kino?", beginnt Jasmin ein Gespräch. „Ich weiß, dass es mich nichts angeht. Aber ich möchte nur, dass sich bestätigt, dass ich falschliege und er dich nicht verarscht."

„Was ich dir jetzt erzähle, behältst du bitte für dich!", fordere ich.

„Geht klar!"

Ich erzähle, wie es im Kino war, dass wir uns geknutscht haben und mich Lukas nach Hause begleitet hat. Dass er in unserer Wohnung, schlimmer noch, dass er in unserem Zimmer war, verschweige ich. Jedoch erzähle ich ihr, dass er mir an die Wäsche wollte und ich das abgelehnt habe.

„Das hast du gut gemacht!", sagt Jasmin. „Wenn man einen Jungen als Freund hat, braucht es Zeit, bis man sich so nahekommt. Ich glaube immer noch, dass er dich verarscht. Mir ist der Typ nicht geheuer."

„Ich hoffe, dass du dich irrst!", entgegne ich. „Vielleicht bereut er schon, dass er so aufdringlich war."

„Das tut er bestimmt nicht. Kerle sind so, merken nicht einmal, wenn sie etwas falsch machen. Wollen wir eine Wette machen?"

„Was für eine Wette?", will ich von meiner Schwester wissen.

In diesem Augenblick klingelt es. Ich vermute, dass es Adrian ist, der wieder einmal vor den Streitereien seiner Eltern flieht. Ich gehe an die Sprechanlage neben der Wohnungstür und frage, wer da ist.

„Ich bin es, Lukas. Darf ich kurz nach oben kommen? Ich muss dir etwas Wichtiges sagen."

Jasmin lehnt am Türrahmen vom Wohnzimmer und nickt.

„Ist in Ordnung, komm hoch!" Ich betätige den Türöffner.

„Hör mir zu", sagt Jasmin. „Wenn sich eine Gelegenheit ergibt, versuche ich ihn anzubaggern. Ich wette, er beißt an! Wenn nicht, kaufe ich dir eine Schachtel mit den teuersten Bleistiften mit verschiedenen Härtegraden. Sollte er sich auf mich einlassen, musst du mir ein Bild malen, wie ich beim Schulchorjubiläum auf der Bühne stehe und mein Solo singe! Einverstanden?"

„In der Zeit, in der du dein Lied singst, kann ich dich unmöglich zeichnen!"

„Du machst ein Foto mit deinem Handy und zeichnest später in Ruhe. Was nun, bist du einverstanden?"

Ich bin mir sicher, dass Lukas keine Anmache bei Jasmin startet. Auf diese Wette kann ich eingehen. Freue mich schon jetzt auf die Stifte, die ich mir bereits seit geraumer Zeit wünsche. „Die Wette gilt!", sage ich meiner Schwester und reiche ihr die Hand. Jasmin schlägt ein.

In diesem Augenblick läutet es an der Wohnungstür. Ich öffne und frage Lukas, was er mir sagen will.

„Darf ich reinkommen?"

„Von mir aus. Wir gehen ins Wohnzimmer."

Jasmin grüßt Lukas und schickt ihm ein Lächeln. „Will sie die Wette hier zwischen Tür und Angel gewinnen?", schießt es mir durch den Kopf. Sie räumt unser Frühstücksgeschirr in die Küche und sagt, dass sie in unserem Zimmer für ihren Auftritt übt.

„Was musst du mir Wichtiges sagen?", frage ich Lukas.

„Ich wollte mich für gestern entschuldigen. Vielleicht hast du recht und wir sollten uns etwas mehr Zeit lassen. Bist du mir noch böse?"

„Die Entschuldigung ist angenommen. Ich finde es toll, dass du deshalb zu mir gekommen bist." Mir fällt ein, dass ich noch ein paar meiner Zeichnungen für mein Treffen am Nachmittag mit Willy raussuchen muss. Deshalb sage ich zu Lukas, dass ich eigentlich keine Zeit habe. Den Grund nenne ich ihm nicht.

Wir küssen uns und ich begleite Lukas an die Tür. Plötzlich hören wir, wie Jasmin mit ihrem Gesang beginnt.

„Wow, deine Schwester hat aber eine tolle Stimme."

„Stimmt! Deshalb darf sie auch ein Solo bei der Chorfeier in der Schule singen!"

„Darf ich mal zu ihr? Ich finde es so schön. Das ist doch das *Heidenröslein*!"

„Ist es! Warte, ich frage Jasmin, ob du ihr kurz zuhören darfst." Eigentlich würde ich mich nicht darauf einlassen und hätte ihm gesagt, dass er doch zum Schulchorfest kommen soll. Jedoch will ich wissen, ob er Jasmin anbaggert.

Ich öffne die Tür zu unserem Zimmer nur so weit, dass mein Kopf zwischen den Spalt passt. Ich frage Jasmin, ob Lukas ihr ein bisschen zuhören darf, und zwinker meiner Schwester zu. Sie scheint mich zu verstehen und grinst. Jasmin weiß, dass ich nur wissen will, ob er sie anmacht.

„Ja, er darf mir zuhören, soll aber an der Tür stehen bleiben."

„Ich habs gehört!", sagt Lukas und stahlt wie ein Vollmond. Er bedankt sich bei Jasmin. Und steht mit verschränkten Armen in der Tür.

„Ich lass euch für einen Moment allein, muss im Wohnzimmer nach etwas suchen", sage ich. „Dazu brauche ich nur meine dicke Ledermappe, die auf meinem Schreibtisch steht. Außerdem weiß ich, wie gut Jasmin singen kann!"

Ich greife nach der Mappe mit meinen Zeichnungen und begebe mich wirklich ins Wohnzimmer. Dort möchte ich meine gelungensten Zeichnungen für Willy aussuchen. Doch fällt es mir schwer, mich zu entscheiden, welche der fast vierzig Zeichnungen die gelungensten sind. Also schließe ich die Mappe und beschließe, Willy alle Zeichnungen zu präsentieren. Ich schaffe die Ledermappe mit den DIN-A4-Zeichnungen zurück in unser Zimmer.

Jasmin hat das Lied sogar zweimal gesungen und mit Lukas gequatscht. Das habe ich gehört. Sie bittet ihn, zu gehen, weil gleich unsere Mutter von der Arbeit kommen wird. Ich sehe, wie Lukas meiner Schwester den erhobenen Daumen seiner rechten Hand zeigt, sich bedankt und verabschiedet. Von mir bekommt er an der Tür einen Kuss. Lukas erwidert ihn mit einem flüchtigen Berühren meiner Lippen und läuft hastig zum Fahrstuhl. Schnell schließe ich die Tür und eile zu meiner Schwester, die mich mit einem Grinsen erwartet.

„Na, hat er dich angebaggert?“, will ich wissen und bin mir ziemlich sicher, dass in der kurzen Zeit nichts dergleichen passiert ist.

„Ich habe ihn gefragt, wie es im Kino war“, erzählt mir Jasmin. „Da hat er geantwortet, ganz gut. Jedoch wäre er lieber mit mir mal ins Kino gegangen!“

„Ich glaube dir kein Wort. So ein Arsch ist er nicht!“

„Doch, das ist er. Er würde deutlich spüren, dass ich schon reifer bin als meine kleine Schwester, besser aussähe und es bestimmt im Leben zu etwas bringen würde. Jeder wisse, was für gute Noten ich in der Schule zustande bekomme!“

„Was hast du gesagt?“ Mir kommen die Tränen.

„Hey Uli, der ist keine Träne wert. Er hat vorgeschlagen, dass ich mit ihm morgen Abend ins Kino gehe.“

Ich werde wütend. Wütend auf Lukas und auf mich. Wieso habe ich nicht gemerkt, dass er gar nichts von mir will, sondern nur von meiner Schwester? „Und? Gehst du mit ihm ins Kino?“, will ich von Jasmin wissen.

„Ich habe zugesagt. Schwesterchen, der wird mich nicht anfassen und schon gar nicht küssen. Aber es kommt ein guter Film und ich möchte unsere Wette gewinnen. Ich schwöre, ich werde dir danach, wenn ich nach Hause komme, alles brühwarm erzählen.“

„Ich habe mich wirklich in den Typ verknallt“, sage ich kleinlaut. „Und habe wie so oft wieder einmal ins Klo gegriffen!“

5. Willys Geheimnis

Ich nehme meine Ledermappe und verlasse die Wohnung. Mutter hat sich nach dem Mittagessen hingelegt und Jasmin ist mit ihren Freundinnen unterwegs. Ich bin immer noch traurig und von Lukas enttäuscht. Wenn ich mit Willy in etwas mehr als einer Stunde am Hochsitz im Reißbachtal zusammentreffe, möchte ich mir aber nichts anmerken lassen. Ich bin gespannt, was er von meinen Zeichnungen hält. Der Himmel ist grau und es ist nicht so warm, um auf eine Jacke verzichten zu können. Ich laufe zügig. Endlich habe ich das Dorf Hallrich hinter mir gelassen. In mir macht sich ein merkwürdiges Gefühl breit. Obwohl ich mich freue und gespannt bin, wie Willy meine Zeichnungen findet, werde ich, je näher ich meinem Ziel, dem Hochsitz im Reißbachtal komme, umso unruhiger. Es könnte auch möglich sein, dass ihm meine Bilder nicht gefallen.

Ich komme gut voran. Menschen begegnen mir wieder keine. Der Himmel droht mit Regenschauern, was die Menschen von einem Spaziergang abzuhalten scheint. Endlich sehe ich den Hochsitz. Willy und seinen Hund kann ich nicht erkennen. Minuten später laufe ich über die Wiese, springe an der schmalsten Stelle über den Bach und bewältige ohne Schwierigkeiten den Anstieg zum Hochsitz. Noch ist von Willy nichts zu sehen. In die Kanzel klettern will ich nicht. Willy würde mir nicht nach oben folgen können. Ich setze mich ins Gras und lehne mit meinem Rücken an der Holzleiter.

Es knackt im dichten Unterholz hinter den kleinen Tannenbäumen und wenige Augenblicke später erscheinen Willy und sein Hund Whisky. Der Alte hat wieder seinen Mantel an, trägt einen Rucksack auf dem Rücken und hat den Hut mit der breiten Krempe auf. Willy lächelt mir zu. „Wartest du schon lange auf uns?“, fragt er mich und setzt sich umständlich zu mir.

„Bin auch erst vor ein paar Minuten hier angekommen. Sie sind pünktlich!“ Whisky kommt zu mir und ich knuddel seinen Kopf.

„Wir sind per Du, also ich heiße Willy!“, sagt der alte Mann und holt aus seinem Rucksack eine Flasche Bier heraus. Er öffnet sie mit einem Flaschenöffner an seinem Taschenmesser und nimmt einen kräftigen Schluck. „Hast du deine Zeichnungen mit?“, fragt er mich, nachdem er die Flasche abgesetzt hat.

„Natürlich!“, sage ich, greife nach der Mappe, die hinter mir liegt, und öffne sie am Reißverschluss. „Ich habe alle Zeichnungen mitgebracht. Es sind so an die vierzig Stück!“ Ich reiche Willy die Mappe.

Er stellt die Bierflasche neben sich und sagt mit erhobenem Zeigefinger zu Whisky, dass er sie nicht umwerfen soll. Willy durchblättert meine Zeichnungen, die lose in der Mappe liegen. Sie sind auch nicht nach Titeln oder Erstellungsdatum sortiert. Immer wieder nickt er, manchmal kriecht ein Lächeln in sein Gesicht und manchmal scheint es zu erstarren. Es dauert etliche Minuten, bis der alte Mann die letzte Zeichnung ansieht.

„Und wie findest du meine Zeichnungen?“, frage ich, als er die Mappe zuklappt, ohne sie mit dem Reißverschluss zu verschließen.

„Es ist egal, wie ich die Zeichnungen finde. Du musst zufrieden sein mit dem, was du zu Papier bringst. Deine Zeichnungen gefallen mir, was sage ich, sie sind wirklich hervorragend.“

„Willy, hast du auch mal gemalt oder gezeichnet?“

„Das ist lange her, Schnee von gestern. Es lohnt nicht, darüber zu reden.“ Der alte Mann sieht zum Himmel und schüttelt seinen Kopf. „Ich versuche, diese Zeit aus meinen Erinnerungen zu verbannen!“

Ich bin neugierig. „Bitte erzähle mir davon! Ich werde alles für mich behalten, kein Wort dessen, was du mir anvertraust, wird über meine Lippen kommen.“

Willy greift nach der Bierflasche, nimmt einen Schluck und stellt sie wieder neben sich. Er greift in seinen Rucksack und holt ein Würstchen, das in einer Folientüte steckt, heraus und reicht sie Whisky, der die Wurst schwanzwedelnd annimmt. „Na gut, ich werde dir von mir erzählen!“, brummt der alte Mann neben mir und holt noch einmal tief Luft. „Nach meinem Studium arbeitete ich als Lehrer für Kunsterziehung. Nebenbei begann ich zu malen. Erst waren es Aquarelle, später malte ich mit Acrylfarben.“

„Was hast du so gemalt und hast du diese Bilder noch?“, unterbreche ich Willy. „Ich würde sie gern sehen wollen!“

„Ich hatte ein Dutzend Bilder gemalt. Es waren Landschaften, Tiere des Waldes, aber auch Bilder, die Gefühle ausdrücken sollten. Ein Bild nannte ich *Glück*, eines *Tod*, ein anderes *Leben*. Während des Studiums lernte ich einen Kommilitonen kennen, der später in unserer Stadt ein paar Bilder von sich ausstellte und danach Kurator wurde."

„Was ist ein Kurator?", frage ich Willy.

„Das ist einer, der Ausstellungen organisiert und sich um alles, was damit zu tun hat, kümmert. Jedenfalls kam es dazu, dass er mit meinen Bildern auch eine Ausstellung organisierte. Es kamen nicht viele Leute, um sich meine Bilder anzusehen. Doch eines Tages rief mich mein Freund, der Kurator, an und sagte, dass es einen potenziellen Käufer für eins meiner Bilder gebe. Ich solle am nächsten Tag gegen 15 Uhr vorbeikommen. Also ging ich tags darauf hin. Ich erfuhr, dass ein paar reiche Amerikaner, alles Industrielle, sich deutsche Städte ansehen wollten, um vielleicht hier in verschiedene Firmen zu investieren. Jedenfalls war darunter ein Mr. Fisher. Mein Freund machte mich mit diesem Herrn, der ungefähr so alt war wie ich, also Ende dreißig, bekannt. Mr. Fisher wollte ein Bild von mir kaufen. Der Kurator hatte mir bereits am Telefon gesagt, dass ich einen ziemlich hohen Preis aushandeln solle. Schließlich wären das keine armen Leute."

„Was war das denn für ein Bild?", rede ich wieder dazwischen.

„Es hieß *Das schwarze Schaf*. Darauf war eine Schafherde zu sehen, bei der alle Tiere nach links sahen. Inmitten dieser Schafherde hatte ich ein schwarzes Schaf platziert und dieses sah in die entgegengesetzte Richtung, also nach rechts. Ich fragte den Amerikaner, was er dafür bezahlen würde. Er überlegte eine Weile und sagte dann: 30000 Mark! Ich wäre fast umgefallen. Hätte er mir 500 Mark geboten, hätte ich es ihm auch überlassen und wäre glücklich gewesen. Mein Freund schüttelte ein wenig seinen Kopf. Sollte ich etwa mehr verlangen, überlegte ich. Schließlich verkaufte ich dieses Bild, übrigens erst das vierte Bild, das ich gemalt hatte, für 35000 Mark. Das war damals unfassbar viel Geld. Dafür hätte ich noch fast zehn Jahre arbeiten müssen."

„Und was hast du mit dem ganzen Geld gemacht?" Ich finde Willys Geschichte unglaublich und frage mich, wieso er jetzt so lebt?

„Mit dem Geld habe ich mein Leben zerstört. Ich begann zu trinken, schottischen Whisky. Erst wenig, dann wurde es immer mehr. Schließlich verlor ich meine Stelle als Lehrer, meine Frau trennte sich von mir und weil ich die Miete nicht mehr zahlen konnte, verlor ich auch die Wohnung. Erst war ich obdachlos, verließ die Stadt und schlief mal hier, mal da. Ein Arzt sagte mir, dass ich bald sterben werde, wenn ich weiter so viel Alkohol konsumieren würde. Meine Leber würde das auf Dauer nicht durchhalten. Ich hörte auf mit dem Saufen und kehrte wieder hierher in diese Stadt zurück. Sogar eine Arbeit fand ich, nichts Besonderes, musste nur das Gelände ums Rathaus sauber halten. Eine Wohnung besaß ich immer noch nicht. Vom Pförtner des Rathauses erfuhr ich, dass im Reißbachtal mitten im Wald ein Forsthaus verkauft werden sollte, weil es der Forst nicht mehr benötigte. Ich kaufte es und erhielt die Genehmigung, dort zu wohnen."

„Du wohnst allein hier im Wald?", staune ich.

„Nicht allein, ich habe doch Whisky. Übrigens seit damals, als ich zurückkam, habe ich nicht einen Schnaps mehr getrunken. Bier trinke ich immer noch. Das ist ja so etwas wie flüssiges Brot!"

„Und von dem vielen Geld hast du nichts mehr?"

„Etwas habe ich schon noch davon. Wir zwei brauchen nicht viel. Dafür reicht es allemal und für meine Beerdigung habe ich auch etwas bei einem Bestattungsunternehmen hinterlegt. Nicht, dass sie mich einfach so verscharren. Jetzt habe ich dir mehr erzählt, als ich es überhaupt wollte. Mit niemandem habe ich bisher darüber geredet. Die Leute halten mich sowieso für verrückt. Vielleicht bin ich es ja auch."

„Willy, danke, ich werde alles für mich behalten. Meinst du, ich könnte auch einmal mit meinen Bildern Geld verdienen. Ich will nicht unbedingt reich werden, aber zum Leben sollte es schon reichen."

„Natürlich kannst du deine Bilder verkaufen. Du musst nur dran bleiben. Du musst jeden Tag zeichnen. Nur so kannst du besser werden. Lerne verschiedene Zeichentechniken wie das Schummern oder das Schraffieren. Lerne, was du mit Bleistiften verschiedener Härtegrade für Effekte erzielen kannst."

„Was ist Schummern?", frage ich und habe keinen blassen Schimmer, was das sein soll.

„Das erkläre ich dir, wenn wir uns das nächste Mal treffen. Vorausgesetzt, du willst dich noch mal mit mir treffen!"

„Und wie ich das will! Mit mir hat noch nie jemand so über das Zeichnen gesprochen."

„Ein Tipp noch, bevor wir dich verlassen: Deine Bilder geben genau das wieder, was du siehst. Die Rehe zum Beispiel hast du perfekt gezeichnet. Du kannst auch durch unterschiedlichen Druck, mit dem du den Stift auf das Papier drückst, gute Kontraste erzeugen. Das machst du wirklich prima. Aber versuche doch, deinen Zeichnungen eine Seele zu geben. Du zeichnest etwas so, wie du es siehst. Da würde es doch reichen, wenn man es fotografiert."

„Ich weiß nicht, was du meinst. Wie sollen meine Bilder eine Seele bekommen können?"

Willy zieht seine buschigen Augenbrauen hoch und schiebt sich seinen Hut etwas nach hinten. „Kannst du mir einen weichen Bleistift geben und ein leeres Blatt? Ich will dir etwas zeigen. Danach wirst du wissen, was ich meine, wenn ich sage, du musst deinem zu zeichnenden Objekt eine Seele geben."

Ich klappe meine Ledermappe auf und unter all meinen Zeichnungen habe ich ein paar leere Blätter liegen. Bleistifte habe ich nur zwei dabei: einen mit weicher und einen mit harter Miene. Ich reiche Willy den weichen Bleistift und das Blatt Papier. Der alte Mann nimmt beides in eine Hand und mit der anderen greift er nach meiner Mappe, um sie als Unterlage zu benutzen. Willy zeichnet einen Baum, der auf einer Wiese steht. „Was siehst du?", fragt er, als er fertig ist.

„Einen Baum!", antworte ich.

„Was fällt dir an dem Baum auf?"

„Ich habe das Gefühl, als würde sich der Baum etwas neigen und seine Blätter im Wind zappeln, so als würde Wind von der Seite kommen!", sage ich und hole tief Luft.

„Es ist nicht nur ein Baum. Du siehst, dass die Blätter zu zappeln scheinen, und du denkst, dass der Wind von der Seite kommt! Ich habe keinen Wind gezeichnet, wie auch? Der Baum lebt. Ich habe ihm eine Seele gegeben."

„Ich verstehe, was du meinst. Einfach einen Baum zu zeichnen, würde einen langweiligen Abklatsch vom Original ergeben. So aber ist Leben in diesem Baum! Wow, du bist immer noch ein toller Lehrer."

„Na gut, unsere erste Lektion ist zu Ende. Whisky und ich müssen nach Hause!"

„In die Hütte im Wald?"

„Genau in unsere Hütte im Wald."

„Wann sehen wir uns wieder?", frage ich und hoffe, dass es bis dahin nicht so lange dauern wird.

„Wenn du willst, treffen wir uns nächsten Samstag wieder hier um die gleiche Uhrzeit!", brummt Willy und erhebt sich umständlich.

„Aber gerne! Dann bis in einer Woche!“

„Versuche, bis dahin wenigstens zwei Zeichnungen anzufertigen, die du dann mitbringst“, bittet mich Willy. „Und die anderen Zeichnungen bringst du bitte auch noch mal mit.“

„Das werde ich tun und zwei neue Zeichnungen anfertigen!“

„Mit Seele!“, ruft Willy.

„Natürlich!“, rufe ich ihm nach. „Was denn sonst!“

Willy verschwindet mit seinem zotteligen Vierbeiner im Wald. Ich schäme mich ein bisschen, weil ich Willy vor einer Woche noch für einen Penner hielt. Von meinem Treffen mit Willy werde ich zu Hause nichts sagen. Auf die Warnungen und negativen Ansichten über den alten, netten Mann kann ich verzichten.

6. Die Wette und ihre Folgen

Es war ein wenig voreilig, Willy zu sagen, dass ich zwei neue Zeichnungen zu unserem nächsten Treffen mitbringe. Es ist Sonntag und ich zerbreche mir meinen Kopf, was ich zeichnen könnte. Zum Hochsitz kann ich nicht, weil es regnet.

Es ist Nachmittag und mir ist noch keine Zeichenidee gekommen. Vielleicht liegt es daran, dass ich akzeptieren muss, dass sich meine Schwester in ein paar Stunden mit Lukas trifft, um mit ihm ins Kino zu gehen. Ein bisschen leide ich immer noch darunter, dass es wieder einmal ein Griff ins Klo war. Es tut richtig weh, mir einzugestehen, dass Jasmin recht hatte, als sie behauptete, dass mich der Typ nur verarscht.

Ich werde mich nie wieder verlieben! In Zukunft werde ich mich vor allem dem Zeichnen widmen. Vielleicht wird mein Traum wahr und ich kann damit einmal Geld verdienen. Mich bestärkt darin auch die Gewissheit, dass mir Willy helfen wird. Er ist wirklich ein guter Lehrer. Es wäre auch nicht das Schlechteste, wenn ich mal nach den Sternen greifen könnte, so wie es Mutter meiner Schwester prophezeit. Noch habe ich die Hoffnung, irgendwann einmal nicht mehr ins Klo zu greifen, und der Klodeckel geschlossen bleibt.

Mutter trinkt Kaffee, Jasmin und ich Kakao. Mutter und ich essen ein Stück Schwarzwälder Kirschtorte und meine Schwester vertilgt drei Reiswaffeln.

„Was ist denn mit dir?“, fragt mich meine Mutter. „Du siehst traurig aus.“

„Ich habe recht gehabt, der Typ aus meiner Parallelklasse hat sie nur verarscht“, beantwortet Jasmin die Frage, die mir gestellt wurde. Aber es stimmt auch.

„Ach Uli, der Kerl hat dich gar nicht verdient“, versucht Mutter mich zu trösten.

„Die ganzen Kerle können mir gestohlen bleiben!“, sage ich. „In Zukunft werde ich mich mehr um meine Zeichenkarriere kümmern.“

Mutter kichert. „Meinst du, dass du mit dem Zeichnen glücklicher wirst als mit einem guten Jungen?"

„Es gibt keine guten Jungs!", erwidere ich – es klingt etwas trotzig. „Ihr glaubt nicht, dass ich mal von meinen Zeichnungen leben kann?"

„Ich finde, dass es ein schöner Traum ist. Das wird es auch bleiben!", sagt Mutter. „Du kannst schön zeichnen, aber es wird ein Hobby bleiben."

Ich habe keine Lust, darauf zu antworten. Endlich sind wir mit dem Kaffeetrinken fertig und ich kann in unser Zimmer gehen und mich an meinen Schreibtisch setzen. Vorher räume ich mit Jasmin den Tisch ab, während Mutter sich das Bügelbrett ins Wohnzimmer stellt. Sie sagt, dass im Fernsehen gleich eine amerikanische Liebeskomödie kommt, die sie sehen möchte, außerdem könne sie dabei bügeln.

Während ich an meinem Schreibtisch sitze und auf ein leeres Blatt Papier starre, probiert Jasmin Klamotten an, die sie ins Kino anziehen möchte. Ich kann mich nicht konzentrieren, weil Jasmin, sobald sie sich etwas ausgesucht hat, mich fragt, ob es ihr steht und ob sie es ins Kino anziehen kann. Selbst wenn ich sage, dass es gut aussieht, zieht sie ein ungläubiges Gesicht, schüttelt ihr hübsches Köpfchen und die Modenschau geht weiter.

Als meine Schwester sich für eine blaue Röhrenjeans und ein weißes T-Shirt entschieden hat, sind wir beide erleichtert. Jasmin verschwindet im Bad. Endlich habe ich Ruhe, um nachzudenken, was ich nun zeichnen könnte. Ich möchte erst einmal eine Skizze anfertigen. Im Laufe der Woche werde ich meine Idee dann ins Reine zeichnen. Vor allem soll meine Zeichnung eine Seele besitzen. Ich möchte Willy nicht enttäuschen.

Es ist schon kurz vor 17 Uhr. Ich habe eine Blume skizziert. Jedoch gefällt sie mir nicht und eine Seele kann ich bei ihr auch nicht entdecken. Die Tür wird aufgerissen und Jasmin kommt nur in Unterwäsche zurück. Im Schlepptau hat sie eine Duftwolke, die mir fast den Atem nimmt.

„Der Typ wird ohnmächtig, wenn du so duftest. Oder sein bisschen Resthirn wird vernebelt", stelle ich fest.

„Das ist mir egal. Ich mache mich nicht für den Kerl zurecht. In erster Linie muss ich mit mir zufrieden sein, mit meinen Klamotten und auch mit meinem Duft und meinem dezenten Make-up!"

So ist meine Schwester. Ich hätte mir ein Bein ausgerissen, um den Jungen, mit dem ich verabredet bin, zu gefallen. Wie ich mich dabei selbst finden würde, wäre mir egal.

„Und wie sehe ich aus?", fragt mich meine Schwester und dreht sich einmal um sich selbst.

„Du siehst toll aus. Der Krüger wird den Mund nicht mehr zubekommen!", stelle ich fest.

„Vor allem wird er den Mund nicht mehr zu bekommen, wenn ich ihm die Meinung gegeigt habe. Das werde ich mir für nach dem Film aufheben. Der Film ist nämlich ganz gut, wie mir meine Freundinnen sagten. Also tschüss!" Jasmin schließt die Tür. Ich rufe ihr nach, dass ich ihr viel Spaß wünsche.

Ich nehme mir vor, wenigsten bis zum gemeinsamen Abendbrot mit Mutter eine Idee zu Papier zu bringen. Das Blatt mit der seelenlosen Blume landet im Papierkorb.

Es ist mir nichts mehr eingefallen. Ich will Willy nicht enttäuschen, aber mit zwei neuen Zeichnungen aufzuwarten ist eine Herausforderung. Mir kommen meine Ideen immer spontan, meist bei einem Spaziergang, bei einer Beobachtung oder einer kleinen Zeitungsnotiz.

Ich sitze mit meiner Mutter im Wohnzimmer am Esstisch und esse etwas Rührei und dazu eine Scheibe Butterbrot. Ich habe keinen Hunger und nach Reden ist mir auch nicht.

„Ich bin gespannt, ob Jasmin der Film gefallen hat", versucht Mutter, ein Gespräch in Gang zu setzen. „Vielleicht verliebt sie sich in den Jungen."

Die Worte meiner Mutter helfen mir ungemein, dass sich meine Stimmung bessert. „Jasmin will keinen Freund", sage ich in einem Ton, der erahnen lässt, dass ich nicht gut drauf bin. „Sie liebt nur ihre Musik und ihren Gesang. Und der Krüger ist so ein Arsch, der hat null Chancen, bei ihr etwas zu erreichen."

„Was malst du denn gerade?", versucht meine Mutter, unserem Gespräch eine Wendung zu geben.

Was soll ich auf die Frage, die meine Stimmung nicht unbedingt verbessert, antworten? „Ich male nicht, ich zeichne. Zurzeit zeichne ich aber gar nichts, hab keine Idee."

Wir sind mit dem Abendbrot fertig und räumen den Tisch ab. Ich übernehme sogar den Abwasch. In meinem Kopf macht sich die Frage breit, wie ich reagieren soll, wenn meine Schwester mir sagt, dass der Typ doch nicht so schlecht ist und sie ab jetzt ein Paar sind. Totaler Quatsch. Eigentlich müsste ich meine Schwester besser kennen.

Im Fernsehen kommt nichts, was ich mir gern ansehen würde. Ich wünsche meiner Mutter eine gute Nacht und verziehe mich in mein Zimmer. Dort lege ich mich auf mein Bett und höre zum tausendsten Mal die Lieder von Marcel Weniger, die ich auf meinem Handy gespeichert habe. Seine Lieder versetzen mich immer in eine gute Stimmung. Die Texte haben eine positive Aussage und machen auch immer Mut, nicht aufzugeben, egal um was es sich handelt.

Als das letzte Lied zu Ende ist, mache ich mich bettfertig. Ich liege in meinem Bett, als mir doch noch eine Idee in den Sinn kommt, mit der ich etwas anfangen könnte. Ich stehe noch mal auf und gehe zum Papierkorb. Dort krame ich unter all den zerknüllten Papieren die Zeichnung mit der Blume hervor. In Schlafsachen setze ich mich an meinen Schreibtisch und sehe mir die Blume an, die ich am Nachmittag gezeichnet hatte. Schnell skizziere ich eine Rose, die aus einem Stein wächst. Die Aussage soll sein, dass auch aus etwas Hoffnungslosem, dem Stein, dennoch etwas Positives wachsen kann – eine Rose. Zufrieden über meine Idee liege ich in meinem Bett und starre an die Zimmerdecke.

„Schläfst du?“, höre ich eine Stimme und öffne die Augen.

Ich war wirklich eingeschlafen. Auf meiner Bettkante sitzt Jasmin und lächelt mich an. Die Parfümwolke, die sie mit ins Kino schleppte, hat sie auch wieder mit nach Hause gebracht.

„Ja, ich war eingeschlafen. Und wie war es mit dem Krüger?“

Jasmin holt tief Luft und beginnt mit ihrem Bericht. „Der Film war super. Es war eine amerikanische Komödie. Ich habe viel gelacht. Lukas schien sie nicht so zu gefallen. Er hat drei-, viermal nach meiner Hand gegriffen, die ich ihm aber immer wieder entzogen habe.“

„Hat er versucht, dich zu küssen?“, unterbreche ich meine Schwester.

„Während des Filmes nicht. Als wir das Kino verließen und ein paar Schritte gegangen waren, stellte er sich mir in den Weg. Er fasste mich an meiner Schulter und wollte mich zu sich heranziehen. Ich drückte ihn zurück. Sind wir jetzt nicht zusammen?, fragte er mich. – Das war mein Signal. Hör mal, sagte ich zu dem Typ, was denkst du dir eigentlich? Erst baggerst du meine Schwester an, verarscht sie und denkst, weil du ja der schönste Kerl auf Erden bist, dass ich mich auf dich einlasse. Du hast mit ihren Gefühlen gespielt und sie verletzt. – Ich wollte doch nur mit dir zusammenkommen. Für dich empfinde ich viel mehr als für Ulrike. – Lukas Krüger, du bist ein arrogantes, eingebildetes Arschloch. Allerdings weiß ich nicht, auf was du dir etwas einbildest. So, nun verpiss dich!“

„Was hat er darauf gesagt?“, will ich wissen.

„Nichts, hat ein bedeppertes Gesicht gezogen, seinen Kopf geschüttelt und ließ mich stehen!“

„Das hast du gut gemacht. Der Kerl hat so eine Ansage mal gebraucht. Danke, Jasmin!“

„Danke ist zu wenig ...“

„Hä, wieso?“

„Schwesterchen, wir haben eine Wette laufen, die ich gewonnen habe. Das heißt, du wirst mich beim Schulchorfest fotografieren und dann eine Zeichnung davon anfertigen!“

Ich stöhne. „Ja, okay, du hast die Wette gewonnen. Wann genau ist dieses Chorjubiläum?“

„In ungefähr sechs Wochen“, antwortet mir Jasmin. „Es ist der Freitag, an dem es Zeugnisse gibt und unsere Sommerferien beginnen.“

„In den Ferien werde ich dein Bild zeichnen“, sage ich und bin froh, dass noch viele Tage bis zum Schulchorjubiläum vergehen müssen. Wichtiger sind mir erst einmal die zwei Zeichnungen, die ich für Willy anfertigen will. Mir bleiben bis Samstag nur noch fünf Tage. Egal was passiert, ich möchte den alten Mann nicht enttäuschen.

7. Adrian, meine beste Freundin

Es ist Montag, der Himmel ist grau und wieder beginnt eine neue Schulwoche. Ich hoffe, dass die Zeugnisnoten feststehen und wir nicht noch zahlreiche Arbeiten schreiben müssen. Meine Lust auf Schule geht gegen null. Ich warte vor unserem Wohnblock auf Adrian. Diesmal vergehen keine zehn Minuten, bis er erscheint. Gemeinsam setzen wir uns in Bewegung.

„Was gibts?", fragt er mich. „Verbringste die Hofpause wieder mit dem Clown aus der Zehnten?"

„Das hat sich erledigt. Ihr habt recht gehabt, du und Jasmin. Es ist ein Arsch. Der wollte sich über mich an meine Schwester ranmachen."

„So ein Idiot. Jasmin lässt sich doch nicht auf den Krüger ein!"

„Er hatte sie ins Kino eingeladen. Sie hat die Einladung angenommen. Aber danach hat sie ihm die Meinung gesagt. Meine Schwester nimmt kein Blatt vor den Mund, wenn sie etwas klärt."

Adrian grinst und schweigend gelangen wir zur Schule. In den ersten Stunden haben wir Kunsterziehung. Ich bin gespannt, was wir heute machen müssen. Auf keinen Fall möchte ich wieder irgendwelche Bilder interpretieren.

Frau Thomas hat ein buntes Kleid an, auf dem eine Sommerwiese zu wachsen scheint. „Heute möchte ich euch die Chance geben, sich noch eine gute Note zu verdienen", kündigt unsere Lehrerin an. „Jeder zeichnet mit einem Bleistift ein Bild, auf dem zu sehen ist, was er in den Sommerferien tun möchte." Frau Thomas gibt jedem ein Blatt. „Ihr habt eine Stunde Zeit. In der zweiten Unterrichtsstunde stellt jeder sein Bild vor. Alles verstanden?"

„Ich möchte in den Ferien am Gardasee in Italien baden", ruft Melissa. „Wie aber kann ich es so zeichnen, dass man erkennt, dass es der Gardasee ist und nicht der Baggersee im Nachbarort?"

„Man könnte an der Badestelle ein Schild zeichnen, auf dem ein italienisches Wort steht!", schlägt Frau Thomas vor.

Melissa zuckt mit den Achseln und beugt sich über ihr weißes Blatt.

Ich weiß auch nicht, was ich zeichnen soll. Wie meine Ferien aussehen und was ich machen werde, ist mir schleierhaft. „Vielleicht kann ich Zeit mit Willy verbringen", denke ich. Und in diesem Moment schießt mir die Idee für meine Zeichnung in den Kopf. Ich nehme meinen harten Bleistift, mit dem ich immer dünn vorzeichne. Ich skizziere mich seitlich von hinten, wie ich am Hochsitz sitze und ein Reh zeichne, das auf der Wiese steht. Es dauert bis ans Ende der Unterrichtsstunde, bis ich fertig bin. Die Hauptkonturen meiner Zeichnung habe ich mit dem weichen Bleistift gezeichnet. Die Wiese nur mit dem harten Bleistift angedeutet. Ich lege den Bleistift aus der Hand, als es zur Pause klingelt. Frau Thomas bittet uns, die Zeichnungen wegzupacken, damit sie noch keiner sehen kann.

Ich sitze ein paar Minuten später wieder auf der Lehne meiner Bank auf dem Schulhof. Hunger auf Brot habe ich nicht. Also esse ich meinen Apfel. Aus der Masse an Schülern, die den Schulhof bevölkern, kommt plötzlich Lukas Krüger auf mich zu und bleibt vor mir stehen.

„Hey, ich habe etwas herausgefunden!", sagt er und starrt mich an.

„Es interessiert mich nicht! Hau ab!"

Krüger schert sich nicht darum. „Ich habe herausgefunden, dass deine Schwester genauso bescheuert ist wie du."

„Hast du schon mal über dich nachgedacht?", erwidere ich. „Du bist wohl nicht bescheuert? Zieh Leine!"

„Ich muss dir etwas zeigen!", sagt Lukas Krüger und holt sein Handy aus der Tasche seiner Jeans. Er tippt darauf herum und hält es mir unter die Nase.

Ich falle gleich rückwärts von der Bank, als ich erkenne, was mir der Idiot zeigt. Es ist das Foto, das über Jasmins Schreibtisch hängt und sie im Bikini zeigt. „Wo hast du das her?"

„Tja, als du mich zu euch mitgenommen hast, waren wir doch in eurem Zimmer. Während du mir etwas zu trinken geholt hast, habe ich es mit dem Handy abfotografiert. Deine Blödheit!"

Am liebsten würde ich dem Krüger eine runterhauen. „Lösch das sofort!", fordere ich ihn auf.

„Das werde ich nicht tun. Stattdessen habe ich eine bessere Idee!" Krüger grinst dümmlich. „Du wirst mir in den nächsten Wochen bis zu den Ferien jeden Montag 20 Euro geben. So werden also an die 100 Euro zusammenkommen. Das ist es doch wert, dass ich das Foto nicht ins Internet stelle. Bei der letzten Geldübergabe werde ich in deinem Beisein das Foto löschen."

„Du Arsch, lösch das sofort!"

„Also, dann bis nächsten Montag gleiche Zeit hier an der Bank!" Lukas Krüger steckt sein Handy ein, dreht sich um und geht wieder zu seinen Mitschülern.

Mir ist schlecht. Woher soll ich so viel Geld nehmen? Ich bekomme von Mutter zehn Euro pro Woche. Noch habe ich keinen Plan, muss mir aber etwas einfallen lassen. Wenn der Blödmann Jasmins Bild irgendwo im Internet veröffentlicht, wird sie mich hassen, sie wird mich umbringen. Scheiße, Scheiße! Jasmin darf nichts davon erfahren!

„Was wollte der Idiot denn von dir?", fragt mich Adrian, als wir wieder in den Klassenraum gehen. „Hast du mir nicht erzählt, deine Schwester hat ihn abserviert!"

„Der hat sich nur für sein bescheuertes Verhalten entschuldigt", lüge ich, weil ich meinem besten Freund nicht die Wahrheit sagen kann. Ich habe keine Freundin, schon gar keine beste Freundin. Seit dem Kindergarten kenne ich Adrian. Er wohnt im selben Wohnblock wie ich. Seit wir auch in die gleiche Klasse eingeschult wurden, bahnte sich allmählich eine Freundschaft zwischen uns an. Mittlerweile ist er so etwas wie mein großer Bruder, der mich beschützt und mit dem ich über alles reden kann. Adrian ist sozusagen meine beste Freundin. Ob ich ihm von Krügers Erpressung erzähle, weiß ich noch nicht. Adrian fragt nicht weiter nach und wir gehen beide an unsere Plätze.

Frau Thomas kommt herein und lächelt. „Ich freue mich schon auf eure kleinen Kunstwerke!"

Jeder muss seine Zeichnung erklären. Die meisten Jungs haben sich beim Fußballspielen gezeichnet, Robert hat sich beim Stand-up-Paddeln gezeichnet und Adrian, wie er zwei schwere Einkaufstaschen schleppt. Frau Thomas zieht eine ernste Miene, als Adrian sein Bild hochhält.

„Was soll das bedeuten?", fragt unsere Lehrerin.

„In den Ferien wird unsere Familie nicht in den Urlaub fahren. Meine Mutter liegt zu Hause mit einem gebrochenen Fuß. Mein Vater wird froh sein, dass er arbeiten gehen kann. Also werde ich meinen Vater als Mutters Sklaven ablösen müssen. Einkaufen, wie auf meinem Bild dargestellt, wird zu meinen Aufgaben gehören."

Einige meiner Mitschüler kichern über Adrians Schilderung. Frau

Thomas wünscht ihm starke Nerven, um die Ferien gut zu überstehen. Melissa zeigt ihre Zeichnung, die sie am Strand sitzend zeigt. Auf einem Schild steht *Bella Italia, Lago di Garda*. Also weiß jeder, dass sie in den Ferien nach Italien reist. Ich finde, dass ihre Zeichnung an das Gekritzel eines Kindergartenkindes erinnert.

Ich hatte gehofft, dass die Unterrichtsstunde zu Ende ist, bevor ich meine Zeichnung erklären muss. Es kommt anders. Ich bin doch noch dran und erzähle, dass ich auf der Zeichnung zu sehen bin, wie ich ein Reh zeichne. Viel mehr gibt es auch nicht dazu zu sagen.

„Das hast du sehr gut gezeichnet, Ulrike. Ich gehe jetzt durch die Bankreihen und schreibe unter jede Zeichnung eine Note."

Unsere Lehrerin kommt an meine Bank, lächelt und schreibt eine Eins unter meine Zeichnung. Das freut mich, weil ich bei der Interpretation von Kunstwerken und dem Lernen von Kunstepochen keine Leuchte bin. So habe ich es vielleicht doch noch geschafft, auf dem Zeugnis in Kunsterziehung wenigstens eine Zwei zu bekommen.

Ich finde meine Zeichnung auch gut gezeichnet, höre aber, wie Willy sagen würde, dass dem Bild die Seele fehlt. Das werde ich bei den zwei Zeichnungen berücksichtigen, die ich dem alten Mann am kommenden Samstag zeigen werde.

Auf dem Heimweg sagt mir Adrian, dass er für seine Zeichnung von Frau Thomas eine Zwei bekommen hat. Obwohl er von sich behauptet, überhaupt nicht zeichnen zu können.

Während der nächsten Tage versuche ich, die zwei Zeichnungen für Willy zu Papier zu bekommen. In der Mitte der Woche habe ich die mit der Rose, die aus einem Steinbrocken wächst, fertig. Ich nenne das Bild *Hoffnung*. Für die zweite Zeichnung fehlt es mir an einer Idee. In der Schule schreiben wir fast jeden Tag eine Arbeit. Ich hatte mich getäuscht, als ich annahm, die Zeugnisnoten seien bereits fertig. An mein Zeugnis möchte ich noch gar nicht denken.

Mir bleiben nur noch zwei Tage, um etwas zu Papier zu bringen – etwas mit Seele. Ich ziehe mich an und verlasse die Wohnung mit dem Ziel, auf meinem Hochsitz zu einem Einfall zu kommen. Es fällt mir dort leichter als zu Hause, wo meine Schwester täglich für ihren Soloauftritt beim Schulchorfest intensiv übt. Ich habe das Gefühl, dass ich das *Heidenröslein* schon rückwärts singen kann.

Auf dem Weg ins Reißbachtal begegnen mir nur ein Jogger und eine

Radfahrerin. Ohne dass mich jemand sieht, gelange ich zum Hochsitz. Ein bisschen hoffe ich, dass Willy und Whisky vorbeikommen.

Ich habe meinen Zeichenblock vor mir, doch mein Gehirn ist wie leer gefegt. Plötzlich stürzt sich ein Bussard auf die Wiese gleich neben dem Reißbach. Es scheint, als hätte er etwas gefangen. Schnell skizziere ich den Vogel. Bevor ich fertig bin, schwingt er sich in die Lüfte. Ich sehe, wie etwas in seinem Schnabel zappelt, vermutlich eine Maus. Aus dieser Begebenheit lässt sich etwas machen. Ich zeichne den Bussard und wie ein Mäuschen vor ihm flüchten will. Die Zeichnung werde ich zu Hause zu Ende bringen. Sie wird heißen *Auf Leben und Tod.*

Der alte Mann lässt sich nicht blicken. Zufrieden über meine zweite Seelenzeichnung kehre ich nach Hause zurück. Es ist Freitagabend und ich mache an der letzten Zeichnung noch ein paar Feinheiten, zeichne ein paar Blumen auf die Wiese und am Himmel füge ich ein paar Schäfchenwolken hinzu. Der Samstag kann kommen. Ich bin neugierig, was Willy zu meinen Zeichnungen sagen wird. Plötzlich kommt mir noch eine Idee, wie ich meine Zeichnung mit dem zerrissenen Herzen fertig bekomme. Zwischen die Herzhälfte zeichne ich ein weinendes Mädchen. Das Bild nenne ich *Liebeskummer*. Als ich damit fertig bin und es betrachte, denke ich, dass es mir gut gelungen ist. Eigentlich wollte ich den Kopf vom Krüger zwischen die Herzhälften zeichnen. Doch so viel Ehre hat er nicht verdient.

Ich habe mir vorgenommen, zeitig ins Bett zu gehen. Mutter möchte einen Krimi sehen und Jasmin ist bei ihren Freundinnen. Sie wird bei Denise schlafen. Das hat mir Mutter erzählt. Ich habe geduscht und will in mein Bett, als mir etwas Unangenehmes einfällt. Es ist die Erpressung. Ich hole aus meinem Nachtschrank eine kleine Kassette, in der ich außer etwas Gespartem auch ein paar Ketten und Ringe aufbewahre. Ich zähle mein Gespartes. Es sind siebenundsiebzig Euro für unvorhersehbare Notfälle. Ich könnte an drei Montagen dem Krüger 20 Euro geben, dann wäre fast alles weg. Was soll ich nur tun? Ich weiß auch nicht, mit wem ich darüber reden kann. Mutter würde mir Vorwürfe machen, weil ich ohne ihre Erlaubnis einen Jungen mit in die Wohnung genommen habe. Adrian würde mich nicht verstehen und am wenigsten könnte ich mit Jasmin darüber reden. Sie würde komplett ausrasten. Ob ich Willy davon erzählen sollte? Er hat genug erlebt und könnte mir vielleicht einen Rat geben. Zuvor muss ich aber schlafen. Morgen will ich fit sein.

Endlich beginnt ein Tag, wie ich ihn mir wünsche. Ich sehe aus dem Fenster und die Sonne zwinkert mir durch die Blätter der vor unserem Haus stehenden Birke zu.

Mutter ist zum Arbeiten in der Praxis und Jasmin noch bei ihrer Freundin. Mit beiden ist nicht vor Mittag zu rechnen. Nachdem ich mich im Bad versucht habe, in einen Menschen zu verwandeln, schlurfe ich in die Küche, um mir Kakao zu machen und ein Butterbrötchen. Auf dem Küchentisch liegt ein Zettel. Mutter bittet mich, das Mittagessen zuzubereiten, ein paar Spaghetti zu kochen und dazu Tomatensoße anzurühren. Na ja, das werde sogar ich hinbekommen. Bis ich aber meine Kochkünste voll entfalte, sortiere ich noch einmal meine Zeichnungen. Ganz oben in meiner Ledermappe liegen meine zwei neuen Zeichnungen für Willy. Ich bin so mit meinen Kunstwerken beschäftigt, dass ich fast vergesse, mich um das Mittagessen zu kümmern. Als ich die Spaghetti ins heiße Wasser gleiten lasse, kommt Jasmin nach Hause.

„Was machst denn du da?“, fragt sie mich.

„Wonach sieht es denn aus?“

„Du kochst?“, sagt meine Schwester in einem Ton, der vermuten lässt, dass sie mir es nicht zutraut.

„Natürlich koche ich. Wird nicht so schwer sein, ein paar Spaghetti und Tomatensoße zuzubereiten.“

„Mach nicht so viel!“, fordert Jasmin. „Ich habe eh keinen Hunger!“

„Ich weiß, du wirst zu fett“, entgegne ich.

Plötzlich passiert etwas, mit dem ich nicht gerechnet habe. Meine Schwester schluchzt und rennt weinend aus der Küche. Ich rühre noch einmal die Spaghetti um, damit sie nicht am Topfboden anhängen, und gehe meiner Schwester hinterher. Sie hat unser Zimmer von innen abgeschlossen. Ich versuche, ohne sie zu verletzen, sie zum Öffnen zu bewegen. Umsonst. Ich muss mich wieder um das Mittag kümmern und will in die Küche gehen, als Jasmin die Tür öffnet. Es ist noch nicht Halloween, aber so wie Jasmin aussieht, würde sie einen Preis für das schrecklichste Outfit gewinnen. Ihre langen, blonden Haare fallen ihr wirr ins Gesicht, ihre Wimperntusche ist bis auf die Wangen heruntergelaufen und hat eine schwarze Spur links und rechts neben ihrer Nase hinterlassen.

„Was ist denn los?“

„Ich bin zu fett!“, schluchzt meine Schwester. „So kann ich in ein paar Wochen nicht beim Schulchorfest auftreten.“

Ich muss mich stark zurückhalten. Meine Schwester ist einen Meter siebzig groß und wiegt nur fünfzig Kilogramm. Ich bin acht Zentimeter kleiner, wiege aber acht Kilo mehr als sie. Die Einzige, die einen Grund hätte, wegen ihres Äußeren zu weinen, bin ich. Jedoch will ich versuchen, sie zu trösten. „Jasmin, höre auf zu weinen. Du redest dir etwas ein. Alle Typen unserer Schule sabbern dir hinterher. Du siehst aus wie eine Prinzessin."

„Meinst du das ehrlich?", schluchzt meine Schwester und putzt sich die Nase.

Die Wohnungstür wird geöffnet, Mutter ist von ihrem Reinigungsjob in der Arztpraxis zurückgekommen. „Was ist denn hier los?", fragt sie uns.

Jasmin bricht wieder in einen Weinkrampf aus und rennt ins Bad. Mutter hat ihre Jacke aufgehangen und läuft zur Küche. Oh Mist, ich habe die Spaghetti vergessen. Ich folge meiner Mutter. Die untersucht den Topf.

„Das ist nur noch Spaghettibrei. Die kann ich wegwerfen. Zum Glück habe ich zwei Pizzen mitgebracht, Pizza Hawaii und Pizza Margherita. Die wollte ich uns heute Abend machen. Nun gibt es sie zum Mittag. Ich kümmere mich darum."

Jasmin kommt. Sie sieht wieder einigermaßen normal aus. Ich stelle mich neben meine Schwester und richte an unsere Mutter die Frage: „Mama, mal ganz ehrlich, wer von uns beiden ist dicker?"

„Na ja, du bist schon dicker, aber nicht fett!"

Das tröstet mich total. Eigentlich müsste ich heulen.

Jasmin legt ihre Arme um meinen Hals und drückt mich. Ihr scheint es wieder besser zu gehen, seit Mutter ihr Urteil gefällt hat. Jasmin isst sogar ein kleines Stück Pizza Margherita. Ich verdrücke, um der Tatsache, dass ich dick bin, gerecht zu werden, vier Stückchen – von jeder Pizza zwei. Alles ist wieder gut. Und endlich ist es so weit, ich mache mich auf den Weg, um Willy zu treffen. Ich freue mich richtig doll darauf.

Mit meiner Mappe unterm Arm gelange ich zum Hochsitz. Von Willy ist noch nichts zu sehen. Ein Blick auf mein Handy verrät mir, dass er auch noch fünf Minuten Zeit hat, wenn er pünktlich sein will. Die Sonne steht über den Baumwipfeln auf der gegenüberliegenden Seite. Auf der Wiese zeigt sich der Löwenzahn in voller Blüte. Es sind nicht nur die fünf Minuten verstrichen, mittlerweile sind es 20 Minuten. Wenn Willy nicht kommt, bleibe ich auch nicht hier. Da ich aber Zeit habe, entschließe ich mich, nach Willy zu suchen, genauer gesagt – nach seiner Hütte.

Ich passiere die kleinen Tannen und irre im dahinter liegenden Fichtenwald umher. Hier ist kein Weg. In der Ferne sehe ich eine kleine Lichtung. Bis dorthin will ich gehen. Sollte ich von dort aus das kleine Forsthaus nicht sehen, kehre ich um. Ich hoffe nur, dass Willy nichts passiert ist und er hilflos in seiner Hütte liegt.

Ich sehe mich auf der Lichtung um. Einige Metern entfernt erblicke ich eine kleine, eingezäunte Schonung. In diese Richtung geht es nicht. Die riesigen Fichten, die mich umgeben, stehen so weit auseinander, dass ich eine gute Sicht habe. Allerdings kann ich keine Hütte erblicken. Ich muss umkehren. Ich komme am Hochsitz vorbei, überquere den Bach an einer schmalen Stelle und laufe die befestigte Straße wieder zum Dorf Hallrich und weiter in unser Neubaugebiet.

Als ich am späten Nachmittag an meinem Schreibtisch sitze, sehe ich aus dem Fenster und schaue ein paar Schwalben bei ihren Flugkünsten zu. Mir kommt eine Idee. Sofort beginne ich mit einer flüchtig hingezeichneten Skizze. Ich zeichne einen Schwarm Vögel. Es sollen Schwäne oder Reiher werden, die nach Süden fliegen. Deshalb muss ich die Sonne zeichnen, die am Himmel in südlicher Richtung steht. In diese Richtung müssen meine Vögel fliegen. Das Bild nenne ich *Sehnsucht*. Damit verbringe ich den restlichen Samstag und der Sonntag vergeht auch dabei. Unterbrechen lasse ich mich nur zum Mittagessen und zum Abendbrot. Kurz bevor ich ins Bett gehen muss, schließlich haben wir am nächsten Tag wieder Schule, kann ich meine Zeichnung beenden. Ich bin sehr zufrieden und auf Willys Meinung gespannt. Ich mache mir wirklich Sorgen und frage mich, ob ihm etwas zugestoßen ist.

Ich liege bereits im Bett und nehme mir vor, am Mittwoch zum Hochsitz zu gehen. Vielleicht begegne ich an diesem Tag dem alten Mann. Ansonsten rufe ich beim Forstamt an, um zu erfahren, wo seine Hütte steht. Plötzlich fällt mir ein, dass ich 20 Euro einstecken muss, falls der bescheuerte Krüger seine Erpressung in die Tat umsetzen will. Ich kann mit niemandem darüber reden. Deshalb wird mir nichts übrig bleiben, als ihm das Geld zu geben. Ich entnehme meiner kleinen Kassette den Geldschein und stecke ihn gleich in mein Portemonnaie.

Auf dem gemeinsamen Schulweg mit Adrian habe ich keine Lust, viel zu reden. Das muss ich auch nicht, weil mein bester Freund ausführlich von den Streitereien zwischen seinen Eltern berichtet. Mein Freund hielt vor dem Fußbruch immer zu seiner Mutter. Doch nun, als er mitbekommt, wie sie seinen Vater drangsaliert, hat er sogar Mitleid mit ihm. Ich höre geduldig zu und nicke immer mal wieder mit meinem Kopf. Endlich erreichen wir die Schule. Vor uns betritt Lukas Krüger das Gebäude. Er scheint mit seinen Kumpels Späße zu machen. Ich hoffe, nicht auf meine Kosten.

Frau Thomas zeigt uns einen Spielfilm über Goya, den sie von ihrem Laptop zum Beamer überspielt und der dann an die weiße Wand projiziert wird. Ich folge meinen Gedanken auf einer Reise, die damit endet, dass ich eine Ausstellung mit nur meinen Zeichnungen eröffne. Ein schöner Traum. Nach den Sternen zu greifen, ist in unserer kleinen Familie allerdings nur meiner Schwester vorbehalten. Ich bin die ins Klogreiferin, deren Träume sich vermutlich nie erfüllen werden. Die Pausenklingel reist mich aus meinem Traum und ich begebe mich mit wackeligen Beinen zu meiner Bank auf dem Schulhof. Ich hoffe, dass der Krüger seine Erpressung vergessen hat. Mir ist so flau im Magen, dass ich nicht einmal mein Salamibrot essen kann.

Auf dem Schulhof haben sich wieder verschiedene Grüppchen gebildet. Jasmin steht wie so oft in der Mitte ihrer Möchtegernprinzessinnen und diskutiert mit Händen und Füßen. Ich möchte gar nicht wissen, um was es geht. Aus einer Gruppe Jungen der zehnten Klasse kommt Krüger auf mich zu. Scheiße!

„Ich will es kurz machen“, sagte er und grinst mich dümmlich an. „Gib mir das Geld, dann hast du Zeit, bis zum nächsten Montag wieder 20 Euro aufzutreiben!“

Ich sitze wie immer auf der Banklehne, nehme aus meiner Jacke das Portemonnaie, fische den Zwanziger heraus und reiche ihm den Geldschein.

„Na geht doch!“, sagt Krüger, dreht sich um und begibt sich wieder zu den anderen Typen aus seiner Klasse.

Adrian sieht zu mir. Ich hoffe nicht, dass er beobachtet hat, wie ich den Geldschein an den Vollidioten übergeben habe.

Die Pause ist zu Ende. Ich bemühe mich, neben Adrian ins Schulgebäude zu gehen, weil ich wissen will, ob er etwas bemerkt hat. Mein bester Freund sagt nichts, schickt mir ein freundliches Lächeln – und ich bin beruhigt.

Während der letzten Unterrichtsstunde grübele ich, wie lange ich mich noch von dem Krüger erpressen lassen will. Vielleicht sollte ich mit meiner Schwester reden. Unvorstellbar, dass sie mir verzeiht und die Sache locker sieht. Sie wird mich hassen. Allerdings möchte ich auch nicht noch die nächsten Wochen diesem Arsch jeden Montag 20 Euro zustecken.

Der Unterricht ist zu Ende und ich gehe fast als Letzte aus dem Klassenraum. Als ich das Schulgebäude verlasse, erwartet mich Adrian.

„Hast du heute keine Koch-AG?“, frage ich ihn.

„Nein, fällt aus. Lass uns zusammen nach Hause gehen!“

„Bald sind Ferien“, versuche ich, ein Gespräch in Gang zu setzen. „Weißt du schon, was du machst? Fahrt ihr weg?“

„Ich weiß nicht, wie lange meine Mutter noch ihren Gips am Fuß haben muss. Sie hat verkündet, dass sie so lange, wie sie nicht ordentlich laufen kann, die Wohnung nicht verlässt. Vater hat gar nicht erst in seiner Firma Urlaub eingereicht. So werde ich vermutlich zu meinen Großeltern aufs Land fahren. Die haben einen Esel, ein Schwein, ein paar Ziegen und Hühner. Ich werde mich um die Tiere kümmern. Es ist nicht Mallorca, aber besser als nichts.“

„Mir geht es nicht besser. Ich werde hier rumgammeln. Hab überhaupt noch keinen Plan!“

„Du wirkst etwas merkwürdig! Bist du traurig?“, fragt mich Adrian und starrt mir ins Gesicht.

Ich merke, wie mir die Tränen in die Augen schießen und kann sie nicht zurückhalten.

„Erzähl schon! Was ist los?“

„Ich will eigentlich nicht darüber sprechen“, stottere ich. „Es ist so eine dumme Sache. Ich muss selbst sehen, wie ich da rauskomme!“

„Ich dachte, ich bin dein bester Freund!“, sagt Adrian und zieht die Augenbrauen hoch.

„Du bist mein bester Freund. Sogar meine beste Freundin.“ Für einen kurzen Moment muss ich sogar kichern.

„Na toll. Ich fühle mich geehrt“, sagt mein Freund und kann überhaupt nicht darüber lachen. „Ich habe gesehen, wie du dem Krüger Geld gegeben hast. Hat es etwas damit zu tun?“

Mist. Ich hatte schon während der Pause das Gefühl, dass mich Adrian beobachtet. Mein Gefühl hat mich nicht getäuscht. „Schwöre, dass du das, was ich dir jetzt erzähle, für dich behältst!“

„Ich schwöre nicht. Aber ich habe noch nie etwas weitergetratscht, das du mir anvertraut hast!“

„Also gut!“, beginne ich meine Misere zu schildern. Ich erzähle Adrian davon, dass ich Lukas Krüger mit in unsere Wohnung genommen hatte, dass ich nicht bemerkte, wie er mit seinem Handy ein Foto von Jasmin abfotografiert hat und mich nun damit erpresst, jeden Montag 20 Euro von mir zu bekommen. Und das bis zu den Ferien. So kommt ein Hunderter zusammen. Ansonsten will er das Foto ins Netz stellen. „Meine Schwester wird mich töten oder wenigstens hassen, wenn das passiert", beende ich meine Ausführungen. Wir sind an unserem Wohnblock angelangt. Weil Adrian schweigt, frage ich ihn, was ich nun machen soll.

„Mach dir nicht so einen Kopf. Ich glaube nicht, dass der Idiot über Wochen zu so einer Sauerei fähig ist. Aber man kann sich täuschen. Ich werde mir etwas überlegen."

„Bin gespannt, ob dir etwas einfällt!"

Wir verabschieden uns. Manchmal hat Adrian gute Ideen. Nun hoffe ich, dass ihm auch diesmal etwas einfällt, das mich rettet!

Der nächste Tag verläuft, ohne dass sich etwas Besonderes ereignet. Auf dem gemeinsamen Heimweg traue ich mich nicht, Adrian zu fragen, ob ihm etwas eingefallen ist in der Sache mit Krüger.

Am Mittwoch passiert jedoch etwas, womit ich nie im Leben gerechnet hätte. Ich stehe an unserem Hauseingang und warte wieder einmal auf Adrian. Plötzlich kommt Lukas Krüger um die Ecke und läuft direkt auf mich zu. Mir wird abwechselnd kalt und heiß. „Was will der von mir", schießt es mir durch den Kopf.

„Morgen!", sagt Krüger und reicht mir einen Geldschein.

„Was ist damit?", frage ich und stehe auf der Leitung.

„Ich habe es mir überlegt und will dein Geld nicht", sagt Krüger mit ernstem Gesicht. „Manchmal bin ich ein Arsch, das gebe ich zu. Aber nicht so einer, der sich mit so einer blöden Erpressung bereichern will!"

Ich bin sprachlos. Hat dem jemand über Nacht Gehirn in seinen Kopf gespritzt?

„Hier, ich zeige dir was!" Krüger holt sein Handy aus der Hosentasche und tippt darauf herum.

Ich sehe das Foto, auf dem Jasmin im Bikini posiert. „Ja und?"

„Ich werde es vor deinen Augen löschen. Ich leere sogar den Papierkorb, damit es nie wieder geladen werden kann!"

Ich sehe ihm dabei zu – er scheint es wirklich so getan zu haben, wie er es mir angekündigt hat. „Aber vielleicht hast du es dir schon auf deinen Computer geladen!", sage ich.

„Ich schwöre, die Sache ist erledigt. Ich entschuldige mich. Ja, es tut mir leid!"

„Okay! Das ist nett von dir. So eine Erpressung hätte ich dir auch gar nicht zugetraut!"

Lukas Krüger nickt. Steckt sein Handy ein und lässt mich stehen. Ich bin erleichtert. Nun müsste aber Adrian kommen, sonst kommen wir zu spät. In diesem Moment erscheint mein Freund aus seiner Haustür.

„Sorry, ich musste wieder mal einen Streit zwischen meinen Eltern schlichten. Die benehmen sich wie kleine Kinder. Vater will meiner Mutter alles recht machen und macht, ihrer Meinung nach, alles falsch. Aber egal!"

Wir setzen uns endlich in Bewegung. Kaum sind wir ein paar Meter gelaufen, folgt uns Jasmin, die sonst eigentlich vor mir die Wohnung verlässt. Ich erzähle Adrian davon, was mir vor ein paar Minuten mit dem Krüger widerfahren ist. Adrian hört sich alles an. Er grinst und schüttelt seinen Kopf.

„Was ist? So lustig ist es nun auch nicht!", sage ich und wunder mich über die Reaktion meines Freundes.

„Doch, ist lustig."

„Und was ist daran so lustig?", will ich wissen.

„Na gut. Eigentlich wollte ich es dir nicht erzählen ..."

„Hast du etwas damit zu tun? Los, erzähle!"

„Ich war gestern Abend noch für meine lieben Eltern einkaufen", beginnt Adrian. „Als ich den Supermarkt betreten wollte, kam Lukas Krüger heraus und lief mir fast in die Arme. Ich dachte, das ist ein Zeichen. Er hatte mich nicht gegrüßt und wollte an mir vorbeigehen. Da zog ich ihn zur Seite und drückte ihn an die Mauer neben dem Eingang."

„Der hat sich doch gewehrt!", unterbreche ich Adrian.

„Uli, ich bin einen Kopf größer als der und fast doppelt so breit. Er ist zwar nicht besonders helle in seinem Kopf, aber so blöd, sich mit mir anzulegen, ist er auch nicht. Also habe ich ihm erklärt, wie ich seine Erpressung finde und ihm angedroht, zu seinen Eltern zu gehen, um ihnen von ihrem Sohn zu berichten."

„Das hat der akzeptiert?"

„Als er fast keine Luft mehr bekommen hat, hat er genickt. Er war plötzlich bereit, dir das Geld zurückzugeben, sich bei dir zu entschuldigen und Jasmins Foto zu löschen."

„Wieso hat der eigentlich keine Luft gekriegt?“

„Weil ich meinen Unterarm gegen seinen Hals drückte. Ich wollte ihn nicht schlagen. Was sollte ich machen?“

„Danke Adrian! Du bist der allerbeste Freund, den man haben kann.“

Adrians Gesicht färbt sich rot. Ich stelle mich ihm in den Weg, ziehe seinen Kopf auf meine Höhe herunter und gebe ihm einen Kuss auf seine Wange. Aus meinem Augenwinkel sehe ich, dass mich Jasmin dabei beobachtet. Im ersten Moment ist es mir peinlich. Aber nur eine Sekunde später bin ich mir im Klaren, dass ich ein bisschen Geläster meiner Schwester leichter ertragen kann als ihre Ausraster, wenn sie von dem Foto erfahren hätte, das Lukas Krüger von ihr besaß.

Adrian bleibt während des restlichen Schulweges rot wie eine Tomate. Ich aber bin erleichtert und beschließe, mich wieder intensiver meinen Zeichnungen zu widmen. Und vor allem will ich so schnell wie nur möglich zum Hochsitz, in der Hoffnung, Willy zu begegnen.

8. Willys Idee

Ich bin sauer auf mich. Seit Tagen versuche ich, zum Hochsitz zu gehen. Doch ich schaffe es einfach nicht. Immer kommt etwas dazwischen, mal muss ich mit Mutter und Jasmin bei deren Klamottenkauf für das Chorfest dabei sein, weil meiner Schwester meine Meinung so wichtig wäre. Das erste Mal in meinem Leben, dass meiner Schwester mal meine Meinung wichtig ist! Ein anderes Mal muss ich Mutter beim Einkauf helfen. An einem anderen Tag ist es Adrian, der mich auf einen Eisbecher bei meinem Lieblingsitaliener einlädt. Da es nirgends so tolles Eis gibt wie dort, kann ich der Einladung nicht widerstehen. Vor allem habe ich nicht nur ein schlechtes Gewissen, weil ich nicht zum Hochsitz gehe, nein, vielmehr mache ich mir Sorgen, wie es Willy wohl geht.

Eine Woche vergeht, bis ich endlich Zeit habe. Heute ist wieder Samstag. Die Sonne meint es gut an diesem Tag. Sie gibt sich große Mühe, bei den Menschen das Gefühl zu erzeugen, es könne Sommer sein. In diesem Moment gibt es nichts, was meine Stimmung trüben kann. Jasmin hat nach dem Mittagessen die Wohnung verlassen. Sie hat in der Schule eine Probe für das Schulchorfest. Ich helfe Mutter beim Abwasch. Danach legt sie sich hin. Sie ist geschafft von ihrem Reinigungsjob in der Arztpraxis. Während der Woche sitzt sie an der Kasse im Supermarkt und am Samstag geht sie putzen. Ich hoffe, dass mir dieses Schicksal später einmal erspart bleibt. Allerdings lassen meine Noten es kaum zu, von einer hoch bezahlten Arbeit zu träumen. Ich darf gar nicht an das Zeugnis denken. Sonst ist meine gute Laune sofort wie weggeblasen.

Ich lege Mutter einen Zettel hin, auf dem ich ihr notiere, dass ich zum Abendbrot gegen 18 Uhr zurück sein werde. Schnell ziehe ich mir meine dünne, weiße Strickjacke drüber, schnappe die Mappe mit meinen Zeichnungen und verlasse die Wohnung. Ich konnte mich mit Willy nicht verabreden, weil er zu unserem letzten Treffen nicht erschienen ist. Ich hoffe sehr, ihm heute zu begegnen.

Schnell lasse ich das Dorf, das an unserem Wohngebiet zu kleben scheint, hinter mir und begebe mich schnurstracks ins Reißbachtal. Ein paar Schäfchenwolken ziehen gemächlich am blauen Himmel entlang. Ich sehe einen Schmetterling, einen Admiral, und mein Herz schlägt höher. Seit ich ein kleines Mädchen war, liebe ich Schmetterlinge, die Ballerinas der Lüfte. Einen Admiral sah ich schon lange nicht. Er kommt in unserer Gegend auch nicht so oft vor. In mir wächst die Spannung, ob ich Willy mit seinem treuen Freund begegne.

Endlich erblicke ich den Hochsitz. Bevor ich über die Wiese zu ihm hingehe, lasse ich zwei Radfahrer an mir vorbeifahren. Als sie sich weit genug entfernt haben, begebe ich mich zum Reißbach, überspringe ihn und gehe zum Hochsitz. Dort setze ich mich ins Gras und lehne mich mit den Rücken an die untersten Sprossen der Leiter. Von Willy ist weit und breit nichts zu sehen. Also öffne ich meine Ledermappe am Reißverschluss und blätter durch meine Zeichnungen. Die zwei Zeichnungen, die Willy noch nicht gesehen hat, lege ich nach oben. Es sind das Bild *Hoffnung* mit der Rose, die aus einem Stein wächst, und das Bild *Sehnsucht* mit den Schwänen, die der Sonne entgegen nach Süden ziehen.

In der Zwischenzeit sind mehr als dreißig Minuten vergangen. Plötzlich höre ich einen Hund bellen. Das Bellen dringt von der Straße her an meine Ohren. Ich sehe in die Richtung und erkenne Willy mit seinem Whisky. Was für ein toller Tag: keine Schule, der ganze Tag in Sonnenlicht getaucht und nun noch Willy mit seinem Hund. Ich springe auf und winke ihnen zu. Ein paar Minuten später erreichen die beiden den Hochsitz.

Ich gehe auf Willy zu, strecke ihm meine Hand entgegen und wir begrüßen uns. Whisky scheint sich auch über unser Wiedersehen zu freuen, denn er springt übermütig an mir hoch. Das tut er so lange, bis Willy ruft: „Aus!"

Ich staune, weil Whisky sofort gehorcht. „Wo wart ihr denn, als wir am Samstag vor einer Woche verabredet waren?"

„Ach Ulrike, mir ging es nicht so gut. In letzter Zeit plagt mich ein hartnäckiger Husten. Außerdem habe ich mich schwach gefühlt. Ich konnte dir nicht Bescheid geben. Wie auch? Ich habe kein Telefon, geschweige denn ein Handy. Schön, dass du heute gekommen bist und wir uns begegnen."

„Das freut mich auch. Am letzten Samstag bin ich sogar in den Wald gegangen in der Hoffnung, dein Forsthaus zu finden. Vergebens. Nun sehen wir uns ja. Übrigens, ich habe meine Zeichnungen wieder dabei!"

„Hast du auch zwei neue Zeichnungen angefertigt? Das hatten wir so ausgemacht!"

„Natürlich, Willy! Ich bin auf dein Urteil gespannt."

„Wollen wir uns ins Gras setzen?", fragt Willy. „Dann kann ich in Ruhe deine Zeichnungen betrachten."

„Ich habe eine andere Idee. Eigentlich ist es eine Bitte: Kannst du mir deine Forsthütte zeigen? Ich würde gern wissen, wie ihr beiden so wohnt!"

„Was meinst du, Whisky?", fragt der alte Mann seinen Freund. Der Hund mit dem strubbeligen Fell bellt kurz auf. „Na gut", sagt Willy. „Whisky scheint nichts dagegen zu haben. Eigentlich bekommen wir nie Besuch. Außer wenn der Förster sich mal zu uns verläuft. Ich möchte auch keinen Besuch. Bei dir mache ich eine Ausnahme. Ich bin lieber allein, möchte meine Ruhe haben. Menschen haben mir noch nie Glück gebracht. Ach, jetzt fällt mir ein, dass ich etwas habe, das ich dir unbedingt zeigen möchte."

„Was ist es? Du machst mich neugierig!"

„Ich zeige es dir, wenn wir es zu unserer Hütte geschafft haben. Wir müssen uns langsam auf den Weg machen, sonst wird es Abend!"

Ich gebe mich zufrieden. Meine Zeichenmappe habe ich mir mit dem Trageriemen über meine Schulter gehangen und in einer Hand halte ich die Hundeleine. Willy hat sie mir gegeben, sodass ich Whisky führen darf. Hinter den kleinen Tannen laufen wir genau den Weg, den ich vor ein paar Tagen gegangen bin. So gelangen wir auch zu der Lichtung, wo ich meine Suche aufgab. Nun laufen wir an der eingezäunten Schonung entlang. Ich hatte nicht vermutet, dass es so weit bis zu dem alten Forsthaus ist. Die Schonung ist zu Ende und eine Gruppe mannshoher Tannen steht vor uns. Sie stehen so dicht aneinander, dass wir die Äste beiseitedrücken müssen, um an ihnen vorbeizukommen.

Willy geht voran, dicht vor Whisky. Ich folge den beiden. Als wir die Tannen hinter uns gelassen haben, stehen wir plötzlich vor einer Holzhütte. An einer Stirnseite ist eine Futterraufe angebracht. Im Winter kommen die Rehe und sogar ein paar Hirsche bis an das Häuschen heran, um sich frisches Heu schmecken zu lassen, erklärt mir Willy. An der Vorderseite befindet sich die verwitterte Holztür. Rechts und links gibt es zwei kleine, quadratische Fenster.

Neugierig laufe ich um das alte Forsthaus. An der anderen Stirnseite ist noch ein Fenster. Die Rückfront des Hauses ist fensterlos und besteht aus mehreren horizontalen Brettern, die bis unter das kleine Dach reichen. Neben dem Häuschen befindet sich ein kleiner Verschlag, in dem sich die Toilette befindet. „Komm jetzt, lass uns hineingehen!“, ruft mich Willy.

Ich bin neugierig. Zwar sind mir meine Knie etwas weich geworden, aber Angst habe ich nicht. Ich folge Willy und Whisky. Von dem winzigen Flur gehen rechts und links die Türen in verschiedene Räume.

Willy bittet mich in das rechte Zimmer. Ich entdecke einen kleinen Ofen, neben dem ein kleiner Stapel mit Holzscheiten steht. Daneben liegt in einem Korb eine dunkle Wolldecke. Ich vermute, dass dies Whiskys Platz ist. Es gibt an der einen Wand ein Regal mit verschiedenen Töpfen, Schüsseln und großen Tassen. An den Seiten des Regals sind verschiedene getrocknete Kräuter angebunden, die ich nicht kenne. In der Mitte des dunkel wirkenden Raumes steht ein quadratischer Tisch mit vier Stühlen drumherum. Eine kleine Kommode steht direkt unter dem Fenster. Auf der Kommode befindet sich ein Gaskocher mit zwei Flammen.

„Setz dich“, sagt Willy und zieht einen Stuhl so weit hervor, dass ich Platz finde. „Ich mache uns einen Tee. Du trinkst doch Tee?“

„Ja, gerne!“, antworte ich.

Zehn Minuten später sitzen Willy und ich an dem kleinen Tisch und trinken Hagebuttentee. Die Beeren hat Willy selbst gesammelt, zerkleinert und getrocknet.

„Nun zeige mir deine Zeichnungen“, brummt er und lächelt mich an. Seine flinken, blauen Augen gleichen denen eines jungen Mannes. „Ich bin gespannt, was du gezeichnet hast. Und ob sie so etwas wie eine Seele besitzen.“

Ich ziehe meine Augenbrauen hoch und atme tief ein und aus. Ein wenig Angst, dass ich Willy enttäusche, habe ich schon. Ich öffne meine Mappe und reiche Willy das Bild, das oben auf liegt. Es ist mein Bild *Hoffnung*. Der alte Mann nimmt es vorsichtig, legt es vor sich hin und schweigt. Es dauert gefühlte zehn Minuten, bis er etwas sagt. Ich möchte ihn aber nicht ansprechen.

„Es ist ein schönes Bild. Die Rose, die aus dem Stein wächst, sieht echt aus. Und wo liegt die Seele des Bildes?“

„Die Zeichnung heißt *Hoffnung*. Ich will damit sagen oder ausdrücken, dass etwas sehr negativ sein kann, so wie der Stein, und dennoch etwas Positives daraus erwächst, nämlich die Rose. Der Stein und die Rose sind Symbole für die gegensätzlichen Eigenschaften, die ich darstellen wollte.“

„Fabelhaft!“, sagt Willy. „Deine Zeichnung hat eine Aussage, die zum Nachdenken anregt. Das ist es, was ich damit meinte, als ich sagte, dass du deinem Bild eine Seele geben musst. Ulrike, in dir schlummert ein großes Talent.“

„Gibt es nichts daran auszusetzen oder zu verbessern?“

„Man könnte an der Vorderseite des Steines die Fläche schummern“, brummt Willy und wirkt nachdenklich.

„Ich weiß nicht, was Schummern ist!“, gebe ich zu und schäme mich ein wenig dafür.

Willy steht auf, geht zur Kommode und zieht die oberste Lade heraus. Er entnimmt ein paar weiße DIN-A4-Bögen und mehrere Bleistifte. Damit kehrt er an den Tisch zurück. Ich bin neugierig, was er mir jetzt zeigen wird. In wenigen Minuten hat er meine Zeichnung abgemalt. Die Feinheiten der Rosenblüte lässt er weg. Aber alles andere sieht meiner Zeichnung zum Verwechseln ähnlich.

„Ich zeige dir jetzt, was Schummern ist.“ Willy hält den Bleistift sehr flach und beginnt mit der langen Seite der Bleistiftmine schnelle Hin- und Herbewegungen auf dem Blatt. Statt mit der Spitze zeichnet er mit der Minenseite. So füllt er die Vorderseite des Steines aus. Willy legt den Bleistift zur Seite und schiebt mir seine Zeichnung zu. „Das ist Schummern. Fällt dir etwas an der Vorderseite des Steines auf?“

„Sie ist oben heller und nach unten wird sie ein wenig dunkler.“

„Das hast du gut beobachtet“, lobt mich Willy. „Dieser Tonwertverlauf ist das Ergebnis des unterschiedlichen Druckes, mit dem ich die Mine aufs Papier drückte!“

Ich zeige Willy noch mein Bild *Sehnsucht*, auf dem Schwäne in Richtung Sonne fliegen, die als Symbol für den warmen Süden steht. Mein privater Kunsterziehungslehrer ist zufrieden. Er streichelt mir über meinen Kopf und blättert anschließend durch all meine Zeichnung. An seinem Gesichtsausdruck kann ich erkennen, ob ihm eine Zeichnung gefällt oder auch nicht. Doch bei den meisten Zeichnungen huscht ein kurzes Lächeln über sein Gesicht.

„Du bist wirklich gut. Aus dir kann eine große Künstlerin werden!“

Ich bin glücklich wie seit sehr langer Zeit nicht mehr, als ich diese Worte höre. In mir wächst in diesem Augenblick die Hoffnung, den Rest meines Lebens doch nicht nur ins Klo greifen zu müssen. Ich will auch nicht nach den Sternen greifen und ein Star werden, so wie vielleicht die Zukunft meiner Schwester aussieht. Mir würde es genügen, mit meinen Zeichnungen so viel Geld zu verdienen, dass ich nicht hungern muss und mir eine Wohnung leisten kann.

Willy geht erneut zu der Kommode und öffnet eine andere Schublade. Mit einem Fetzen aus einer Zeitung setzt er sich wieder zu mir an den Tisch. Er reicht mir den Zeitungsfetzen und sagt, dass er ihn aus einer Zeitung gerissen hat, die etwas aufgeweicht in einem Kübel für Papierabfall lag. Er bittet mich, ihn durchzulesen.

Ich bin skeptisch. Was sollte Interessantes darin stehen? Ich lese, dass Anfang August ein einwöchiger Zeichenkurs in einem Sommercamp angeboten wird. Das finde ich interessant. Es steht in dem Artikel, dass bekannte Künstler der Region den Teilnehmern verschiedene Zeichen- und Maltechniken beibringen. Ich bin begeistert. Doch die Begeisterung verfliegt, als ich sehe, was eine Woche dieses Sommercamps kosten soll: 350 Euro! Darin sind auch die Kosten für Unterkunft und Verpflegung enthalten. Ich schiebe den Zettel auf den Tisch etwas von mir weg und trinke einen Schluck von meinem Tee.

„Na, was sagst du? Das wäre doch was für dich!“, posaunt Willy und strahlt über sein Gesicht.

„Es wäre wirklich schön“, sage ich. „Zumal ich in meinen Ferien noch nichts geplant habe. Vermutlich werde ich sie zu Hause vergammeln. Willy, ich kann es mir nicht leisten. Auch Mutter könnte nichts dazu beisteuern. Sie hat zwei Jobs, damit wir uns über Wasser halten können. Deshalb hofft sie, dass Jasmin, meine ältere Schwester, mal eine berühmte Opernsängerin wird. Das bisschen Geld, das ich gespart habe, beträgt nicht einmal 100 Euro. Es ist gut gemeint von dir, aber leider muss ich mir das aus dem Kopf schlagen.“

Eine Weile schweigt Willy, fährt sich mit der Hand mehrmals über sein stoppeliges Kinn und sagt: „Dieses Sommercamp wäre eine tolle Chance für dich. Du bekämst dort Urteile von erfolgreichen Künstlern und müsstest dich nicht mit der Meinung eines heruntergekommenen alten Mannes begnügen. Es wäre wirklich schade.“

„Ich danke dir, Willy. Es ist wirklich lieb von dir, dass du an mich gedacht hast. Ich werde weiter sparen. Vielleicht gibt es in den nächsten Jahren noch einmal so ein Sommercamp, an dem ich dann teilnehmen kann.“
Willy sagt nichts dazu. Jedoch bemerke ich, dass er etwas enttäuscht ist. Als ich die zweite Tasse Tee getrunken habe, beschließe ich, nach Hause zu

gehen. Es ist bereits Abendbrotzeit und Mutter wird sich langsam Sorgen machen, wo ich bleibe.

Willy und Whisky begleiten mich ein Stück. An der Lichtung verabschieden wir uns voneinander. Wir verabreden uns für den ersten Samstag im Juli am Hochsitz, also in zwei Wochen. Nächsten Samstag habe er keine Zeit. Also wird unser nächstes Treffen am ersten Tag nach dem Zeugnis stattfinden. Mir fällt ein, dass an dem Freitag davor nicht nur Zeugnisausgabe ist, sondern auch die Feier zum Schulchorjubiläum stattfindet. Meine Güte, beides schon in zwei Wochen.

Zufrieden gehe ich nach Hause. Ich bin so froh, Willy kennengelernt zu haben, den ich anfangs für einen Penner hielt. Dafür schäme ich mich. Die Sache mit dem Sommercamp für angehende Zeichenkünstler geht mir während des Heimweges nicht aus dem Kopf. Ich wünschte mir so sehr, das Geld dafür aufzutreiben. Aber ich sehe auch keine Möglichkeit, diesen Wunsch in Erfüllung gehen zu lassen. Ich glaube nicht an Wunder, aber wegen des Sommercamps müsste sich eins ereignen.

9. Zeugnisse und Schulchorfest

Die Hälfte meiner Mitschüler hält ihr Zeugnis bereits in den Händen, als Frau Hippler, unsere Klassenlehrerin, vor meiner Bank stehen bleibt. „Ach Ulrike, ich denke immer, dass in dir noch mehr steckt. Vielleicht solltest du dir mal einen Ruck geben, damit dein nächstes Halbjahreszeugnis besser aussieht. Mit dem du dich dann für einen Ausbildungsplatz bewerben musst.“ Sie reicht mir mein Zeugnis und wendet sich einem anderen Schüler zu.

Ich sehe mir mein Zeugnis an und bin angenehm überrascht. Es ist besser als von mir befürchtet. Klar wird das Zeugnis meiner Schwester deutlich besser sein. Die will auch nach den Sternen greifen und dazu muss man sich ein bisschen strecken. Um ins Klo zu greifen, so wie ich meine Zukunft sehe, muss ich mich nur ein wenig bücken. Ich habe in Chemie und in Physik eine Vier. Das ist es aber auch schon an schlechten Noten. In Kunsterziehung habe ich sogar eine Zwei. Alles andere sind Dreien. Mir bleibt nichts übrig, als noch besser zu zeichnen, wenn ich später damit mal meinen Lebensunterhalt bestreiten möchte. Wie Mutter an einer Supermarktkasse zu sitzen und vielleicht noch nebenbei sauber zu machen, muss mir erspart bleiben.

Ich bin als Erste meiner kleinen Familie zu Hause. Mutter arbeitet noch und Jasmin hat drei Stunden länger Unterricht als ich. Obwohl mein Zeugnis nicht der Brüller ist, bin ich gut gelaunt, denn es sind Ferien. Sechs Wochen ohne Stress. Das bekomme ich hin.

Ich verlasse noch einmal die Wohnung, um beim Bäcker zwei Straßen weiter Kuchen zu kaufen. Den spendiere ich meiner Mutter und meiner Schwester. Wieder nach Hause zurückgekehrt, decke ich den Kaffeetisch, koche Kaffee und mache für meine Schwester und mich Kakao. In ein paar Minuten müssten beide zu Hause eintreffen. Kaum entfaltet sich dieser Gedanke in meinem Kopf, als ich höre, dass unsere Wohnungstür geöffnet wird. Mutter und Jasmin haben sich vor unserem Wohnblock getroffen und betreten gemeinsam unsere Wohnung.

„Na, meine Lieben, ich bin gespannt wie ein Flitzebogen, wie eure Zeugnisse ausgefallen sind“, sagt Mutter, während sie ihren Mantel aufhängt. Jasmin ist sofort in unserem Zimmer verschwunden.

„Oh, meine Kleine hat schon den Kaffeetisch gedeckt und sogar Kuchen gekauft. Was bekommst du denn dafür von mir?“

„Den spendiere ich!“, sage ich.

„Musst dich wohl wegen deines Zeugnisses einschleimen?“ Jasmin lehnt am Türrahmen, wedelt mit ihrem Zeugnis und grinst fies.

Mutter setzt sich an den Esstisch im Wohnzimmer und ich gieße ihr Kaffee in die Tasse. Jasmin bedient sich selbst und schenkt sich Kakao ein. Welch Wunder – mir auch!

„Willst du mein Zeugnis sehen? Es ist super paletti!“, sagt Jasmin und ihr Lächeln lässt die Mundwinkel fast bis zu den Ohren kriechen.

„Lass uns erst Kaffee trinken und den Kuchen genießen“, entscheidet Mutter.

Ich hatte, bevor Mutter und meine Schwester eintrafen, auf einem großen Teller zwei Stücke Schwarzwälder Kirschkuchen, zwei Stücke gefüllten Streuselkuchen und zwei Stücke meines Lieblingskuchens, gedeckten Apfelkuchen, drapiert. Falls Jasmin davon nichts möchte, habe ich noch drei Reiswaffeln an den Tellerrand gelegt. Jasmin nimmt sich gleich alle Reiswaffeln und ich natürlich den gedeckten Apfelkuchen. Mutter greift nach einem Stück Streuselkuchen. Jasmin steht noch einmal auf und schaltet in der Stereoanlage auf CD – es erklingt wieder einmal *Die Moldau*. Ich werde es aushalten. Nach etwas mehr als einer halben Stunde ist nur noch ein Stück Streuselkuchen und ein Stück Schwarzwälder Kirschkuchen übrig.

Jasmin – ungewöhnlich für sie – räumt den Tisch ab. Sie will am sauberen Tisch unserer Mutter ihr Zeugnis präsentieren. Sie reicht es ihr. Ich verlasse das Wohnzimmer, um mein Zeugnis zu holen.

Als ich zurückkomme, hat sich ein Lächeln in Mutters Gesicht gepflanzt. „Uli, deine Schwester hat in Physik, in Chemie und in Sport eine Zwei, sonst alles Einsen. Ist das nicht toll?“

„Sie will ja auch aufs Gymnasium. Ich nicht!“, sage ich und reiche Mutter mein Zeugnis.

Es dauert eine Weile, bis Mutter tief durchatmet, die Augenbrauen hochzieht und sagt: „Damit würdest du auch keine Chance haben, aufs Gymnasium zu kommen. Ich bin neugierig, was mal aus dir wird. Hast du darüber schon nachgedacht?“

„Ich werde Klofrau!"

„Wieso das denn?", will Mutter wissen.

Jasmin sitzt mir mit offenem Mund gegenüber.

„Jasmin wird nach den Sternen greifen", sage ich und füge hinzu: „Und ich ins Klo. Als Klofrau. Damit das nicht umsonst geschieht, mache ich sie auch noch sauber, um zu etwas Geld zu kommen." Mutter und Jasmin können über meine witzig gemeinte Bemerkung nicht lachen.

„Aus dir kann auch etwas Vernünftiges werden. Sollte allerdings auch das schiefgehen, ist das mit der Klofrau vielleicht eine überlegenswerte Alternative", sagt Mutter und gibt uns die Zeugnisse zurück. Damit ist das Thema Schule und Zeugnisse erledigt. Ich hoffe, dass dies wenigstens für die ganzen Ferien so bleibt.

Den restlichen Nachmittag verbringen wir damit, uns Klamotten für den Abend auszusuchen. Schließlich steht ein wichtiges Ereignis an: das Schulchorfest. Ich bin bei der Auswahl meiner Sachen, die ich beabsichtigte anzuziehen, nicht sehr wählerisch. Eine hellblaue Jeans und ein weißes T-Shirt werden dem Anlass genügen. Völlig anders sieht es für meine Schwester aus. Während sie ihre unzähligen Klamotten auf ihr Bett wirft und diese nacheinander anprobiert, fragt sie mich an die hundert Mal, ob sie auch wirklich nicht zu fett sei. Natürlich verneine ich diese Frage immer wieder. Wenn ich sagen würde, dass sie schon etwas zugenommen hat, was gar nicht der Fall ist, würde sie ihren Soloauftritt absagen. Schon nicht leicht, eine berühmte Sängerin zu werden. Allerdings bedeutet ihr Auftritt erst einmal die unterste Sprosse auf der Karriereleiter.

Nach zwei Stunden und der Bestätigung von Mutter und mir, dass sie sich für tolle Sachen entschieden hat, ist ihre Modenschau beendet. Jasmin dreht sich in einem hellblauen Kleid und ihre Füße stecken in roten High Heels – passend zu dem breiten, roten Gürtel um ihre Wespentaille. Ich muss zugeben, sie sieht umwerfend aus.

Ich denke, dass Schlimmste habe ich mit Jasmins Suche nach den passenden Klamotten für ihren Auftritt überstanden. Irren ist menschlich. Meine Schwester beginnt, das *Heidenröslei*n zu proben. Das kann ich locker überleben. Gefühlte tausend Male treiben mich jedoch fast in den Wahnsinn. Eigentlich habe ich keinen Bock auf diesen Schulchorabend. Drücken kann ich mich aber nicht, schließlich muss ich Jasmin bei ihrem Soloauftritt fotografieren, um sie in den kommenden Ferienwochen zeichnen zu können. Schließlich habe ich die Wette verloren, dass Lukas Krüger meine Schwester abblitzen lassen würde, wenn sie irgendwelche Annäherungsversuche startet. Auch in diesem Punkt habe ich mich schmerzlich getäuscht. Der Idiot wollte über mich nur an Jasmin rankommen.

Mutter trägt ein dunkelblaues Kleid mit roten Mohnpflanzen darauf. Sie hat ihre Haare hochgesteckt und ihre Töchter registrieren ihr Outfit mit offenen Mündern. „Können wir los? Seid ihr fertig?", fragt sie uns.

Mutter spendiert sogar ein Taxi. Wir hätten auch zu Fuß die Schule erreicht, so wie es meine Schwester und ich und Hunderte anderer Schüler und Schülerinnen jeden Morgen absolvieren. Doch Jasmin will mit ihrem Outfit nicht durch die Straßen laufen. Irgendjemand könnte sie für etwas Berühmtes halten und sie nach einer Autogrammkarte fragen. Doch der zukünftige, nach den Sternen greifende Opernstar besitzt noch keine. Die Fahrt mit dem Taxi dauert genau acht Minuten. Der Taxifahrer kann seine Freude über die paar Euro, die er mit dieser kurzen Fahrt verdient hat, kaum zeigen.

Meine Schwester und ich verlassen das Auto und warten auf Mutter, die noch bezahlt. Minuten später sitzen Mutter und ich in der ersten Reihe der Schulaula. Es ist eine gute Position, um meine Schwester problemlos zu fotografieren. Die Bühne ist schlicht. An der Wand dahinter hängt ein großes Plakat, auf dem das fünfundzwanzigjährige Bestehen des Schulchores angepriesen wird. Ein mir unbekannter Mann sitzt an einem kleinen Tisch, auf dem er in diesem Augenblick seinen Laptop öffnet und ein paar Kabel anschließt. Ich habe keine Ahnung, warum er dort sitzt. Ich kontrolliere noch schnell, ob mein Handyakku voll ist, um die bevorstehende Fotosession durchzuhalten.

Allmählich füllt sich die Aula und ist, zu meiner Überraschung, kurz bevor es losgehen soll, bis auf den letzten Platz gefüllt. Wenn meine Schwester hier nicht ihren Soloauftritt hätte, würde ich dieser Veranstaltung vermutlich fern bleiben. Schließlich sind Ferien. Wer geht da schon freiwillig in die Schule?

Endlich ist es so weit. Der Schulchor betritt die Bühne und die Gäste begrüßen ihn mit Applaus. Der Chor besteht zum größten Teil aus Mädchen. Angeführt wird der Chor von der Musiklehrerin Frau Rentsch, die auch die Chorleiterin ist. Sie hat ein hellgrünes Kostüm an. Einige Mädchen tragen Jeans und Shirts, andere Röcke oder Kleider.

Es gibt nur eine Chorsängerin, die alle mit ihrem Outfit übertrifft: meine Schwester Jasmin! Wenn ihre Kleidung mit ihrem Charakter übereinstimmen würde, wäre sie ein Engel. Doch ich weiß es besser. Meine Schwester gleicht nur optisch einem solchen.

Als sich der Chor positioniert hat, kommt Frau Rentsch nach vorne und beginnt mit der Begrüßung der Gäste: „Liebe Eltern, liebe Schülerinnen und Schüler, liebe Gäste! Ich freue mich, dass Sie sich die Zeit genommen haben, um dem Jubiläum unseres Schulchores beizuwohnen. Ich möchte es auch nicht versäumen, die lokale Presse zu begrüßen. Außerdem meinen Mann, der für die Musik aus den Verstärkerboxen zuständig ist. Nicht zu vergessen unseren Direktor und einige Vertreter unserer Lehrerschaft. Heute ist der Grund für diesen Abend ein ganz besonderer, denn wir feiern ein Jubiläum. Der Chor besteht bereits seit 25 Jahren, hat Höhen und Tiefen erlebt, aber auch überlebt. Die ersten Chormitglieder sind selbst schon Eltern und einige ihrer Sprösslinge sind nun auch in unserem Chor."

Ich höre nicht mehr zu. Solche Reden hasse ich. Klar kann der Chor stolz sein. Ich werde mich überraschen lassen, was er singen wird. Vor allem bin ich gespannt, wie sich Jasmin anstellt. Befürchtung, dass etwas schief gehen könnte, habe ich nicht. Dafür hat meine Schwester das Lied unzählige Male gesungen. Es freut mich wirklich sehr, dass ich es heute vermutlich zum letzten Mal hören muss!

Frau Rentsch teilt uns Gästen mit, dass es nach dem Chorauftritt noch ein gemütliches Beisammensein geben wird. Sofort läuten meine inneren Alarmglocken. Spätestens dann werde ich diese Veranstaltung verlassen. Als die Chorleiterin jedoch erwähnt, dass auch für leckere Speisen und Getränke gesorgt ist, beschließe ich, meine Entscheidung noch einmal zu überdenken.

Frau Rentsch dreht sich um und gibt ihrem Mann ein Zeichen. Kaum erklingt aus den Boxen eine Melodie, hebt sie die Hände und der Chor beginnt zu singen. Das Lied heißt: *Träume nicht dein Leben, die Zukunft lacht dir zu!* Der Inhalt des Liedes gefällt mir sehr, auch dass es sehr flüssig vorgetragen wird. Mutter stupst mich an und ihr Gesicht strahlt. Ich bin froh, dass sie nicht dazwischenruft, dass das Mädchen in der vordersten Reihe ihre Tochter ist und einmal nach den Sternen greifen wird. Es folgen noch drei weitere Lieder, die am jeweiligen Ende von den Gästen mit Applaus gewürdigt werden. Ich habe zu jedem Lied ein paar Fotos gemacht.

Endlich kommt Jasmins großer Auftritt. Frau Rentsch wendet sich den Gästen zu und sagt: „Und nun wird uns ein besonderer Musikgenuss zuteilwerden. Jasmin Brandt aus der zehnten Klasse, die ab September das

Gymnasium besucht, wird ein Solo singen, und zwar *Das Heidenröslein*. Vor ihr liegt eine große musikalische Zukunft. Es ist nicht das Verkehrteste, sich ihren Namen einzuprägen, weil man noch viel von ihr hören wird! Viel Spaß! Bitte, Jasmin!“

Aus den Boxen erklingt die Melodie und Jasmin gelingt es, an der richtigen Stelle einzusetzen. Sie singt wirklich gut, das muss ich zugeben. Ich habe schon vorher gewusst, wie es klingen wird. Schließlich hat mich meine Schwester seit Wochen damit gequält. Mutter strahlt. Wie stolz sie auf ihre Sternengreiferin ist, kann man ihrem Gesichtsausdruck ansehen.

Ich habe über fünfzig Bilder von Jasmins Soloauftritt gemacht. Sie hat es jedoch vermieden, mich anzusehen. Ihr Blick schien über alle Köpfe hinwegzugehen. Es kommen an die 100 Fotos zusammen. Ich befürchte, die Hälfte davon muss ich löschen, weil sie Jasmin nicht gefallen werden. Als meine Schwester das Lied beendet hat, erfüllt die Aula stürmischer Applaus. Jasmin verneigt sich mehrfach. Frau Rentsch bedankt sich für die gelungene Darbietung. Der Chor singt noch vier weitere Lieder. Keines davon kenne ich.

Als das letzte Lied verklungen ist, gibt es wieder Beifall. Frau Rentsch sagt, dass nun ein gemütliches Beisammensein folgt. Getränke und belegte Brötchen sind auf Tischen vor der Aula bereitgestellt. Das hätten der Hausmeister und dessen Frau vorbereitet. Auch ihnen dankt die Chorleiterin.

Der Chor verlässt die Bühne. Als Jasmin zu uns kommt, fällt Mutter ihr um den Hals. „Wenn du mal nicht nach den Sternen greifst, dann weiß ich es auch nicht.“

Die Türen werden geöffnet und die hungrigsten Gäste strömen hinaus, um sich die Bäuche vollzuschlagen. Ich gehöre auch dazu.

Nachdem ich ein halbes Brötchen mit Leberwurst und ein halbes Salamibrötchen verschlungen habe, verabschiede ich mich von Mutter und Jasmin, die noch bleiben möchten. Ich befürchte, dass meine Schwester noch eine Autogrammstunde gibt, bin mir aber nicht sicher.

Zu Hause springe ich unter die Dusche, putze mir Zähne und verschwinde in meinem Bett. Bevor ich einschlafe, ergreift die Vorfreude auf den nächsten Tag von mir Besitz. Endlich werde ich wieder Willy und Whisky begegnen.

10. Die Überraschung

Ich wache auf und spüre warme Sonnenstrahlen in meinem Gesicht. Meine Schwester liegt in ihrem Bett und hat mir den Rücken zugekehrt. Ich habe nicht mitbekommen, als sie und Mutter nach Hause gekommen sind.

Den Vormittag verbringe ich damit, die nicht mehr benötigten Schulsachen vom vergangenen Schuljahr in Kisten zu packen, um sie im Keller zu deponieren. Mutter muss an diesem Vormittag nicht arbeiten, weil die Arztpraxis wegen der Ferien auch für eine Woche geschlossen hat. Aus diesem Grund gibt es ordentliches Mittagessen. Mutter zaubert knusprige Bratkartoffeln mit Spiegelei auf den Tisch. Dazu gibt es Blattsalat. Ich staune, weil meine Schwester sogar zwei Löffel Bratkartoffel und ein Spiegelei verdrückt.

Mutter schwärmt noch von Jasmins Auftritt. Ich lasse es über mich ergehen. Nach dem Mittagessen wasche ich ab und Jasmin übernimmt freiwillig das Abtrocknen. Mutter hat sich auf die Couch im Wohnzimmer gelegt. Nach dem Abwasch sitzen Jasmin und ich in unserem Zimmer und meine Schwester sieht sich meine Aufnahmen vom gestrigen Abend an. An mehr als der Hälfte der Bilder hat sie etwas auszusetzen. Entweder hat sie auf einem Foto den Mund offen, auf anderen wirkt sie zu ernst und einige Fotos habe ich gemacht, als meine Schwester die Augen geschlossen hat. Letztendlich bleiben zehn Bilder übrig, die ich auf ihr Handy schicken soll. Das tue ich auch. Ein Bild gefällt uns beiden am besten. Es zeigt Jasmin mit einem Lächeln und entstand, bevor sie ihr Solo sang. Dieses Foto wird die Vorlage für das Bild, das ich von meiner Schwester zeichnen will.

Dass ich es will, ist übertrieben. Ich habe meine Wette verloren, als ich behauptete, meine Schwester hätte keine Chance bei Lukas Krüger, der sich in den Pausen oft zu mir setzte. Der Idiot wollte nur über mich an Jasmin rankommen. Also bleibt mir nichts anderes übrig, als in den Ferien das Bild mit Jasmin zu zeichnen.

Es ist halb drei. Mutter fragt uns, was wir zu unserem Kakao essen möchten. Jasmin reichen drei Reiswaffeln. Ich lehne dankend ab, möchte auch keinen Kakao. Seit einer Stunde sitze ich wie auf Kohlen, denn ich will endlich zum Hochsitz im Reißbachtal, um mich mit Willy zu treffen. Neue Zeichnungen habe ich nicht. Dennoch nehme ich meine Mappe mit all meinen Zeichnungen mit. Die Sonne meint es wirklich gut. Auf dem Weg ziehe ich meine Strickjacke aus, so warm ist es. Als ich das Reißbachtal erreiche und an der großen Wiese links von der Straße entlanglaufe, steigt mir Blütenduft in die Nase. Es ist herrlich. Am Himmel zieht ein Bussardpärchen seine Kreise ins Blau. Ich höre Buchfinken mit ihrem Gesang. Es sind Ferien, es scheint die Sonne, es duftet nach den Blüten der Wiesenblumen, aber auch nach den Fichten, die rechts von der Straße einen Berg bewachsen. Schöner gehts nicht. Die Aussicht, gleich Willy und seinem strubbeligen Hund zu begegnen, krönt das Ganze.

Ich bin am Hochsitz angekommen, setze mich ins Gras und lehne mit meinem Rücken an die steile Holzleiter. So sitze ich eine Weile und genieße das schöne Wetter. Plötzlich höre ich es vom Waldrand her knacken. Wenig später erscheinen Willy und Whisky vor den Tannen. Der alte Mann winkt mich zu sich. Dem folge ich. Unsere Begrüßung fällt herzlich aus. Ich schlage meine Arme um Willy und er streichelt mir über den Kopf. Währenddessen springt Whisky ständig an uns hoch. Auch er scheint sich über unser Wiedersehen zu freuen, denn er wackelt unablässig mit seinem Schwanz. Ich habe meine beiden Freunde über zwei Wochen nicht gesehen und mir fällt auf, dass Willy blass aussieht, seine Wangen eingefallen wirken und er ständig hüstelt.

„Schön, dass du gekommen bist!“, sagt der alte Mann. „Ich habe Kuchen gekauft, Milch und Kakaopulver. Wir machen es uns jetzt gemütlich. Komm, wir gehen zu unserer Hütte.“

„Du hättest nichts kaufen müssen. Ich bin doch nicht wegen des Essens und Trinkens gekommen …“

„Warum dann?“

„Na, weil ich mit dir übers Zeichnen reden möchte. Du bist der einzige Mensch, der sich für meine Bilder interessiert. Wenn ich dich besucht habe, bin ich immer voll motiviert, etwas ganz Tolles zu zeichnen. Auch mit Seele!“

Willy lächelt stumm vor sich hin und gibt mir die Leine, damit ich Whisky führe.

Nachdem wir die kleine Lichtung passiert haben, dauert es nur noch ein paar Minuten und wir gelangen an Willys und Whiskys Hütte. Dort ist es auffallend sauber und nichts liegt herum. Ich vermute, dass der alte Mann extra meinetwegen aufgeräumt hat.

„Setz dich", sagt Willy, öffnet ein Milchpäckchen und kippt den Inhalt in einen Topf. In einem kleineren Topf füllt er Wasser und stellt beide Töpfe auf die Herdplatten. Ein paar Minuten später sitzen wir beide am Tisch, Willy mit einem Pott Pfefferminztee und ich mit meinem Kakao.

„Ich hole schnell den Kuchen", sagt Willy. „Ich muss mich entschuldigen, denn ich habe für uns nur ein paar Stücke gedeckten Apfelkuchen."

„Willy!", rufe ich. „Das ist mein Lieblingskuchen! Heute ist anscheinend mein Glückstag."

„Na, dann warte mal ab. Ich habe noch eine Überraschung für dich."

„Oh, spann mich nicht auf die Folter. Was ist es denn?"

„Das erfährst du, wenn wir gegessen und getrunken haben. Vielleicht ist es gar nicht die große Überraschung, aber du freust dich dennoch." Whisky bellt kurz, als stimme er seinem Herrchen zu.

Ich kann mich kaum bremsen, so gut schmeckt mir der Kuchen. Willy hat vier Stück gekauft. Nach einem Stück hat er keinen Appetit mehr. Ich möchte nicht unhöflich wirken und gönne mir ein zweites Stück. Als ich auch das verdrückt habe, fragt mich Willy, ob ich noch das übrig gebliebene Stück haben möchte. Obwohl ich es schaffen würde, ein drittes Stück zu verdrücken, lehne ich dankend ab. Ich möchte nicht zu verfressen erscheinen. Ich habe zwei Tassen Kakao getrunken und Willy beginnt, den Tisch abzuwischen.

„Zeig mir noch mal deine Zeichnungen!", fordert der alte Mann von mir.

Ich gebe ihm meine Mappe. Willy sieht sich alle Zeichnungen an. Bei einigen Bildern macht er helfende Bemerkungen. Am meisten kritisiert er, dass die Bilder zwar schön und gut gezeichnet sind, aber nur ein Abklatsch der Wirklichkeit widerspiegeln. Er fordert mich auf, in Zukunft darauf zu achten, dass ich den Motiven meiner Zeichnungen Leben einhauche oder den Bildern eine Seele gebe. Ich glaube, dass ich das verstanden habe, und zwar schon vor ein paar Wochen, als er mich darauf hinwies.

„Wolltest du mich nicht überraschen?", frage ich und packe meine Zeichnungen zurück in die Mappe.

„Ganz schön neugierig meine junge Künstlerin!", stellt Willy fest. Er geht an die Kommode, zieht die oberste Lade auf und entnimmt einen Umschlag. Zurückgekehrt am Tisch, reicht er ihn mir.

„Was ist das?", frage ich.

„Sieh nach!"

Ich greife in den A4-Umschlag und ziehe ein Blatt Papier hervor. „Was soll das sein?", denke ich.

„Lies es dir durch!"

Ich lese:

Liebe Ulrike Brandt,

durch die Überweisung des Teilnahmebetrages von 350 Euro ist deine Teilnahme am einwöchigen Zeichenkurs in unserem Sommercamp bewilligt. Wir freuen uns auf dich! Was du mitbringen musst, steht auf der Rückseite dieser Teilnahmebestätigung. Deine bisherigen Arbeiten lässt du bitte zu Hause. Die Betreuer möchten sich selbst ein Bild von eurem Können machen.
Vergiss bitte nicht die Einladungskarte, die wir beigelegt haben. Ein kleiner Bus wartet auf dich am Busplatz vor dem Bahnhof, am Montag, dem 5. August, um 10 Uhr. Dem Fahrer zeigst du bitte die Einladungskarte. Die Rückfahrt ist am Sonntag, dem 11. August, nach dem gemeinsamen Frühstück.
Wir wünschen dir viel Spaß!

Mit lieben Grüßen!
Das Sommercamp Organisationskomitee.

Ich bin sprachlos. „Wer hat den Zeichenkurs bezahlt?", spukt es mir durch den Kopf. Ich weiß nur eins: Willy war es bestimmt nicht. Der sieht eher so aus, als könne er 350 Euro selbst gebrauchen.

Während ich noch die Rückseite überfliege, sieht mich Willy an und grinst. „Na, was sagst du?"

„Ich bin sprachlos. Aber wieso haben die mich angenommen? Wer hat die Teilnahmegebühr für mich bezahlt? Warst du das?"

„Das Wichtigste ist doch, dass du daran teilnehmen kannst. Ich halte dich für sehr talentiert. In dir steckt eine Künstlerin. Und ich bin der Meinung, dass das gefördert werden sollte!"

„Aber Willy, du hast doch selbst kaum etwas. Sieh doch nur, wie du lebst!“

Der alte Mann legt seine Stirn in Falten und streicht sich über sein stoppelbärtiges Kinn. „Findest du, dass ich schlecht lebe, dass es mir schlecht geht?“ Ich zucke mit den Schultern und ziehe meine Mundwinkel breit. „Weißt du Ulrike, ich war auch schon obdachlos. Jetzt lebe ich so, wie ich eigentlich immer leben wollte. Ich brauche keine Menschen. Das war früher anders, als ich noch gemalt und unterrichtet habe. Ich möchte niemanden, der mir in mein Leben reinredet, möchte auch keine Hilfe. Wer weiß, wie lange ich noch lebe? Alles ist gut. Es ist mein größtes Glück, dich kennengelernt zu haben. Du hast mir wieder vor Augen geführt, dass man etwas aus seinem Leben machen muss. Für mich kommt diese Erkenntnis allerdings zu spät. Aber ich spüre, dass aus dir etwas ganz Besonderes werden kann. Und dazu möchte ich einen kleinen Beitrag leisten!“

„Willy, das ist das Schönste, was jemand je zu mir gesagt hat. Nicht einmal meine Mutter kann mit meinem Zeichnen etwas anfangen. Sie glaubt an die Stimme meiner Schwester, die einmal Opernsängerin werden wird. Mutter sagt immer: Deine Schwester wird einmal nach den Sternen greifen. Und ich denke mir dann: Na toll, und ich ins Klo.“

„Das ist Unsinn. Deine Mutter mag ja mit dem, was sie über deine Schwester sagt, recht haben. Aber der Griff ins Klo wird dir erspart bleiben, wenn du alles nutzt, um besser zu werden. Dazu zählt auch das Sommercamp.“

„Aber Willy, das kann ich doch nicht annehmen. Wie soll ich das jemals wieder gutmachen?“

„Indem du zum Sommercamp fährst!“

„Ich denke, du hast selbst kaum Geld!“, sage ich und fühle mich hilflos. Ich möchte den alten Mann, der auch mein Freund geworden ist, nicht um sein Geld bringen.

„Reich bin ich nicht!“, entgegnet Willy. „Aber ich habe immer noch Geld von meinem einzigen Bildverkauf. Ich habe davon etwas zurückgelegt, damit man meine Beerdigung bezahlen kann. Jedoch sind 350 Euro auch nicht so viel Geld, dass ich dadurch nicht beerdigt werden kann. Sieh es als eine kleine Investition in deine Zukunft. Du hast meine Lebensgeister wieder geweckt. Ich habe nur Whisky und dich! Mach dir keine Gedanken. Es ist alles so, wie es sein muss.“

Ich erhebe mich von meinem Stuhl, gehe um den Tisch herum und falle Willy um den Hals. „Danke, lieber Willy! Das werde ich dir nie vergessen!"

Willys Augen scheinen feucht zu sein, als er mir über meinen Kopf streichelt. „Viel Gutes habe ich in meinem Leben nicht getan. Eigentlich nur zwei Dinge ..."

„Und die sind?", rede ich dazwischen.

„Ich habe Whisky aus dem Tierheim geholt und ihm somit ein gutes Leben ermöglicht. Und die zweite gute Tat ist, dass ich es möglich machen konnte, dich beim Sommercamp anzumelden!"

„Ach Willy, ich freue mich so! Allerdings weiß ich nicht, wie ich das meiner Mutter beibringen soll. Sie wird ablehnen, dass ich zum Sommercamp fahre, wenn sie erfährt, dass du es mir bezahlt hast."

„Das muss sie doch nicht erfahren. Du zeigst ihr nur die Einladungskarte. Darauf steht nichts von der Teilnahmegebühr."

„Und woher soll ich die haben?", frage ich Willy.

„Das ist gar nicht so leicht zu beantworten. Vielleicht muss eine kleine Lüge herhalten und du sagst, dass du sie gewonnen hast!"

„Wobei gewonnen, wird Mutter mich fragen."

„Stimmt! War keine gute Idee", gibt Willy zu.

„Ich werde sagen, dass ich sie gestern an unserem letzten Schultag von Frau Thomas, unserer Kunsterziehungslehrerin, bekommen habe. Ich hätte nur vergessen, meiner Mutter davon zu erzählen."

„Was machst du, wenn deine Mutter diese Lehrerin trifft und sich dafür bedanken möchte?", unterbricht mich Willy.

„Das habe ich bedacht. Mir ist eingefallen, dass diese Lehrerin mit ihrem Mann während der Ferien in eine andere Stadt ziehen muss. Also wird meine Mutter die Wahrheit nicht erfahren. Oh, ich bin genial!"

Willy grinst. Ich bleibe noch eine Weile bei ihm, dann verabschiede ich mich nicht, ohne mich noch einmal zu bedanken. Da das Zeichencamp erst Anfang August sein wird, werde ich mich noch einige Male mit Willy treffen. Erst einmal verabreden wir uns für den Samstag in zwei Wochen. Mit einem Lächeln verlasse ich das Reißbachtal. Ich bin glücklich und freue mich auf das Sommercamp.

Zu meiner Überraschung stellt meine Mutter keine Fragen, als ich ihr die Einladungskarte unter ihre Nase halte und ich ihr die Notlüge wegen des Sommercamps aufgetischt habe. Allerdings möchte sie wissen, was ich dafür alles benötige. Ich höre daraus die Sorge, ob sie viel Geld dafür ausgeben muss. Ich beruhige sie, indem ich ihr sage, dass ich alle Klamotten und auch alle benötigten Zeichenutensilien dafür habe.

Als am Abend meine Schwester Jasmin nach Hause kommt, erzählt Mutter ihr von meiner Neuigkeit. Jasmin zieht eine Augenbraue hoch. Das ist ein sicheres Zeichen, dass sie überrascht ist.

„Frau Thomas hat sich gestern Abend bei dem gemütlichen Beisammensein nach unserem Chorauftritt bei uns verabschiedet. Sie hat uns erzählt, dass sie mit ihrem Mann am Sonntag umziehen wird. Allerdings hat sie von diesem Zeichencamp nichts erwähnt, auch nicht, dass du dazu eingeladen wurdest!"

„Wird sie vergessen haben", sage ich, um erst gar keinen Zweifel bei meiner Mutter aufkommen zu lassen.

„Hauptsache, du lernst dort was!", sagt meine Schwester und fügt hinzu: „Ich möchte, dass das Bild, was du von mir zeichnen wirst, ein wahres Kunstwerk wird."

Ich verspreche es und freue mich über die Information, dass Frau Thomas schon morgen die Stadt verlassen wird. Somit ist ausgeschlossen, dass Mutter der Kunsterziehungslehrerin noch einmal über den Weg läuft.

„Wir haben etwas zu feiern!", ruft Mutter mit strahlendem Gesicht. Weil meine Schwester und ich ein fragendes Gesicht ziehen, fügt sie hinzu: „Ich bin so stolz auf meine Töchter. Die eine wird einmal eine berühmte Sängerin und die andere, so hoffe ich, eine berühmte Künstlerin. Das muss begossen werden!"

Nach zwei Stunden ist der Prosecco getrunken, ohne irgendwelche negativen Folgen wegen des Alkohols. Ein supertoller Tag geht zu Ende. Glücklich wie seit langer Zeit nicht mehr, schlafe ich ein.

11. Das Sommercamp

Die Wochen bis zum Sommercamp wollen einfach nicht vergehen. Sonst verfliegen die Ferientage so schnell, dass ich immer überrascht bin, wenn es heißt, in ein paar Tagen geht es wieder in die Schule.

Bis zur Abfahrt zum Sommercamp besuche ich Willy noch einige Male. Er erklärt mir noch ein paar wichtige Zeichentechniken. Was Schummern ist und wie man damit einen Verlauf mit unterschiedlichen Graustufen erzeugt, weiß ich bereits von ihm. Er zeigt mir aber auch, wie man mit Schraffuren arbeitet.

Bei meinem letzten Besuch bitte mich Willy, meine Mappe mit den Zeichnungen bei ihm zu lassen. Er hätte nun genug Zeit, sie noch einmal zu prüfen. Nach dem Zeichenkurs im Sommerlager würde er mir mitteilen, was ihm noch verbesserungswürdig erscheint. Ich bin einverstanden. Sein ständiges Hüsteln während meiner Besuche beunruhigt mich allerdings. Bei unserer Verabschiedung sagt Willy mit einem Lächeln, dass dies nur ein harmloser Husten sei.

Mir fällt der Abschied von meinem Freund und seinem zotteligen Begleiter gar nicht so leicht. Willy schließt mich in seine Arme, streicht mir über meinen Kopf und sagte: „Ulrike, ich wünsche dir viel Spaß im Sommercamp und hoffe, dass es dir dort gefällt und du auch einiges lernst. Bis bald! Und eines musst du mir versprechen: Du bist so talentiert, gib deinen Traum, einmal eine berühmte Zeichnerin zu werden, niemals auf. Bemühe dich, ständig besser zu werden. So, also vergiss nicht: Ich glaube an dich!“

Ich verspreche es, bedanke mich und sage, wie froh ich bin, ihn und Whisky kennengelernt zu haben. Danach kehre ich nach Hause zurück. Ich schäme mich immer noch dafür, dass ich Willy für einen Penner hielt. Er ist so ein toller Mensch und ich habe ihn viel zu verdanken!

Endlich ist es so weit. Ich warte am angegebenen Montag ein paar Minuten vor 10 Uhr am Busbahnhof auf den Kleinbus mit dem Schild *Sommer-*

camp Eichdorf, so wie es im Einladungsschreiben angekündigt wurde. Der Bus kommt pünktlich und Minuten später sitze ich mit einem Jungen, der mit mir einsteigt, im Bus. Meinen Mitfahrer habe ich bereits am Busbahnhof gecheckt. Er trägt eine Brille mit runden Gläsern. Bestimmt wird er oft Professor gerufen. Ich denke, die Brille ist nicht vorteilhaft. Ohne sie sähe er nicht verkehrt aus. Der Typ hat blonde, leicht wellige Haare, ist weder dick noch dünn. Warum hat er eine Gitarre dabei? Wie ein Musiker sieht er wirklich nicht aus. Jetzt sitzt dieser Typ im kleinen Bus in der Reihe hinter mir. Ihn habe ich in unserer Stadt noch nie gesehen.

Von meinem Fensterplatz aus starre ich in die Natur. Während der Fahrt passieren wir reife Getreidefelder. Das Getreide wiegt sich sanft im Sommerwind und wartet auf die Mähdrescher. Auf der Strecke hält der Bus in einigen Orten, mal sind es kleine Städte, mal ein paar Dörfer. Der Bus füllt sich allmählich. Als er bis auf den letzten Platz besetzt ist, registriere ich vier Mädchen und drei Jungen. Mir ist schon klar, dass dies keine Datingtour wird. Dennoch mustere ich die neu hinzugekommenen Jungs. Einer von ihnen sieht wirklich gut aus mit seinen kurzen schwarzen Haaren und den gut trainiert wirkenden Body. Er setzt sich neben dem Jungen, der von Beginn dieser Fahrt an hinter mir sitzt. Beide haben mir nicht einen Blick geschenkt, als sie an meiner Sitzbank vorbeigegangen sind. Sie beachten mich so wenig wie alle anderen Jungen dieser Welt auch. Wie gewohnt bin ich für Jungs unsichtbar. Der letzte Junge, der hinzugekommen ist, ist größer und dicker als die anderen beiden. Er hat ein rundes Gesicht, einen runden Bauch und igelige, dunkle Haare. Er erinnert mich etwas an meinen besten Freund Adrian. Mir wird klar, dass ich zu einem Zeichenkurs fahre und nicht zu einem Schönheitswettbewerb.

Außer mir starren die anderen Mitfahrerinnen und Mitfahrer auf ihre Handys. Ich habe keinen Bock auf mein Handy und richte meinen Blick wieder in die Natur. Lange kann die Fahrt nicht mehr gehen. Ich habe gegoogelt, dass sie drei Stunden dauern müsste. Die Uhr über der Frontscheibe zeigt an, dass mehr als zweieinhalb Stunden vorübergegangen sind. Dunkle Fichtenwälder haben die offene Landschaft mir den unzähligen Feldern abgelöst.

Der Bus biegt nach rechts von der Hauptstraße ab und fährt auf einer sehr schmalen Straße einem Dorf entgegen, das ich durch die Frontscheibe erkenne. Ich sehe ein paar kleine Häuser mit roten Dachziegeln, die sich um eine Kirche mit einem sehr großen, spitzen Turm tummeln. Hinter dem Dorf steigt die schmale Straße steil an und verschwindet in einem Fichtenwald. Der kleine Bus hält vor einem Haus, das mich an ein Wirtshaus erinnert. Davor steht eine Frau mit offenen, dunklen, langen Haaren. Sie trägt eine hellblaue Jeans und ein weißes, kurzärmeliges T-Shirt. Ich vermute, dass sie auf uns wartet.

Die Frau begrüßt uns lächelnd, schüttelt jedem von uns die Hand und stellt sich als Ines Heller vor, sie sei die Kursleiterin. Ich schätze sie auf Ende dreißig. Gemeinsam betreten wir das Gebäude. Es ist das Sozialgebäude, wo auch die Mahlzeiten eingenommen werden und wo sich die sanitären Anlagen befinden, so sagt es uns die Kursleiterin. Im Korridor ist es angenehm kühl. Von mir aus könnten wir hier mit dem Kurs beginnen. Stattdessen verlässt Frau Heller das Gebäude am hinteren Ausgang. Wir folgen ihr mit unseren Rucksäcken und Trolleys. Vom Gebäude aus führt ein schmaler Kiesweg, neben dem sich links und rechts große, von der Sonne vergilbte Wiesen ausdehnen, einen Berg hinauf. Ich sehe, dass der Kiesweg auf der Berghöhe zu einigen Zelten führt. Die Sonne brennt immer noch heiß. Ich schleppe meinen Rucksack und ziehe meinen Trolley, sodass mir der Schweiß den Rücken herunterläuft und mein Gesicht zu glühen beginnt.

Während dieser Bergbesteigung kommen uns immer wieder ein paar Jugendliche entgegen. Sie wirken lustig und ausgelassen. „Keine Kunst bergabwärts", denke ich und beginne zu schnaufen. Hier scheinen noch andere Kurse stattzufinden, so vermute ich. Endlich erreichen wir die Zelte, die rechts vom Weg aufgebaut wurden.

„Die Jungs bitte in das Zelt hier links", sagt Frau Heller. „Und die Mädchen gehen in das Zelt rechts daneben. Sucht euch ein Bett und packt eure Sachen in den dazugehörigen Spind. In einer halben Stunde erwarte ich euch zu unserem ersten Meeting." Sie lächelt und geht an den nächsten Zelten, die rechts und links vom Kiesweg stehen, vorbei.

Die anderen drei Mädchen und ich betreten das Zelt. Uns schlägt stickige, warme Luft entgegen. Die kleinen Fenster, die sich jeweils an einer der vier Zeltwände befinden, sorgen nicht für ausreichend frische Luft. Es ist unerträglich heiß. Der Fußboden besteht aus ein paar Bohlen, die nebeneinandergelegt wurden. Zwischen ihnen wächst Gras hindurch.

An jeder der vier Zeltwänden stehen jeweils ein Bett und an dessen Fußende ein schmaler Spind. Ich warte, bis sich meine Mitstreiterinnen ein Bett gesucht haben. Für mich bleibt das Bett rechts neben dem Zelteingang übrig. Ich sehe mich um. In der Mitte des Zelts steht ein runder Holzbalken, der das Zeltdach nach oben drückt. Daneben befindet sich ein Tisch mit vier Holzstühle an dessen Seiten.

Es wird nicht gesprochen. Keine von uns kennt anscheinend eine andere. Plötzlich stellt sich das Mädchen, das das Bett gegenüber des Eingangs in Beschlag genommen hat, neben den Balken in der Mitte. Sie sieht sportlich aus und hat raspelkurze blonde, fast weiße Haare. Das Mädchen stemmt ihre Arme in die Hüften und sagt: „Hört mal her, ich bin die Gina und komme aus Sentshausen. Ich hoffe, wir werden uns während dieser Woche gut vertragen. Außerdem hoffe ich, dass keine von euch schnarcht! Mein Schlaf ist mir heilig. So, wie heißt ihr?“ Sie richtet eine Hand auf mich.

Ich stelle mich vor und sage, woher ich komme und wie alt ich bin. Kurz und schmerzlos.

Das etwas pummelige Mädchen mit den blonden Zöpfen von der rechten Zeltseite holt tief Luft und stellt sich vor: „Ich heiße Cindy und komme aus Boltenstädt und bin gerade 14 geworden.“

„Okay, dann werde ich mich auch vorstellen!“, sagt das Mädchen, das die linke Zeltwand bewohnt. Sie hat kurze, schwarze Haare mit einem roten Streifen an der rechten Seite und trägt ein Piercing in der linken Augenbraue. Sie ist ziemlich dünn, fast wie meine Schwester Jasmin. „Ich heiße Neele, bin auch 14 Jahre alt und komme aus Hechtsenhausen, einem kleinen Kuhdorf.“

„Okay“, sagt Gina. „Lasst uns schnell unser Gepäck in die Spinde verstauen.“

Es ist noch keine halbe Stunde vergangen, da stehen wir wieder vor unserem Zelt. Cindy verschnürt noch den Zelteingang. Auch die Jungen kommen aus ihrem Zelt. Wenige Augenblicke später erscheint Frau Heller. Sie hat ein Lächeln im Gesicht. „Schön, wir sind vollzählig. Bitte folgt mir!“

Das tun wir. Wir gehen hintereinander zwischen einigen Zelten hindurch. Mir fallen die gespannten Wäscheleinen zwischen einigen Zelten auf. Auf einigen hängt gewaschene Wäsche.

Endlich kommen wir zu einer großen Wiese. Dort stehen zahlreiche Bänke zu einem Kreis formiert. Ich sehe in der Mitte eine Feuerstelle. Verkohlte Holzreste zeugen von einem Lagerfeuer. Daneben steht ein kleiner Stapel Holzscheite.

Frau Heller bittet uns, auf den Bänken Platz zu nehmen. Ich sitze neben Cindy. Auf der Bank daneben sitzen Neele und Gina. Die Jungs zwängen sich zu dritt auf eine Bank.

Die Kursleiterin zieht aus ihrem Umhängebeutel eine Decke, die sie ausbreitet und sich darauf setzt. „Ich heiße übrigens Ines. Ihr könnt mich duzen, schließlich sind wir hier nicht in der Schule. So, nun bitte ich jeden von euch, sich vorzustellen und zu sagen, was ihr von diesem Zeichenkurs erwartet. Wir fangen ganz links von mir aus gesehen bei den Herren der Schöpfung an."

Ben stellt sich vor. Er ist der Junge, der deutlich einen Kopf größer ist als die anderen und auch deutlich fülliger. Ben möchte ein paar neue Zeichentechniken lernen. Er malt gern mit Kreide oder Kohle.

Nach ihm ist Niklas an der Reihe, den ich hübsch finde. „Ich erwarte nicht so viel von diesem Kurs, weil ich schon sehr gut bin. Habe auch schon einen Wettbewerb gewonnen, bei dem ich eine Briefmarke gestaltete und zeichnete, die dann von der Post in Umlauf gebracht wurde."

Ich finde Niklas angeberisch. Auf solche Typen stehe ich überhaupt nicht. Der vermutlich auch nicht auf Mädchen wie mich.

„Das klingst gut, Niklas!", sagt Ines und bittet den letzten Jungen, sich vorzustellen.

Es ist Marvin, der Junge mit der merkwürdigen Brille, die ihm das Aussehen eines Professors verleiht. Er sagt, dass er gern mit Ölfarben malt. Außerdem spiele er leidenschaftlich gern Gitarre.

Ines Heller sagt, dass er vielleicht an einem der nächsten Abende mal etwas von seinen musikalischen Fähigkeiten, uns zu Gehör bringen kann. Im Anschluss an die Jungs stellen wir Mädchen uns vor. Die Namen meiner Zeltmitbewohnerinnen kenne ich ja bereits. Neu ist mir, was sie gern zeichnen. Gina zeichnet gern Porträts, Cindy malt gern mit Acrylfarben und Neele überrascht mich am meisten, als sie erwähnte, dass sie gern Graffitis sprüht.

„Neele, dann wird es dir gefallen, dass an einem der nächsten Tage auch eine Graffitikünstlerin zu uns kommt."

„Cool!", kommt es Neele über die Lippen.

„Es wird jeden Tag ein anderer Künstler kommen", fügt Ines Heller hinzu. „Ich hoffe, dass für jeden etwas dabei ist und ihr das Sommercamp mit vielen Inspirationen verlasst. Morgen besucht uns Johanna Kiefer, eine Kunsterzieherin aus Berlin, am Mittwoch Manuel Fischer. Er ist Karikaturist und zeichnet nur mit Bleistiften. Das wird Ulrike freuen." Damit hat unsere Kursleiterin recht. Ich bin neugierig und gespannt, was er uns beibringen will.

„Am Donnerstag kommt, wie bereits erwähnt, Rebecca Schneider zu uns, eine erfolgreiche Graffitikünstlerin. Am Freitag wird Dr. Kleber, ein Dozent an einer Kunsthochschule, bei uns eintreffen. Sein Spezialgebiet ist die Farbenlehre. Am Samstag wird jeder von euch seine Arbeit vorstellen. Ab heute Nachmittag, wenn der heutige Künstlerbesuch vorbei ist, beginnt ihr mit euren Entwürfen. Ihr könnt jeden Tag den aktuellen Stand eurer Arbeit den Gastkünstlern vorlegen. Sie werden euch hilfreiche Ratschläge geben. Teilt euch die Arbeit so ein, dass ihr am Samstag etwas vorweisen könnt. So viel zum Wochenprogramm. Wir gehen jetzt aber erst einmal zum Kaffeetrinken ins Sozialgebäude", ergänzt Ines. „Es gibt Kuchen, Kakao und Tee. Danach erwarten wir hier an dieser Stelle Hieronymus Goldhahn. Er ist ein erfolgreicher Maler."

„Gibt es in dem Sozialgebäude auch einen Fitnessraum?", fragt Niklas. „Ich brauche meinen Sport. Sorry, Ben, aber ich möchte nach dieser Woche nicht so aussehen wie du!"

„Das war aber keine schöne Bemerkung!", sagt die Kursleiterin mit hochgezogenen Augenbrauen und leicht kopfschüttelnd. „Nein, einen Fitnessraum gibt es hier nicht. Aber ich verspreche euch, da ihr oft genug zum Sozialgebäude hinuntergehen werdet und natürlich wieder zurück zu den Zelten müsst, wird es euch als Training genügen oder wie in deinem Fall, Niklas, genügen müssen."

Wenig später sitzen wir an einem langen Tisch im Sozialgebäude und genießen den Kuchen. Es gibt für jeden zwei Stück – ein Stück Streuselkuchen und, welch Wunder, ein Stück gedeckten Apfelkuchen. Ich trinke dazu Kakao. Gedeckter Apfelkuchen ist mein erstes Highlight in diesem Sommercamp. Anschließend schleppen wir uns wieder den Berg hinauf zu unseren Zelten. Für mich ist diese Tortur genug an Sport. Frau Heller fordert uns auf, uns etwas zum Schreiben zu holen. Spätestens in einer Viertelstunde sollen wir uns damit am Grillplatz mit den zahlreichen Bänken wieder einfinden.

Wir sitzen schon eine Weile auf den Plätzen, als plötzlich Frau Heller in Begleitung eines Mannes auf uns zukommt. Ich schätze ihren Begleiter auf Mitte 40. Er hat silbriggraue Haare, die er zu einem Pferdeschwanz zusammengebunden hat, trägt Jeanshosen, Jeansjacke und darunter ein weißes T-Shirt. „Der muss doch wie verrückt schwitzen mit so einer Jacke", denke ich. Schließlich meint es die Sonne gut mit uns. Am Himmel ist nicht ein Wölkchen zu sehen. Am Thermometer am Sozialgebäude habe ich vorhin 32 Grad abgelesen.

Der Mann stellt sich vor uns hin, sagt, dass er Hieronymus Goldhahn heißt, und bittet die Jungen, ihm eine Bank zu holen, damit er näher an uns dran ist und nicht so schreien muss.

Als Niklas und Marwin aufstehen, sagt Ben; „Bleibt sitzen. So eine Bank tragen kann ich auch alleine."

Augenblicke später sitzt Herr Goldhahn vor uns auf der Bank. Hinter ihm ist der Platz für das Lagerfeuer. Der Künstler grinst in die Runde. Frau Heller setzt sich auf eine freie Bank neben den Jungen und bittet Ben, sich doch zu ihr zu setzen, sodass die anderen beiden Jungen genügend Platz haben, wenn sie sich Notizen machen wollen.

„Ihr also wollt einmal Künstler werden?", richtet sich Herr Goldhahn an uns. „Aus eigener Erfahrung kann ich euch sagen, dass das ein schwerer Weg ist. Ich gehöre nun schon seit einigen Jahren zu den etabliertesten Künstlern dieses Landes. Ich male in Öl. Meine Motive finde ich im Leben meiner Mitmenschen. Oft beinhalten meine Kunstwerke Charaktergesichter oder arbeitende Menschen. Meine Bilder haben immer eine Aussage, besitzen eine Seele! Der Weg zum Erfolg ist lang und schwierig. Meine erste Vernissage bekam ich, als ich fast dreißig Jahre alt war. Bis dahin konnte ich nicht von der Malerei leben, arbeitete nebenbei als Hausmeister in einer Seniorenresidenz. Wisst ihr, was eine Vernissage ist?"

Wir nicken und bleiben stumm.

Als Herr Goldhahn von der Seele seiner Bilder spricht, denke ich sofort an Willy. Ich hoffe, dass es meinem Freund wieder besser geht und der hartnäckige Husten verschwunden ist. Ich werde ihm noch am Sonntag, wenn ich zurückkomme, besuchen.

Der Maler zeigt uns verschiedene Grafiken seiner Bilder. Auf einem ist ein Bauarbeiter mit Schutzhelm und schmutzigen Gesicht zu sehen, auf einem anderen eine alte Frau an einem Gemüsestand auf einem Markt und ein weiteres Bild zeigt das Porträt eines Polizisten, der lächelt.

Ich denke, dass letzte Bild ist nicht real. Mir gefallen seine Bilder auch nicht besonders.

„Welches Bild gefällt euch am besten?", fragt Herr Goldhahn und sieht mit einem Grinsen in die Runde.

Niklas meldet sich. „Mir gefällt am ehesten das Bild mit dem Bauarbeiter. Ihm steht die anstrengende Arbeit ins Gesicht geschrieben. Außerdem unterstreicht das mit Dreck verschmierte Gesicht diese Aussage."

„Sehr gut beobachtet!", lobt Hieronymus Goldhahn Niklas.

Ich halte ihn für einen eingebildeten Schönling. Vermutlich ist er auch ein Streber und Arschkriecher. Aber das ist nur meine Vermutung. Vielleicht täusche ich mich auch.

Die Ausführungen dieses Künstlers bringen mir nichts. Ich male nicht mit Ölfarben und habe auch andere Motive, die ich zu Papier bringen möchte. Statt auf Hieronymus Goldhahn zu hören, überlege ich, was ich zeichnen könnte. Schließlich möchte ich mich nicht blamieren. Plötzlich habe ich eine Idee. Ich beschließe, einen etwas abgewrackten, alten Mann zu malen. Natürlich denke ich dabei an Willy. Ich möchte ihn aber eine Aussage mitgeben, dem Bild Seele verleihen. In meiner Vorstellung wird er einen langen Mantel tragen, der offen ist und aus dem ein Herz mit Flügeln fliegt. Am liebsten würde ich sofort mit meiner Zeichnung beginnen, wenigstens eine grobe Skizze anfertigen.

„Was ist denn dein künstlerisches Vorbild?", höre ich Herrn Goldhahn fragen.

Plötzlich stößt mich Cindy an und flüstert: „Der meint dich!"

Ich fühle mich aus meinen Gedanken gerissen und weiß so schnell gar nicht, was ich darauf antworten soll. Nach einer Pause sage ich, dass ich Alfons Zierle sehr gut finde. Seine Milieustudien aus den Zwanzigerjahren würden mich sehr beeindrucken. „Außerdem", füge ich hinzu, „zeichne ich wie er auch nur mit Bleistift."

Der Künstler nickt und lässt seinen Pferdeschwanz durch seine linke Hand gleiten. „Gute Wahl!", sagt er und richtet seine Frage an Gina.

Sie findet alte Meister gut.

Ich höre nicht mehr hin. Als sich Herr Goldhahn erhebt, bemühe ich mich, wieder das Geschehen zu verfolgen. Der Künstler verabschiedet sich und wir entlassen ihn mit etwas übertriebenem Applaus. So toll fand ich ihn nun nicht. Frau Heller schüttelt ihm die Hand. Wenig später entschwindet er unseren Blicken hinter den Zelten.

Die Kursleiterin sagt, dass sie sich etwas mehr von dem Gast erwartet hätte. „Ich denke, ihr habt alle einen Skizzenblock dabei. Jetzt beginnen wir mit unserer Arbeit an einem Werk, das ihr am Samstag präsentieren werdet."

„Was soll ich denn tun?“, fragt Neele. „Ich mache doch nur Graffitis.“

„Ja, das ist auch in Ordnung“, sagt Ines Heller. „Aber du kannst doch eine ausgearbeitete Skizze machen, in der du festhältst, was du gern einmal sprühen möchtest.“

Neele nickt.

„Und was soll ich machen? Ich male nur mit Ölfarben“, möchte Niklas von der Kursleiterin wissen.

„Niklas, es gilt auch für alle anderen, was ich zu Neele gesagt habe. In dieser Woche kommt es nicht darauf an, ein komplettes Kunstwerk zu schaffen. Die Fertigstellung eurer Idee könnt ihr zu Hause vornehmen. Mir ist es wichtig, dass jeder etwas zu Papier bringt, und zwar eine Skizze von dem, was er später daraus machen möchte. Ich will, dass ihr eure Idee am Samstag den anderen erklären könnt. Dass ihr uns mitteilt, was euer Werk einmal für eine Aussage haben wird. Ihr könnt euch auch Ratschläge von den Künstlern einholen, die uns im Laufe der Woche einen Besuch abstatten werden. Noch Fragen?“

„Es wird also kein Thema vorgegeben?“, möchte Cindy, meine Sitznachbarin, wissen. Einige stöhnen, als wäre diese Frage bereits geklärt.

„Jeder kann sich ein Motiv aussuchen“, sagt Frau Heller. „Ich möchte nur, dass ihr zum Kursende etwas Brauchbares zu Papier gebracht habt. So, nun habt ihr eine Stunde für erste Entwürfe. Danach geht es zum Abendbrot ins Sozialgebäude. Anschließend ist Freizeit. Wer will, kann im Sozialgebäude in den Fernsehraum gehen oder Billard spielen. Es gibt auch andere Spiele vom Schachspiel bis zum Mensch-ärgere-dich-nicht. Ihr könnt aber auch im Zelt bleiben oder wieder hierherkommen, wo meistens von Campbewohnern ein Lagerfeuer angezündet wird. Nun bitte ich euch, mit den ersten Skizzen zu beginnen.“

Einige Teilnehmer scheinen noch zu überlegen, während andere bereits mit dem Skizzieren beginnen. Cindy legt sofort los. Ich schiele auf ihr Blatt und erkenne, dass sie eine Vase auf der unteren Hälfte des Blattes skizziert.

Ich möchte Willy zeichnen. Und wenn ich das Bild zu Hause fertiggestellt habe, ihm schenken. Die meiner Schwester versprochene Zeichnung von ihrem Soloauftritt vom Chorjubiläum zeichne ich nach dem Porträt für Willy, wenn ich wieder zu Hause bin. Zuerst teile ich mir mit einem harten Bleistift mein Blatt ein, um mich später besser mit den Proportionen daran orientieren zu können. Ich habe mehrere Querstriche zu Papier gebracht und eine senkrechte Achse in der Mitte des Blattes. In der oberen Hälfte zeichne ich ein auf den Kopf gestelltes Ei. Das wird später Willys Kopf. Eigentlich habe ich keine Lust mehr weiterzumachen. Noch muss aber eine Viertelstunde vergehen, bis wir zum Abendbrot gehen können. Schließlich kommt Frau Heller zu uns und fragt, ob wir ihr ins Sozialgebäude folgen möchten.

Zum Abendbrot gibt es verschiedene Wurstsorten, Käse, Obst und Gemüse. Ich nehme mir zwei Scheiben Mischbrot, Leberwurst für die eine Scheibe und Käse für die andere. Außerdem greife ich nach zwei kleinen Gurken, nach einer Tomate, einer Banane und ein paar Weintrauben. Zu trinken gibt es Pfefferminztee. Mit dieser Nahrungszusammenstellung kann ich bis zum Frühstück am nächsten Morgen überleben.

Am wenigsten isst Gina. Ihr Teller erinnert mich an das Essverhalten meiner Schwester. Mit einer Scheibe Knäckebrot, die dünn mit Butter bestrichen ist, und zwei Radieschen würde ich während der Nacht den Hungertod sterben. Wenn es hier Reiswaffeln geben würde, hätte sich Gina bestimmt dafür entschieden. Ich kenne diese Hungerhaken, teile mir zu Hause mit einem das Zimmer.

Ich fühle mich richtig satt, als wir wieder den Berg in Richtung Zelte besteigen. Gina und Neele sind im Sozialgebäude geblieben. Ein paar Typen aus einem anderen Kurs haben sie zum Billard eingeladen. Wer es braucht. Ich nehme mir für den Abend vor, meiner Mutter eine Nachricht zu schicken. Mit ihr zu telefonieren, dazu habe ich keinen Bock. Das ufert immer so aus und ich muss mir anhören, was ich machen soll und was ich gefälligst zu unterlassen habe. So kann sie mir auf meine Nachricht antworten und ich lese sie, wenn mir danach ist. Das reicht dann auch. Ich sitze auf meinem Bett und halte mein Handy in der Hand. Nachrichten habe ich noch nicht bekommen, nicht einmal von Adrian. Cindy sitzt an dem kleinen quadratischen Tisch und stöhnt in einem fort.

„Was machst du?“, erkundigte ich mich.

„Ich möchte an meiner Zeichnung weiterarbeiten, aber ich habe mich schon ein paarmal verzeichnet und musste radieren. Jetzt sieht alles so verschmiert aus.“

„Fange doch morgen von vorne an. Wir haben noch genug Zeit bis Samstag.“

Cindy gibt mir recht, räumt ihre Zeichenutensilien in den kleinen Spind, legt sich auf ihr Bett und starrt an die Zeltdecke.

Plötzlich wird die Eingangsplane zur Seite gerissen und der füllige Ben steckt sein Kopf herein. Kann man sich nicht vorher bemerkbar machen? Schließlich hätten wir nackt sein können.

„Was willst du?", fragt ihn Cindy.

„Wollt ihr mit zur Lagerfeuerstelle kommen? Dort scheint etwas los zu sein. Marvin kommt auch mit. Niklas nicht, der trainiert und macht gerade Liegestütze. Und wenn er nicht gestorben ist, macht er die noch, wenn wir zurückkommen."

„Okay, ich komme mit!", sagt Cindy und rollt sich von ihrem Bett.

Eigentlich habe ich zu nichts Lust. Aber allein im Zelt rumhängen, das will ich auch nicht. „Na, dann los!", sage ich schließlich und erhebe mich. Schreibe ich meiner Mutter eben später. Wenn es an der Lagerfeuerstelle öde ist, gehe ich wieder ins Zelt. Lass mich aber erst einmal überraschen.

Als wir unser Zelt verlassen, kommt Marvin aus dem Zelt der Jungen. Zu meiner Überraschung hat er seine Gitarre dabei. Bin gespannt, wie er spielt. Als wir vier an der Lagerfeuerstelle ankommen, sind die im Kreis aufgestellten Bänke fast alle besetzt. Eine Bank ist aber frei. Da müssen wir uns ein wenig quetschen, schließlich benötigt Ben schon Platz für zwei. Wir werden von denen, die dort sitzen, begutachtet. Es sind einige Jungen und mehr Mädchen.

„Was seid ihr für welche?", fragt eine Blondine mit Brille.

„Wir machen hier einen Mal- und Zeichenkurs", antwortet Cindy. „Und ihr?"

„Wir sind die Theatergruppe unseres Gymnasiums", sagt ein auffallend dünner Junge. Ich finde, dass er kränklich aussieht. „Nach einer anstrengenden Saison mit vielen Auftritten haben wir von der Schulleitung diese zweiwöchige Reise spendiert bekommen", ergänzt er.

Das Lagerfeuer ist voll im Gange. Die Flammen lodern rot und rekeln sich empor. Ich spüre die Wärme des Feuers bis in meinem Gesicht. Die Sonne ist hinter dem mit Fichten bewaldeten Berg untergegangen. Es ist gut, dass ich meine Strickjacke mitgenommen habe. Wir vier Zeichner sitzen schweigend da und lauschen den Geschichten der Theatergruppe. Die Jungen und Mädchen scheinen viel erlebt zu haben und der Spaß scheint bei ihnen nicht zu kurz zu kommen.

„Hey, spiel doch mal was!", fordert die Blondine unvermittelt von Marvin, der optisch auch ihr Bruder sein könnte.

„Wenn das die anderen auch wollen!", sagt Marvin und schiebt sich seine etwas auf seiner Nase nach vorn gerutschte Professorenbrille mit dem Zeigefinger seiner rechten Hand wieder zurück.

„Komm, spiel etwas", sagt der dünne Junge und legt noch ein Holzscheit ins Feuer.

„Na gut", antwortet Marvin und nimmt die Gitarre auf seinen Schoß. Er zupft ein paar Takte und beginnt mit einem sehr bekannten Instrumentalstück. Ich sehe in den Gesichtern der Anwesenden ein Lächeln. Plötzlich beginnt er ein Stück, das sogar ich kenne. Ich habe es erst vor nicht allzulanger Zeit von unserem Schulchor bei dessen Jubiläumsfeier gehört. Es heißt *Träume nicht dein Leben, die Zukunft lacht dir zu!* Ich bin geplättet, Marvin hat so eine schöne, warme Stimme! Wow!

Als er fertig ist, bekommt er Applaus. „Spiel weiter!", fordert die Blonde. „Du singst gut!"

Marvin lächelt und von diesem Moment an gehört ihm der Abend. Es ist mittlerweile stockdunkel. Nur das Feuer spendet noch ein wenig Licht. Marvin wechselt ständig zwischen langsamen Titeln und welchen, die er beschwingt darbietet. Ich bin von diesem Jungen echt überrascht. Wenn der so gut malt, wie er singt, braucht er gar keinen Zeichenkurs. Ich sehe mich um und bemerke, dass Ines Heller zwischen zwei Bänken steht. Aber sie ist nicht allein. Sie steht da Hand in Hand mit einem Mann und lehnt ihren Kopf an dessen Schulter.

Nach einer gefühlten Ewigkeit sagt der Begleiter von Frau Heller: „Macht nicht mehr so lange. Und werft genug Sand auf die Glut, bevor ihr zu euren Zelten geht."

„Machen wir, Herr Fritsch!", sagt die Blondine.

Als Frau Heller und ihr Begleiter in der Dunkelheit verschwunden sind, fragt Cindy in die Runde, wer der Mann sei. Wir erfahren, dass Herr Fritsch nicht nur Mathematiklehrer an dem Gymnasium der Theatergruppe ist, sondern auch der Verlobte von Ines Heller.

Das Feuer ist ausgegangen. Ein paar Jungen der Theatergruppe nehmen mit kleinen Schaufeln Sand aus einem Holzkasten und ersticken die Glut. Cindy erhebt sich als Erste von unserer Bank und wir folgen ihr. Der Himmel ist sternengeflutet. Bevor wir unsere Zelte erreichen, sehen wir ein paar Glühwürmchen mit ihren leuchtenden Lichtpunkten in die Nacht hineintanzen. Cindy geht sofort in unser Zelt. Auch Ben verabschiedet sich und verschwindet. Plötzlich dreht sich Marvin zu mir und fragt: „Wollen wir noch ein Stückchen laufen und quatschen?"

Ich kann sowieso noch nicht schlafen, denke ich. „Von mir aus."
„Super!", sagt der Junge, der aus dem gleichen Städtchen wie ich kommt und der mir dort noch nie begegnet ist. „Ich bringe nur meine Gitarre ins Zelt."
An dem schmalen Kiesweg stehen alle paar Meter hüfthohe Lampen, die ihn beleuchten. Mir fällt ein, dass ich meiner Mutter immer noch nicht geschrieben habe. Deshalb ziehe ich mein Handy aus der Jeanstasche und tippe eine Nachricht. Ich schreibe meiner Mutter, dass die Fahrt gut war, dass das Essen schmeckt und der Kurs sehr interessant ist. Mit einen lieben Gruß schicke ich die Nachricht ab.
„Hey, Ulrike, wollen wir noch weiter nach oben gehen?", fragt mich Marvin, als er aus seinem Zelt zurückkommt. „Ich bin neugierig, was es dort noch gibt."
Ich denke, dass an diesem Weg sicherlich nur weitere Zelte stehen werden. Und ich soll recht behalten. Aus einigen Zelten hören wir, dass sich jemand unterhält, aus einem anderen Zelt hören wir Gelächter und aus einem weiteren Zelt dringt ein wahres Schnarchkonzert nach draußen.
„Na gut, lass uns den Berg noch weiter erklimmen", sage ich.
Wir laufen ein paar Minuten schweigend nebeneinanderher.
„Wie fandest du den Goldhahn mit seinen Ausführungen?", bemüht sich Marvin um ein Gespräch.
„Ein bisschen eingebildet, hält sich doch für den größten Künstler dieses Landes", antworte ich ihm. „Bin gespannt, was uns morgen erwartet, wenn diese Kunsterzieherin kommt. Hast du schon eine Idee, die du bis Samstag skizzieren wirst?"
„Ich werde eine Schale zeichnen, in der verschiedenes Obst liegt. Also ein Stillleben. Das kommt meiner Art zu malen entgegen. Ich male fast nur mit Ölfarben. So kann ich das Obst in ihren natürlichen Farben malen. Ich werde hier nur eine Skizze ausarbeiten und zu Hause das Bild fertig machen."
„Klingt gut!", sage ich. „Wenn du es fertig hast, würde ich mich freuen, wenn ich es einmal sehen könnte. Ich meine, wir kommen doch beide aus Moorstadt."
„Kann ich machen. Ich weiß allerdings nicht, wo du wohnst. Vielleicht treffen wir uns mal und zeigen uns gegenseitig unsere fertige Arbeit. Was willst du eigentlich zeichnen?"
Für einen kurzen Moment überlege ich, ob es nicht albern klingt, wenn

ich Marvin erzähle, dass ich einen runtergekommenen alten Mann zeichnen werde, der auch noch mein bester Freund ist.

„Ich zeichne einen alten Mann“, antworte ich. „Er lebt wie ein Penner in einem alten, kleinen Forsthaus im Wald. Nur mit seinem Hund.“

„Wieso kennst du den?“

„Weil ich am liebsten im Reißbachtal auf einem Hochsitz zeichne. Dort habe ich meine Ruhe und dort ist er mir mal begegnet.“

„Klingt abenteuerlich!“

„Ist es auch.“ Ich erzähle Marvin die Geschichte von Willy. Ein wenig wundere ich mich über mich selbst. Es gibt keinen Grund, meinem Begleiter so viele Details preiszugeben.

„Ich hoffe, dass ich nicht einmal so leben muss!“, sagt Marvin.

Als wir die letzten Zelte rechts und links des Kiesweges erreichen, können wir erkennen, dass auf der Wiese vor uns ein Volleyballnetz gespannt ist. Dahinter endet das Gelände durch einen Zaun. Marvin und ich beschließen, zurückzukehren. Wir verabreden uns, zusammen zum Sozialgebäude zu gehen, um noch zu duschen.

Frisch geduscht verlassen wir wenig später das Bad. Mir tat die warme Dusche gut. Allerdings reicht es mir auch, jetzt noch mal den Berg zu unseren Zelten zu besteigen. „Ich hasse diesen Berg“, sage ich, als Marvin das Gebäude verlässt. Im Schein der Lampe, die am Gebäude angebracht ist, sehe ich, dass seine feuchten Haare in alle Himmelsrichtungen stehen. Marvin hat keine Brille auf und ich muss zugeben, dass er gar nicht so schlecht aussieht.

Wir setzen uns in Bewegung. Ich glaube, dass ich heute gut schlafen werde. Es war ein schöner, aber irgendwie auch ein anstrengender Tag.

„Mir macht der Berg nichts aus“, sagt Marvin. „Ich finde es schön, den Weg hoch zu den Zelten mit dir zu gehen. Überhaupt muss ich sagen, dass man sich mit dir gut unterhalten kann.“

„Mit dir aber auch!“ Ich bin froh, dass er nicht sehen kann, dass ich sofort rot werde. Vor dem Mädchenzelt verabschieden wir uns voneinander. Meine Zeltmitbewohnerinnen schlafen bereits.

Ich liege in meinem Bett und kann gar nicht verstehen, warum ich immer noch an Marvin denke. Außer ein wenig Gerede war da nichts weiter. Nun hoffe ich, gleich einschlafen zu können. Dann stelle ich allerdings fest, dass eine von uns schnarcht. Nicht sehr laut, aber doch hörbar. Das Geräusch kommt von Gina.

„Na toll", denke ich, „war sie es nicht, die hoffte, dass keine von uns schnarcht?"

Die Sonne scheint durch das winzige quadratische Fenster über Cindys Bett. Im hereinfallenden Lichtstrahl wirbeln unzählige Staubpartikel. Ich hatte tief und fest geschlafen. „Irgendjemand schnarcht hier wie irre!", beschwert sich Gina.

Neele setzt sich aufrecht in ihr Bett, gähnt und reibt sich die Augen. „Ich habe nichts gehört", sagt sie.

„Vielleicht war ich es", gibt Cindy von sich. „Ich habe gut geschlafen und kann mich ja nicht selbst hören."

Plötzlich richten sich alle Blicke auf mich.

„Nee, Mädels, ich war gestern noch spät duschen. Als ich ins Zelt kam, hab ich auch ein deutliches Schnarchen vernommen.

„Und wer war es?", erkundigt sich Cindy.

„Tja, die Wahrheit ist hart", gebe ich zu bedenken.

„Los raus damit!", fordert Gina.

Ich muss lächeln. „Tja, du warst es eindeutig. Ist nicht schlimm, außerdem ist von deinem Schnarchen ja niemand wach geworden."

„Ich glaubs nicht!", sagt Gina und schüttelt ihren Kopf. „Kann aber auch nicht das Gegenteil beweisen. Lasst uns waschen gehen und anschließend frühstücken. Um neun Uhr beginnt der Zeichenkurs."

Als wir Mädchen mit unserem Waschzeug das Zelt verlassen, sehe ich, dass die drei Jungs, die zu uns gehören, nur ein paar Meter vor uns laufen. Plötzlich dreht sich Marvin um, grinst und hebt kaum merklich seine Hand. Ein Lächeln kriecht in mein Gesicht. Keiner hat etwas bemerkt. Wieso finde ich ihn immer noch ganz hübsch, obwohl er seine blöde Professorenbrille trägt?

Wir sind vermutlich die letzten Campbewohner, die zum Duschen gehen. Das Wasser ist nur noch lauwarm. Das Gute daran ist, dass wir uns beeilen. Mir ist es sowieso zu kalt. Zum Frühstück esse ich zwei Brötchen, eins mit Erdbeerkonfitüre und das andere mit Honig. Unsere schnarchende Fitnessheilige schüttelt ihren hübschen Kopf, als sie es mitbekommt. Das ist mir egal.

Danach kraxel ich wieder den Berg hinauf zu unserem Zelt. Mir fällt das Atmen schwer. Ich vermute, dass ich wenigstens die Kalorien von einem Brötchen verbrenne.

Einige Minuten später sitzt unsere Zeichengruppe am Lagerfeuerplatz und jeder hat seinen Bankplatz vom letzten Treffen wieder eingenommen.

„Hoffentlich lernt man heute mal etwas, das man auch gebrauchen kann. Der Superkünstler von gestern hat doch nur sich selbst in den Himmel gehoben!“, sagt Niklas und wir nicken zustimmend. „Ich finde es ätzend, dass ich hier nichts für meine Fitness tun kann!“, fügt er hinzu.

„Mir genügt der Berg, den wir mehrmals am Tag heraufklettern müssen, als ausreichendes Fitnessprogramm!“, gebe ich meinen Senf dazu.

Niklas zieht die Augenbrauen hoch und schüttelt seinen Kopf. „Hätte ich so eine Figur, würde ich auch ins Keuchen kommen, wenn ich den Berg erklimmen müsste.“

„Das ist echt fies, Alter!“, steht mir Marvin bei. „Übrigens, falls du es vergessen hast, wir sind hier, um etwas über das Malen und Zeichnen zu erfahren, und nehmen nicht an einem Fitnesskurs teil!“

„Ach, nerv mich nicht“, gibt Niklas zurück und wendet seinen Blick ab.

Ich sehe zu Marvin, der etwas lächelt. In meinem Kopf geht es drunter und drüber. Ich finde meinen Verteidiger immer besser. Scheißegal, was für eine Sehhilfe auf seiner Nase sitzt, er scheint ein cooler Typ zu sein.

Wie aus dem Nichts erscheint Ines Heller und wünscht uns einen guten Morgen, was wir erwidern. Die Kursleiterin sagt, dass sie zum Sozialgebäude gehen muss, um Frau Kiefer in Empfang zu nehmen, die heute uns noch etliche Zeichentipps geben wird.

In unserer Runde wird geschwiegen. Frau Heller, die aussieht, als leite sie eine Sportgruppe mit ihrem hellblauen Sportanzug, kommt mit der von ihr angekündigten Frau Kiefer. Obwohl die Sonne schon am Vormittag Vollgas gibt, steckt Frau Kiefer in einem hellgelben Kostüm. Ihr kleiner Dutt und die Brille mit dem dunklen Gestell verleihen ihr das Aussehen einer alten Lehrerin.

Bis zum Mittagessen quält sie uns mit langweiligen Ausführungen über verschiedene Zeichenperspektiven, über Raumgestaltung und dem Wechsel von Licht und Schatten. Das, was sie uns versucht beizubringen, kennen wir schon aus unserem Kunsterziehungsunterricht. Mir fallen Niklas’ Worte ein, als er sagte, dass er hoffe, heute mal etwas zu lernen. Auch wenn ich ihn für einen arroganten Arsch halte, in diesem Punkt hat er recht.

Zu Mittag gibt es eine Kürbiscremesuppe, die ich noch nie zuvor gegessen habe. Lecker. Muss ich meiner kalorienreduzierten Jasmin empfehlen.

Als Nachtisch gibt es Erdbeerjoghurt. Satt, aber nicht überfressen, schleppe ich mich wieder den Berg hinauf.

„Hoffentlich wird es jetzt nicht wieder so zäh!", hofft nun auch Marvin.

„Das hoffe ich auch!", sage ich. „Danke für vorhin." Ich werde rot. Die anderen unserer Gruppe werden denken, dass mir wegen der Anstrengung das Blut in die Wangen schießt.

„Wofür danke?"

„Na, für vorhin, als du mich vor Niklas verteidigt hast. Das fand ich toll von dir!"

„Alles gut!"

Der Nachmittag mit Frau Kiefer verläuft so, wie wir es befürchtet haben – stinklangweilig. Als sich diese altbackene Frau vom Acker macht, sagt Ines Heller, die auch erst einmal tief durchatmet, dass es heute Abend an gleicher Stelle mit der Theatergruppe einen Grillabend geben wird. Wir können uns auf Bratwürste und Rostbrätel freuen. Herr Fritsch spendiere sie und habe sich überreden lassen, als Grillmeister zu fungieren.

„War es schwer, ihn zu überreden?", fragt Gina und lächelt hinterhältig.

„Das ist mein Geheimnis!", kontert Ines Heller. „Ach, eins hätte ich fast vergessen", fügt sie hinzu und richtet ihren Blick auf Marvin. „Josi, das blonde Mädchen aus der Theatergruppe, lässt ausrichten, dass der tolle Sänger bitte wieder seine Gitarre mitbringen möge!"

„Oho oho!", macht Neele. „Da geht was, oder?"

Marvin schüttelt seinen rot gewordenen Kopf und schweigt. Ich finde diese blöden Bemerkungen nicht lustig. Bin ich etwa eifersüchtig? Was ist mit mir los?

Die Zeit bis zum Lagerfeuerabend zieht sich wie Kaugummi unter einer Schuhsohle. Ich nutze die Zeit, um meiner Mutter, meiner Schwester und Adrian eine Nachricht zukommen zu lassen. Alle drei antworten mit dem gleichen Text, in dem es heißt, dass sie sich freuen, dass es mir hier gut geht. Adrian hat noch hinzugefügt, dass er sich freut, wenn ich wieder zu Hause bin.

Es beginnt allmählich zu dämmern, als wir uns für den Abend schick machen, soweit das hier überhaupt möglich ist. Cindy ist als Erste fertig und fragt, ob wir mitkommen. Gina steht noch in ihrer Unterwäsche im Zelt, Nele kämpft mit ihrer Frisur – wir ersticken fast in der Wolke ihres Haarsprays. Und ich habe schon drei T-Shirts anprobiert. Als ich endlich fertig bin, stecke ich in einer dunkelblauen Jeans, habe ein hellblaues T-

Shirt an und mir meine Strickjacke um die Schulter gehangen. Dazu trage ich weiße Turnschuhe. Wir sind endlich fertig und verlassen unser Zelt, das Cindy zuschnürt.

Wir kommen am Lagerfeuerplatz an und ich staune. Vielleicht haben wir zu sehr gebummelt. Jedenfalls sind die Jungs unserer Gruppe schon da. Ich möchte am liebsten wieder zurückgehen. Marvin sitzt neben der Blondine von der Theatergruppe. Sauer setze ich mich zu Cindy auf eine Bank. Am Grill steht Herr Fritsch, lächelt uns zu und wendet Bratwürste. Seine Freundin Ines Heller steht an einem kleinen Campingtisch und schneidet Brötchen auf.

„Herr Fritsch, wann gibt es denn endlich was zu beißen?“, fragt Ben, der von allen Anwesenden es am wenigsten nötig hat, nach etwas Essbaren zu rufen.

„Übrigens, ich heiße Jan. Ich gebe alles, um zu verhindern, dass du uns verhungerst!“

Ben reckt einen Daumen in die Höhe. Mein Blick wandert zu Marvin, dem die Blondine etwas ins Ohr flüstert. In mir brodelt es. Am Himmel sind die ersten Sterne zu sehen. In Richtung unserer Zelte sehe ich ein paar tanzende Glühwürmchen.

„Die Bratwürste sind fertig!“, ruft Jan Fritsche und stellt einen Teller mit Würsten auf den kleinen Campingtisch. Dort erscheint Ben als Erster und lässt sich eine Bratwurst von Ines Heller ins Brötchen legen. Ich habe mir auch eine Wurst geholt und setze mich wieder auf meinen Platz, als sich Marvin und die Blondine erheben. Kurz treffen sich Marvins und meine Blicke. Ich bemühe mich, ein freundliches Gesicht zu machen. Es fällt mir schwer, zu lächeln, obwohl ich platzen könnte. Als alle ihre Würste verschlungen haben und Jan noch Rostbrätel auf den Grill legt, reden alle durcheinander.

„Seid doch mal ruhig!“, ruft die Blondine. „Marvin will uns etwas vorsingen.“

„Josi, du scheinst ein richtiger Fan zu sein!“, bemerkt der schlanke, blasse Junge aus ihrer Gruppe.

„Er kann doch wirklich gut singen“, erwidert sie.

„Was soll ich denn singen?“, fragt Marvin, in dessen Gesicht sich der Schein der rot lodernden Flammen des Lagerfeuers widerspiegelt.

„Kannst du auch Country?“, fragt Josi. „Ich sterbe für Countrymusik!“

„Ist das ein Versprechen?“, denke ich. Dann soll Marvin mal loslegen!

Marvin singt mehrere Titel dieser Musikrichtung. Ich mag Countrymusik nicht so sehr, aber wie Marvin singt, ist magisch. Ich schmelze leicht dahin. Ben aus unserer Gruppe und ein paar Jungen aus der Theatergruppe verdrücken noch ein paar Rostbrätel. Das Lagerfeuer schickt sich an, langsam auszugehen. Noch wirft es so viel Licht, dass ich sehen kann, wie Marvin und die Blondine ihre Handynummern tauschen.

Mir reichts. Ich steh auf, wünsche in die Runde eine gute Nacht und begebe mich zum Zelt. Mir steigen Tränen in die Augen. Vermutlich bin ich verrückt geworden. Ich bin doch nicht eifersüchtig! Niemals!

Aus unserem Zelt hole ich meine Waschsachen und begebe mich zum letzten Mal an diesem Tag zum Sozialgebäude. Eine halbe Stunde später liege ich in meinem Bett.

Kichernd und laut kommen wenig später meine Zeltmitbewohnerinnen. Ich stelle mich schlafend und habe keine Lust zu erklären, warum ich vor den anderen das Lagerfeuer verlassen habe. Während Cindy, Neele und Gina zum Waschen gegangen sind, fallen mir die Augen zu.

Ich erwache und sehe, wie die Sonne ihre Strahlen durch das kleine Zeltfenster über der noch schlafenden Cindy ins Zelt wirft. Als die Mädchen gestern Nacht vom Waschen kamen, habe ich bereits fest geschlafen. Hoffentlich wird es heute ein schönerer Tag! Ich nehme mir fest vor, mir heute keine Gedanken wegen Marvin zu machen. Soll er doch mit der blonden Josi glücklich werden.

„Wir sind hier nicht in einem Datingcamp“, hämmer ich mir ins Hirn.

12. Alles anders als gedacht

Heute soll der Karikaturist kommen, der wie ich nur mit Bleistiften zeichnet. Darauf freue ich mich und hoffe, von ihm wichtige Tipps zu bekommen.

Doch warum muss immer alles anders kommen, als ich es mir wünsche? Wir sitzen beim Frühstück und ich verdrücke gerade mein zweites Brötchen mit Erdbeerkonfitüre, als Frau Heller erscheint. Sie wünscht uns einen guten Morgen und bedient sich am Büfett. Mit Müsli und giftgrünem Smoothie kommt sie zu uns an den Tisch. Kaum hat sie sich gesetzt, erscheinen die Jungen unserer Gruppe. Ich sehe kurz zu dem verschlafen aussehenden Marvin. Unsere Blicke treffen sich und ich sehe sofort in eine andere Richtung. Auch die Jungen holen sich ihr Frühstück. Kaum sitzen sie, läutet Ines Hellers Handy. Unsere Kursleiterin zieht den Mund breit und schüttelt ihren Kopf. Dennoch nimmt sie den Anruf entgegen.

Wir starren Ines an. Das Einzige, was ich hören kann, ist, wie sie sich bedankt. Sie steckt ihr Handy in ihre Umhängetasche.

„Manuel Fischer, der Karikaturist, hat abgesagt. Er sei stark erkältet. Tja, es gibt dafür keinen Ersatz. Also schlage ich vor, wir treffen uns um 10 Uhr am Lagerfeuerplatz. Ihr werdet zeigen, wie weit ihr mit euren Arbeiten seid. Ihr müsst euch den Urteilen und Kritiken der anderen Kursteilnehmer aussetzen. Später, wenn eine oder einer von euch es wirklich zum gefeierten Künstler schafft, müsst ihr auch mit Kritik umgehen können. Wir werden das bis zum Mittag durchziehen, dann ist Freizeit. Einverstanden?“

„Gibt es hier in der Gegend ein Fitnessstudio?“, möchte Niklas wissen.

„Nein, aber du kannst von mir aus joggen gehen oder du gehst zum Volleyballplatz. Vielleicht findest du ein paar Mitspieler.“

Das Bewältigen des Berges bis zu unseren Zelten fällt mir nicht mehr so schwer wie an den Tagen zuvor. Alle holen ihre Skizzen oder was sie bis zum jetzigen Zeitpunkt gezeichnet haben. Pünktlich um 10 Uhr sitzen wir auf den Bänken am Lagerfeuerplatz. Ich sitze wieder neben Cindy. Es wird sich nicht verhindern lassen, dass sich Marvins und meine Blicke treffen. Ben sitzt allein auf einer Bank. Ines Heller setzt sich meistens zu ihm.

Die Kursleiterin erscheint und hockt sich wie vermutet zu Ben auf die Bank. „Tja, manchmal passieren unvorhersehbare Dinge. Schade, dass der Karikaturist abgesagt hat. Aber wir machen das Beste daraus. Heute ist sozusagen Halbzeit und ein guter Zeitpunkt, dass jeder seine Skizzen vorstellt. Ich bin gespannt wie ein Flitzebogen, was ich gleich zu sehen bekomme. Ich schlage vor, Gina beginnt. Gina, bitte."

„Als Erste ist es immer blöd, aber ich will mal nicht so sein!" Gina steckt in einem engen Trainingsanzug. Kann sie sich auch im Gegensatz zu mir leisten. So eine Figur zu bekommen, wird für mich ein ewiger, unerfüllter Traum bleiben. Gina kramt aus ihrer Umhängetasche einen Zeichenblock hervor. Sie erhebt sich und zeigt uns die Skizze mit dem Gesicht einer schönen Frau. Sie dreht sich ein wenig um ihre eigene Achse, damit alle ihre Skizze sehen können.

„Was ist eure Meinung?", fragt Ines Heller in die Runde.

Niklas hebt kurz den Arm und redet drauflos: „Ich finde, dass es eine schöne Skizze ist. Die Frau, die du gezeichnet hast, scheint nicht mehr ganz jung zu sein, aber noch hübsch! Wer ist sie?"

„Gina, warte bitte mit der Antwort", sagt unsere Kursleiterin. „Wie ist die Meinung der anderen?"

Ich halte mich erst einmal mit meiner Meinung zurück und bin überrascht, wie jeder sofort ein Urteil über Ginas Skizze fällt. Die meisten sagen, dass es schön gezeichnet ist. Nur Cindy sagt, dass es zwar gut gezeichnet ist, aber nichts Besonderes ist. Gina zieht die Mundwinkel breit.

„Dein Urteil fehlt noch!", sagt Ines Heller und sieht mich an.

Mir bleibt nichts erspart. Aber ich werde ehrlich sein. Dabei denke ich wieder an Willy und was ich von ihm gelernt habe. „Ich finde es auch gut gezeichnet …"

„Aber?", unterbricht mich Gina.

Ich hole tief Luft. „Wie ich bereits sagte, finde ich es gut gezeichnet, aber es sagt nichts aus, hat keine Seele!"

„Hä, wie soll denn das Bild eine Seele haben?", fragt Ben.

„Ich weiß auch nicht, was diese Kritik zu bedeuten hat", knurrt Gina und ich merke, dass sie von mir etwas enttäuscht ist.

„Es ist wunderschön gezeichnet", sage ich. „Aber um etwas in seiner Realität darzustellen, wäre es doch besser, es zu fotografieren."

„Die Mona Lisa wurde auch gemalt und ist weltberühmt", sagt Niklas.

„Stimmt!", ruft Gina und verschränkt ihre Arme.

„Ja, aber damals gab es auch noch keine Fotografie", verteidige ich mich. „Ich habe gelernt, dass ein Bild eine Aussage haben sollte."

„Vielleicht kannst du uns an deiner Skizze erklären, was du meinst!", sagt Frau Heller. „Und du erläuterst uns bitte deine Aussage."

Mir bleibt nichts anderes übrig. Ich schlage meinen Skizzenblock auf und zeige meine Skizze den anderen Kursteilnehmern.

„Und was soll das bedeuten?", fragt Gina, zieht ihre Augenbrauen hoch und legt ihre Stirn in Falten.

Ich werde mich bemühen, meine Skizze, die noch nicht fertig ist, verständlich zu erklären. „Ihr seht hier einen alten Mann, der etwas heruntergekommen aussieht. Ich hätte es dabei belassen können. Man sieht, dass es ihm nicht gut zu gehen scheint, dass er wie ein Penner wirkt. Aber deshalb hat er seinen Mantel geöffnet und man sieht sein übergroßes, lächelndes Herz. Die Aussage des Bildes ist, dass man nicht nur nach Äußerlichkeiten gehen darf, wenn man einen Menschen beurteilt. Vielleicht ist er in eine missliche Lage gekommen oder das Leben hat es nicht gut mit ihm gemeint. Und dennoch hat er sich ein gutes Herz bewahrt, das in sich Hoffnung trägt auf eine bessere Zukunft." Ich schweige und auch die anderen sind erst einmal ruhig.

„Was sagt ihr zu Ulrikes Erklärung?", fragt Ines Heller.

„Es ist mir zu kitschig!", sagt Niklas.

„So sehe ich es auch!", gibt Gina ihr Urteil zum Besten.

„Ich finde es toll!", sagt Cindy. „Wie Uli bereits gesagt hat, hat es eine Botschaft. Ich finde es super."

„Auch ich finde es von Ulrike gut erklärt", sagt Ines Heller. „Und, Gina ist die Person, die du skizziert hast, eine reale Person?"

Gina antwortet: „Das ist meine Mutter. Sie ist vierzig Jahre alt."

„Okay, Ulrike, gibt es diesen alten Mann wirklich?"

„Ich habe diesen alten Mann kennengelernt", erzähle ich. „Ihn hielt ich für einen Bettler, einen Penner. Doch als wir uns unterhielten, stellte sich heraus, dass er Kunsterzieher war und sogar selbst malte. Ein Bild habe er für viel Geld verkauft. Allerdings konnte er nicht mit Geld umgehen, begann zu trinken und ist irgendwie abgestürzt. Er ist ein kluger und wertvoller Mensch." Als ich hinzufüge, dass er sogar mein Freund geworden ist, kichern einige der Zeichenkursteilnehmer.

Ich bin erlöst, als Ines Cindy bittet, ihre Skizze zu erklären. Cindy hat ein Stillleben skizziert. Es sind fünf Sonnenblumen in einer Vase zu erkennen, die sie zu Hause in Acryl malen möchte. Cindy sagt lächelnd, dass ihr Bild auch keine Aussage hat. Sie möchte nur, dass sich die Betrachter an der Schönheit der Sonnenblumen erfreuen.

Neeles Skizze zeigt den Entwurf für eine zu besprayende Wand am Bahnhof. Das Motiv ist eine Dampflok.

Marvin hat eine Obstschale mit verschiedenen Früchten skizziert. Wenn er wieder zu Hause ist, möchte er sein Bild mit Ölfarben auf eine Leinwand bringen. Die Diskussionen zu den verschiedenen Skizzen der Zeichenkursteilnehmer gehen oft auseinander. Frau Heller sorgt aber dafür, dass die Diskussionen nicht aus dem Ruder läuft und es nicht zu persönlichen Anfeindungen kommt.

Niklas zeigt seine Skizze, die einem Handballspieler beim Torwurf zeigt. Er hat die Athletik des Sportlers gut getroffen. Zum Schluss stellt Ben seinen Entwurf vor. Er liebt es, mit Kohle zu zeichnen. Seine Skizze zeigt eine Strandlandschaft, bei der der Betrachter von der Düne aus auf den Strand und das Meer blickt. Sein Entwurf beeindruckt mich am meisten.

Endlich ist es Zeit für das Mittagessen. Mein Magen hat schon seit über einer Stunde deutliche Signale gesendet, dass er sich leer fühlt. Nachdem alle ihre Skizzen in die Zelte gebracht haben, gehen wir zum Sozialgebäude. Es gibt Hefeklöße und heiße gemischte Früchte. Als Nachtisch noch einen Joghurt. Ich bin sattgeworden und hoffe, dass sich mein Magen wieder mit mir versöhnt hat.

Als wir uns alle nach dem Mittag vor dem Sozialgebäude versammeln, sagt uns Ines Heller, dass wir den Rest des Tages Freizeit haben. Sie schlägt vor, dass wir noch an unseren Skizzen arbeiten, Mittagsruhe halten, Sport treiben oder Bummeln gehen. Um 17.30 Uhr sollen wir wieder an dieser Stelle sein, um gemeinsam das Abendessen einzunehmen.

„Was machst du jetzt?“, fragt mich Marvin plötzlich.

„Eigentlich wollte ich ins Zelt gehen und ein bisschen chillen. Das heißt, meinen Leuten zu Hause eine Nachricht zukommen lassen und mich ausruhen. Danach vielleicht noch meine Klamotten sortieren. Was ich noch benötigen könnte, schon bereitlegen und den Rest und die zu warmen Sachen bereits wegpacken. Warum fragst du?“

Marvin lächelt. Ich sehe seine Grübchen und mir werden die Knie weich. Was ist mit mir los?

„Ich wollte mir mit dir mal das Dörfchen ansehen und vielleicht kann man auch irgendwo ein Eis lecken. Ich würde dir gern ein Eis spendieren. Also?“ Er starrt mich mit großen Augen an.

„Willst du nicht lieber mit der Blondine von der Theatergruppe spazieren gehen?“ Kaum habe ich es ausgesprochen, bereue ich es schon.

„Nein, will ich nicht. Sonst hätte ich dich nicht gefragt!“

„Entschuldigung. Ich dachte nur …“

„Was dachtest du?“, fragt mich Marvin und schüttelt seinen Kopf.

„Na ja, ich dachte, wenn ihr schon die Handynummern ausgetauscht habt, dass ihr irgendwie ineinander verknallt seid.“

„Wir haben die Handynummer nicht ausgetauscht. Sie hat mir am Lagerfeuer erzählt, dass sie einen Freund hat. Im Handy hat sie mir sein Bild gezeigt. Ja, er sieht gut aus. Ich wollte aber auch nichts von ihr. Und ich habe ihr in meinem Handy ein Bild gezeigt, wo ich auf einer Freilichtbühne stehe und vor fast hundert Leuten Countrysongs singe. Beruhigt?“

Ich schäme mich und bemühe mich, es mir nicht anmerken zu lassen. „Ich war nicht beunruhigt. Ist ja deine Sache …“

„Also?“, fragt Marvin und wirkt etwas genervt. „Was wird jetzt?“

„Lass uns zu den Zelten gehen“, schlage ich vor. „Dort möchte ich mich umziehen, dann gehen wir das Dorf erobern.“

„Na, geht doch!“, sagt er und lächelt wieder.

Eine halbe Stunde später verlassen Marvin und ich das Camp. Wir wissen beide nicht, wohin wir müssen. Wir laufen die Hauptstraße entlang und sehen uns die Auslagen der kleinen Läden an.

„Hier ist eine Gasse!“, sagt Marvin. „Komm, wir wollen mal sehen, wo wir rauskommen. Hauptstraße ist langweilig.“

Ich stimme ihm zu und wir biegen ab. Plötzlich enden die kleinen Häuser und die Straße wird zu einem unbefestigten Weg. Nach einigen Metern kommen wir an eine Wiese, auf der die verschiedensten Blumen blühen.

„Sieht toll aus!“, sagt mein Begleiter und bleibt stehen. „Ein schönes Motiv zum Malen!“

Ich stimme ihm zu.

„Hast du eigentlich einen Freund?“, fragt er mich plötzlich.

„Nein, habe ich nicht! Bei mir gibt es nur Adrian, der wie eine beste Freundin ist. Wir kennen uns schon seit Kindergartentagen. Er ist ein Riese gegen mich und beschützt mich. Wir wissen alles voneinander. Und du, hast du eine Freundin? Auf so einen guten Gitarrenspieler fliegen doch die Mädchen, vermute ich."

„Nein, da täuschst du dich. Ich hatte eine Freundin, die ist jetzt mit meinem besten Freund zusammen."

„Oh, das tut mir leid. War vielleicht nicht der beste Freund."

„Doch, er war mein bester Freund. Wir haben unwahrscheinlich viel zusammen unternommen. Manchmal waren wir zu dritt unterwegs, meine Freundin, mein Freund und ich. Irgendwann hat es zwischen den beiden gefunkt. Blöd ist nur, dass ich es nicht mitbekommen habe. Eines Tages, meine Freundin hatte eine Blinddarm-OP hinter sich und war wieder zu Hause, kam ich auf die tolle Idee, sie zu besuchen. Ich hätte meinen Besuch ankündigen sollen. Als ich nur noch wenige Meter von ihrem Haus entfernt war, habe ich gesehen, wie sich mein bester Freund von ihr verabschiedet hat. Die haben sich so intensiv geküsst, dass sie mich gar nicht bemerkten. Enttäuscht von beiden bin ich wieder nach Hause gegangen. Danach war mit ihr Schluss und auch mit meinem Freund. Seitdem bin ich etwas zurückhaltend. So eine Enttäuschung möchte ich nicht noch einmal erleben. Wenn du glaubst, diese Liebe ist für immer, und sich dann herausstellt, dass es eine Illusion war, zerreißt es einem das Herz."

„Du Armer! Das tut mir leid. So eine Enttäuschung ist mir bisher erspart geblieben." Ich sehe auf meine Armbanduhr und bekomme einen Schreck. „In einer halben Stunde gibt es Abendbrot! Und schau mal, es ziehen dunkle Wolken am Himmel auf. Sieht nach Regen aus."

„Na, dann müssen wir zurück, bevor wir noch nass werden!", sagt Marvin.

Pünktlich und trocken erreichen wir das Sozialgebäude. Nach und nach erscheinen auch die anderen aus unserer Gruppe.

„Vielleicht können wir heute Abend noch etwas unternehmen?", sagt Marvin.

Ich lächele und nicke zustimmend. „Besprechen wir nach dem Abendbrot!" Wir betreten den Speisesaal mit den vielen Tischen für jeweils vier Personen. Ich setze mich zu den Mädchen, Marvin sich zu den Jungen. Das Abendessen ist kein Highlight, aber gut genug, um satt zu werden. Ich esse zwei Scheiben Brot. Die eine mit Leberwurst und die andere mit einer Scheibe Käse.

Gina sieht mich während der ganzen Zeit so merkwürdig an. „Ulrike, läuft da was zwischen dir und Marvin?", fragt sie mich mit großen Augen.

Ich kann es nicht verhindern – und es ist mir peinlich: Ich werde rot. „Was soll denn da laufen?“

„Ihr seid doch spazieren gegangen? Oder täusche ich mich?“

„Oh man, Gina, ja, wir waren im Ort ein Stückchen laufen. Wir sind aus der gleichen Stadt und haben darüber gequatscht.“

„Ja, ist mir auch egal!“, sagt Gina. „Mein Typ wäre er sowieso nicht!“

Ich halte das Gespräch für beendet. Wir schaffen unser Geschirr weg und verlassen das Sozialgebäude.

„Ich wünsche euch einen schönen Abend. Wir sehen uns morgen pünktlich zum Frühstück!“, sagt Ines Heller. „Ab 10 Uhr besucht uns Rebecca Schneider, die Graffitikünstlerin. Das wird bestimmt interessant. Ganz besonders für Neele, unsere Graffitisprayerin!“

„Hauptsache, die sagt nicht auch noch ab!“, gibt Neele ihren Kommentar dazu.

Ines Heller verlässt uns. In kleinen Grüppchen erklimmen wir den Berg zu unseren Zelten. Es beginnt aus dunklen Wolken zu tröpfeln. Wir Mädchen gehen zügig vorne weg und die Jungen folgen uns.

„Und was möchtest du heute Abend mit mir noch unternehmen?“, fragt mich Marvin, der plötzlich neben mir auftaucht.

„Es regnet!“, sage ich und schaue zum Himmel, der nichts Gutes verspricht. „Die Mädchen wollen alle an ihren Skizzen weiterarbeiten. Und ich eigentlich auch. Sonst werde ich bis Samstag nicht fertig. Außerdem haben wir noch drei Tage, an denen wir abends etwas unternehmen können!“

„Okay, du hast recht. Werde ich auch weiter an meiner Skizze arbeiten“, sagt Marvin. Es klingt in meinen Ohren etwas traurig.

„Vielleicht können wir morgen Abend mal zu der Wassermühle gehen“, schlage ich vor. „Dort soll es sehr schön sein. Das habe ich von Cindy gehört. Die war schon dort.“

„Können wir machen!“, sagt Marvin. Wir erreichen unsere Zelte und verabschieden uns. Marvin nimmt mich in seine Arme und drückt mich. „Ich wünsche dir einen kreativen Abend!“ Den wünsche ich ihm auch, löse mich von ihm und folge den Mädchen ins Zelt.

Cindy und ich haben den kleinen Tisch in Beschlag genommen und wollen an unseren Skizzen arbeiten. Gina und Neele sitzen mit ihren Skizzen auf ihren Betten und zeichnen weiter.

Wahnsinn, wie schnell die Zeit vergeht! Als ich auf meine Uhr sehe, ist es bereits nach 22 Uhr. Der Regen hat nachgelassen und ich beschließe, zum Sozialgebäude zu gehen, um zu duschen.

Cindy begleitet mich. Dass es um diese Zeit noch warmes Wasser gibt, grenzt an ein Wunder. Ich genieße es. Cindy ist vor mir fertig und wartet auf mich. Gemeinsam erklimmen wir wieder den Berg, um zu unseren Zelten zu gelangen. Als wir die Hälfte bewältigt haben, kommen uns die drei Jungen aus unserer Gruppe entgegen. Marvin lächelt mir zu und bleibt stehen. Cindy, die es mit bekommen hat, sagt, dass sie schon mal weitergeht.

„Und warst du fleißig und hast an deiner Skizze etwas geschafft?“, fragt mich Marvin.

„Ich bin zufrieden und denke, dass ich bis Samstag auf jeden Fall fertig werde“, lautet meine Antwort.

„Freue mich, wenn wir morgen Abend zu der Wassermühle gehen, von der du mir erzählt hast! So, jetzt muss ich mich beeilen, damit ich die Jungs noch einhole. Ich wünsche dir eine gute Nacht!“

„Die wünsche ich dir auch!“, sage ich.

Marvin lässt mich stehen und rennt den drei Jungen aus seinem Zelt hinterher, um sie einzuholen.

Als ich unser Zelt erreiche, wollen Neele und Gina auch noch zum Duschen gehen. Ich liege im Bett und denke an Willy und an Whisky. Ich hoffe, dass es meinen Freunden zu Hause gut geht. Ich nehme mir vor, die beiden am Sonntag, wenn wir wieder daheim sind, zu besuchen. Meine Gedanken wandern zu Marvin. Mich quält die Frage, ob er mit mir nur befreundet sein möchte oder ob er mit mir gehen will. Ich finde keine Antwort und mir fallen die Augen zu.

Endlich ist Donnerstag! Heute Morgen beginnt es, nach dem Frühstück zu regnen. Deshalb beschließt Ines Heller, dass wir im Sozialgebäude bleiben und dort den Ausführungen von Rebecca Schneider, der Graffitikünstlerin, folgen. Für mich ist es langweilig, weil ich mit Graffitis nichts am Hut habe. In den Gesichtern der anderen Kursteilnehmer bemerke ich, dass sie auch nicht vor Begeisterung platzen. Nur Neele scheint wie elektrisiert zu sein. Sie streckt immer wieder ihren Daumen in die Höhe, wenn Rebecca Schneider etwas von sich gibt. Bis zum Mittagessen dauert der Vortrag der blauhaarigen Künstlerin mit ihren Rastalocken.

Von der Kartoffelsuppe mit nur einem Würstchen bin ich allerdings nicht richtig satt geworden. Nach dem Essen dürfen wir Rebecca Schneider Fragen stellen. Es entsteht ein reger Dialog zwischen ihr und Neele. Die Graffitikünstlerin erklärt ihr, wie sie die von ihr zu beabsichtigende Dampflok so gestalten und sprayen kann, dass ein 3D-Eindruck entsteht. Ich gebe zu, dass ich das auch interessant finde.

Nach dem Besuch der Künstlerin entlässt uns Frau Heller in die Freizeit und sagt, dass wir uns wie immer zur selben Zeit zum Abendbrot treffen. Wir erklimmen den Berg, um unsere Zeichenunterlagen ins Zelt zu bringen. Nach dem spärlichen Mittag ist der Berg eine Herausforderung. Bevor ich unser Zelt betreten kann, zupft mich Marvin am Arm. Ich lasse meine Mitbewohnerinnen ins Zelt gehen und bin gespannt, was Marvin von mir möchte. Erwartungsvoll sehe ich ihn an. Er ist wirklich süß!

„Wollen wir jetzt zur Wassermühle gehen? Das Wetter ist doch gut genug, um ein Stück zu laufen“, schlägt Marvin vor.

„Ich dachte, das wollen wir nach dem Abendbrot machen!“, antworte ich und bin über seinen Vorschlag etwas verwundert.

„Josi von der Theatergruppe hat mich gefragt, ob wir heute Abend mit zum Grillabend der Theatergruppe kommen möchten! Ich soll meine Gitarre mitbringen!“

„Ach so, Josi hat gefragt! Okay, das ist natürlich besser, als mit mir an der Wassermühle zu sitzen.“

„Ach Uli, du musst nicht eifersüchtig sein! Ich will von Josi nichts und habe dir schon gesagt, dass sie einen Freund hat.“

Es ist das erste Mal, dass mich Marvin Uli nennt. Eigentlich vertraue ich ihm und er hat recht, ich muss nicht eifersüchtig sein. Außerdem freue ich mich, ihn heute Abend wieder singen zu hören. „Okay, bin nicht eifersüchtig. Also lass uns jetzt zu der Wassermühle gehen. Wir bringen nur noch schnell unsere Zeichensachen ins Zelt.“ Marvin nickt lächelnd.

Ein paar Minuten später verlassen wir das Campgelände. Ich hätte mir von Cindy den Weg zur Wassermühle beschreiben lassen sollen. Wir gehen die Hauptstraße entlang, ohne zu wissen, ob wir die richtige Richtung einschlagen. Plötzlich sagt mein Begleiter: „Sieh, da vorn ist ein Schild, auf dem ein Wegweiser die Richtung zur Wassermühle anzeigt!“

„Toll, dann sind wir in die richtige Richtung gelaufen!“, sage ich und sehe, dass auf dem Wegweiser steht, dass unser Ziel noch zwei Kilometer entfernt ist. Ich bin nicht die Person, die gerne lang und viel durch die

Gegend läuft. Es sei denn zu Hause, wenn ich zu meinem Hochsitz gehe. Mit Marvin würde ich jedoch 'zig Kilometer laufen. Ich muss mir eingestehen, dass ich in diesen Jungen neben mir verknallt bin. Mich würde nur interessieren, ob es ihm auch so geht.

Am Wegweiser müssen wir die Hauptstraße verlassen und einem unbefestigten Weg gehen. Wir kommen an einem großen Maisfeld vorbei. Ich finde es herrlich. Marvin reißt von einer dicht am Weg stehenden Pflanze einen Maiskolben ab und beißt hinein.

„Und? Schmeckt er?", frage ich.

„Probier selbst!", antwortet Marvin und reicht mir den Kolben mit den gelben Maiskörnern.

Sie schmecken mehlig und auch nicht so süß, wie ich die Maiskörner aus den Konservenbüchsen kenne. „Geht so", sage ich und gebe ihm den Maiskolben zurück, den Marvin wegwirft.

Wir laufen weiter. Ich habe das Gefühl, bereits fünf Kilometer gelaufen zu sein. Allerdings lasse ich mir meine Erschöpfung nicht anmerken. Trotz der Lauferei finde ich es herrlich. Die Sonne hat sich zwischen den grauen Wolken Platz verschafft, am Himmel trillert eine Lerche und der Junge, mit dem ich gerne zusammen wäre, läuft neben mir. Besser geht es nicht! Endlich gelangen wir zu einem Schild, auf dem steht, dass wir nur noch 500 Meter vor uns haben, um unser Ziel zu erreichen. Ich bin erleichtert.

„Ist das nicht herrlich?", fragt mich Marvin, als wir die Wassermühle sehen können.

Neben einer alten Scheune im Fachwerkstil mit rot gedeckten Dachziegeln ist ein Gebäude, das aus Naturkalkstein gemauert wurde und auch so ein Dach besitzt wie die Scheune. An der Wand ist ein großes, hölzernes Rad angebracht, das durch einen kleinen Fluss in Bewegung gebracht wird. Zwischen der Wiese, auf der wir stehen, und der Wassermühle plätschert das Flüsschen. Gleich rechts neben dem Weg, auf dem wir gekommen sind, steht eine weiße Bank. Links vom Weg erstreckt sich eine saftig grüne Wiese mit unzähligen verschiedenen Wiesenblumen, die ich nicht kenne. „Ich finde es toll!", beantworte ich endlich seine Frage.

Wie auf Kommando setzen wir uns auf die Bank. Ich halte etwas Abstand zu Marvin. Allerdings nicht lange, denn er rutscht dicht an mich heran. Wir schweigen. Ich möchte auch nichts Dummes sagen oder eine Anspielung machen, wie sehr ich ihn mag. Vermutlich geht es ihm auch so.

„Was willst du mal werden?“, fragt mich Marvin und versucht so, ein Gespräch in Gang zu setzen.

„Ich möchte mal von meinen Zeichnungen leben. Ansonsten wüsste ich nicht, was ich mal für einen Beruf ergreifen sollte. Bevor ich das Zeichnen zu meinem Beruf machen kann, werde ich vielleicht Verkäuferin lernen. Aber genau weiß ich es noch nicht! Und du, was soll aus dir mal werden?“

Marvin wirft seinen Kopf in den Nacken und starrt zum Himmel, der mittlerweile große blaue Stellen aufweist. „Die Malerei ist nur ein Hobby“, beginnt Marvin. „Ich möchte aufs Gymnasium gehen und danach vielleicht Architektur studieren. Das ist mein Traum. Ob er wahr wird, ist noch ungewiss. Glaubst du, dass du mit deinen Zeichnungen mal so viel Geld verdienen wirst, dass es zum Leben reicht?“ Marvin sieht mich erwartungsvoll an.

„Ich weiß nicht, ob ich mit dem Zeichnen viel Geld verdienen werde. Geld ist mir auch nicht so wichtig. Natürlich möchte ich so viel verdienen, dass ich davon leben kann. Das ist mein sehnlichster Wunsch. Ich denke, dass ich ganz gut zeichnen kann. Wenn man einen Traum von der Zukunft hat, sollte man alles dafür tun, dass er in Erfüllung geht. Man kann scheitern, aber man sollte nicht zu früh aufgeben. Meine Mutter ist Verkäuferin in einem Supermarkt und auch ich werde den Beruf einer Verkäuferin erlernen. Es wird nicht mein Traumjob sein und kann nicht meine Zukunft bedeuten! “

„Du bist ein tolles Mädchen!“, sagt Marvin. „Ich bewundere deine Entschlossenheit, deinen Traum zu verwirklichen! Ich denke, du wirst es schaffen!“ Er legt seinen Arm um meine Schulter und ich habe das Gefühl zu schweben.

Wir reden noch über das Zeichencamp und sind beide zu der gleichen Meinung gelangt, dass wir uns mehr davon versprochen haben. Ich denke, dass ich vielleicht etwas hätte lernen können, wenn der Karikaturist gekommen wäre. Das Einzige, für das es sich gelohnt hat, hierherzukommen, ist, dass ich Marvin kennengelernt habe. Das sage ich aber nicht. Mein Begleiter macht den Vorschlag, dass wir unsere Handynummern tauschen sollten, um in Kontakt zu bleiben. Schließlich würden wir in derselben Stadt wohnen und uns gelegentlich mal treffen können.

Ich bin begeistert. Mit Marvin die Handynummern zu tauschen, macht mich glücklich. Dieses Gefühl wird nur getrübt, als er gesagt hat, dass wir uns gelegentlich mal treffen könnten. Ich habe den Eindruck, dass er mich mag, aber nur mit mir befreundet sein möchte. Sofort denke ich an meine häufigen Griffe ins Klo. Für mich sind anscheinend die Sterne so weit entfernt, dass ich sie vermutlich nie erreichen werde.

Wir tauschen die Nummern unserer Handys. Sofort fällt mir Marvins Profilbild auf. Es zeigt ihn lächelnd mit einer Gitarre und ohne diese doofe Brille mit den runden Gläsern. Ich starre auf sein Bild und bin hin und weg! Wir haben fast zwei Stunden auf der Bank gesessen und mir tut bereits mein Po weh, als Marvin vorschlägt, wieder zum Camp zurückzukehren. Ich habe nichts dagegen.

Auf dem Rückweg wünsche ich mir, dass Marvin meine Hand nimmt. Doch das tut er nicht – Freunde machen so etwas auch nicht. Endlich haben wir die zwei Kilometer bewältigt und erklimmen den Berg zu unseren Zelten. Dort verabschieden wir uns.

„War sehr schön mit dir!", sagt mein Freund. „Die Wassermühle werde ich in guter Erinnerung behalten!"

„Ja, hat mir auch gefallen", stimme ich ihm zu. Allerdings werde ich mich eher an die Zeit mit Marvin erinnern als an die Wassermühle.

Nach dem Abendbrot sitze ich mit meinen Mitbewohnerinnen im Zelt. Cindy sagt, dass wir zum Grillfest der Theatergruppe eingeladen wurden. Neele entgegnet, dass sie nicht mitkommt und stattdessen an ihrem Graffitientwurf arbeiten möchte. Wir drei anderen suchen uns Klamotten raus, die wir heute Abend anziehen möchten. Das dauert bei Cindy und Gina fast eine Stunde. Ich bin nach ein paar Minuten fertig, habe mich in eine hellblaue Jeans gepresst, ein weißes T-Shirt angezogen und bin in meine Sandaletten geschlüpft. Falls es nach Sonnenuntergang kühl wird, wie ich befürchte, ziehe ich meine Strickjacke an, die ich vorsichtshalber mitnehme.

Es ist kurz vor 21 Uhr, als wir drei uns auf den Weg zum Grillplatz machen. Schon aus einiger Entfernung hören wir das Stimmengewirr. Am Grillplatz angekommen, macht Marvin ein Zeichen, dass er für mich neben sich einen Platz freigehalten hat. Darüber freue ich mich, hatte ich doch befürchtet, dass er wieder neben der blonden Josi sitzt. Die Jungen aus unserer Gruppe sind auch alle anwesend. Niklas, unser Sportfanatiker, sitzt neben Josi, beide unterhalten sich angeregt. Als alle ihre Plätze auf den schmalen Bänken eingenommen haben, erscheint Ines Heller mit ihrem Freund.

„Na, wie ist die Stimmung?", fragt Jan Fritsch. „Ich hoffe gut! Es wird heute Bratwürste und Steaks geben. Ines hat frische Brötchen besorgt. Wir spendieren euch die leckeren Speisen. Getränke haben wir auch. Zwei Kästen Himbeerlimonade werden wohl ausreichen. Alkohol ist nicht!"

Alle Anwesenden, die um die Lagerfeuerstelle sitzen, beginnen zu klatschen. Jan Fritsch lächelt und begibt sich zum Grill, während Ines Heller sich an den kleinen Campingtisch stellt und die Brötchen für die Würste aufschneidet. Marvin hat seine Gitarre dabei. Er sieht mich an und zwinkert mir zu. Ich bin glücklich.

Nachdem alle durcheinandergeredet haben und schon eine Stunde vergangen ist, ruft Jan uns zu, dass die Bratwürste fertig wären. Ben, unser gut genährter Riese, springt als Erster auf, holt sich von Ines ein Brötchen und dann die Wurst. Nach und nach tun es ihm alle gleich. Marvin und ich gehen als Letzte zum Grill. Mir reicht eine Bratwurst völlig. Ich habe sie noch nicht vollständig vertilgt, da hat sich Ben nach der Wurst noch ein Steak geholt. Während alle mit dem Essen beschäftigt sind, zieht ein wenig Ruhe ein. Die Sonne ist untergegangen und unzählige funkelnde Sterne erwachen am Himmel. In einiger Entfernung tanzen Glühwürmchen in die aufkommende Nacht hinein. Bis auf Ben sind alle mit dem Verzehr ihrer Bratwürste oder Steaks fertig. Das Feuer, um das wir sitzen, lodert leuchtend rot und die Flammen schlängeln sich aus der Glut.

„Marvin, kannst du endlich etwas auf deiner Gitarre spielen?", fragt die blonde Josi, die zu meiner Überraschung mit Niklas Händchen hält. „Und bitte Countrylieder, die ich so liebe!"

Mein Banknachbar greift nach seiner Gitarre und spielt ein paar bekannte Countryhits. Dazu singt er und ich fühle mich dabei wie ein Softeis bei 35 Grad. Nachdem Marvin eine kurze Pause eingelegt hat, fordert Josi noch weitere Countrytitel. Als Marvin wieder seine Gitarre nimmt, um gleich dem Wunsch der uns gegenüber sitzenden Blondine nachzukommen, stupse ich meinem Banknachbarn sachte in die Rippen und flüster ihm ins Ohr, dass er mal etwas anderes spielen soll.

„Und was möchtest du gern hören?", fragt er mich.

„Spiel doch mal das Lied *Träume nicht dein Leben, die Zukunft lacht dir zu!'* Das hast du hier schon einmal gespielt und ich höre es so gern!"

Marvin lächelt und nach den ersten Akkorden ruft Josi: „Nicht das schon wieder. Das haben wir doch schon einmal gehört. Spiel Country!"

„Die Countrylieder habe ich auch alle schon einmal gespielt. Jetzt erfülle ich Ulis Wunsch!" Während Marvin mein Lied spielt, fühle ich mich wie im Himmel, glaube nun doch fast, nach den Sternen greifen zu können. Dass Josi ein enttäuschtes Gesicht zieht, stört mich nicht im Geringsten. Genauso wenig wie es mich nicht stört, dass sie sich wenig später mit Niklas küsst. Marvin hatte mir erzählt, dass sie zu Hause einen Freund hat. Ich vermute, sie hält sich für zu schön, um nur einem Jungen treu zu sein. Marvin spielt noch einige andere Lieder und singt dazu. Ich höre ihm gern zu.

Mein Freund Willy hat gesagt, meine Zeichnungen müssen eine Seele bekommen. Ich glaube, das trifft auch auf das Singen zu. Der Sänger muss seine Seele in das Lied packen. Genau das fühle ich, wenn Marvin singt. Es wird kalt und das Feuer geht langsam aus. Ich ziehe mir meine Strickjacke an und rutsche noch näher an meinen Banknachbarn heran. Marvin legt wieder seinen Arm um meine Schulter. Als allen Anwesenden allmählich die Themen ausgehen, über die es sich lohnt, zu reden, beschließt die Mehrheit, in ihre Zelte zurückzukehren.

Ines Heller und Jan Fritsch sind schon viel eher gegangen. Marvin und ich verlassen als Letzte den Lagerfeuerplatz. Wir gehen in die Richtung unserer Zelte, als Marvin nach meiner Hand greift. Ich finde es schade, dass es nur wenige Meter zu unseren Zelten sind. Mit meinem Freund wäre ich noch kilometerweit Hand in Hand gelaufen. Vor dem Mädchenzelt nimmt mich Marvin in seine Arme, gibt mir rechts und links auf meine Wangen ein zartes Küsschen und streichelt mir anschließend über eine Wange. „Es war heute sehr schön mit dir!“, sagte er leise.

Ich bin froh, dass es so dunkel ist und er nicht sehen kann, dass ich rot werde. „Fand ich auch!“, erwidere ich. „Nun muss ich aber ins Zelt. Schlaf gut!“

„Du auch!“, sagt Marvin und begibt sich zu seinem Zelt.

Ich beschließe, gleich noch zum Sozialgebäude zu gehen, um zu duschen. Neele schläft schon. Gina sagt, dass sie heute Nachmittag bereits geduscht habe. Also begleitet mich wieder Cindy. Meine Hoffnung, Marvin noch einmal zu sehen, weil er auch noch duschen möchte, erfüllt sich nicht. Geduscht und glücklich liege ich in meinem Bett. Ich wünsche mir nichts sehnlicher, als dass Marvin und ich ein richtiges Paar werden. Mit ihm ist es immer schön. Schnell schicke ich noch Adrian und meiner Mutter eine Nachricht, in der ich ihnen mitteile, wie schön es hier ist. Dass dies hauptsächlich an der Anwesenheit von Marvin liegt, schreibe ich nicht. Zufrieden bemühe ich mich, endlich einzuschlafen.

13. Sommercampende

Es ist Freitag, das Frühstück liegt hinter uns und wir sitzen auf unseren Bänken am Lagerfeuerplatz. Wir folgen den Ausführungen eines Herrn Dr. Kleber, ein Mann über fünfzig mit einer Glatze. Er trägt einen Anzug und eine dunkelblaue Krawatte zu seinem weißen Hemd. Dr. Kleber ist Dozent an einer Kunsthochschule. In seinem Vortrag geht es um die Farbenlehre. Es ist stinklangweilig für mich. Für meine Bleistiftzeichnungen benötige ich keine Farben. Mich interessiert nicht der Aufbau des Farbkreises und auch nicht, was Komplementärfarben sind. Da ich aber zuhöre, erfahre ich, dass Komplementärfarben zwei Farben sind, die sich im Farbkreis gegenüberliegen und einen starken Kontrast bilden wie zum Beispiel Rot und Grün. Dr. Kleber redet wie ein Pfarrer bei einer Beerdigung. Am Dienstag hatten wir Frau Kiefer, ihres Zeichens Kunsterzieherin, zu Gast. Die war schon langweilig, aber im Vergleich zu diesem Dozenten hat sie vor Energie nur so gesprüht.

Nach der Mittagspause müssen wir nur noch zwei Stunden den monotonen Vortrag dieses Mannes ertragen. Nach seiner Verabschiedung bittet uns Ines, an unseren Skizzen und Entwürfen weiterzuarbeiten, weil wir morgen unsere Arbeiten präsentieren sollen. Sie und der Herr Dr. Kleber ziehen davon. Mir kommt es so vor, als höre ich ein deutliches Aufatmen meiner Mitstreiter.

Alle Teilnehmer dieses Mal- und Zeichenlehrganges arbeiten den Nachmittag über an ihren Entwürfen weiter. Später gibt es nur noch Abendessen, duschen und den Aufenthalt in unseren Zelten. Jedes Mädchen versucht, noch kleine Verbesserungen an seinen Skizzen vorzunehmen. Marvin und die anderen beiden Jungen wollen es auch so machen. Ich bin mit meiner Skizze fertig und der Meinung, dass ich Willy sehr realistisch gezeichnet habe.

Jetzt liege ich in meinem Bett und denke, dass dieser Zeichenkurs keine 350 Euro wert war. Ohne Willy wäre ich gar nicht hier. Ich bin ihm so dankbar und hoffe, dass ich ihn gesund vorfinde, wenn ich ihn und Whisky am Sonntag besuche. Vor dem Einschlafen denke ich auch noch lange an Marvin. Nur seinetwegen hat sich dieser Kurs gelohnt.

Die Sonne scheint mir ins Gesicht. Sie ist schon sehr warm. Davon werde ich wach. Außer Cindy schlafen alle anderen Mädchen noch. Sie zeichnet mit Bleistift an ihrer Skizze, stöhnt immer wieder und bearbeitet ihre Zeichnung mit dem Radiergummi. „Dass sieht scheiße aus!", ruft sie und wirft ihr Zeichenblatt auf den Fußboden. Cindy weint.

„Ach Cindy, es soll doch nur eine Skizze sein", versuche ich sie zu trösten. Ich hebe die Skizze auf und lege sie auf den Tisch.

„Die Skizze ist der totale Mist!", schluchzt unsere Mitbewohnerin. „Sie sieht aus wie eine Vorlage zum Ausmalen."

„Ich helfe dir!", sage ich und weiß selbst noch nicht wie. Plötzlich habe ich eine Idee. Ich hole meine Bleistifte und setze mich neben Cindy. „Pass auf, ich helfe dir, wenn du mich lässt!"

„Wie willst du mir bei der versauten Skizze helfen. Da lässt sich nichts mehr machen. Du kannst es versuchen. Schlimmer kann es nicht werden."

Gina und Neele werden wach und verlassen schlaftrunken ihre Betten. Sie sehen mich an und verdrehen ihre Augen, wollen aber erst einmal duschen gehen und verlassen unser Zelt.

Duschen gehen wollte ich eigentlich auch, nun aber versuche ich, Cindys Skizze zu verbessern. Ich nehme einen weichen Bleistift und beginne, in den Blütenblättern ihrer gut gezeichneten Sonnenblumen zu schummern. Ich denke an Willy, der mir das beigebracht hat. Dafür bin ich ihm, wie für viele andere Zeichentechniken, sehr dankbar. Er ist zum wichtigsten Menschen in einem Leben geworden. Ich freue mich schon riesig, ihn und Whisky wiederzusehen. Den Bleistift halte ich sehr schräg und benutze die ganze seitliche Fläche der Stiftspitze. Somit erhalten die Blütenblätter eine gewisse Struktur und wirken lebendiger. Anschließend schummere ich noch die Seiten der Blätter und so entsteht ein guter Kontrast. Nach zehn Minuten ist es vollbracht. Cindy strahlt und wischt sich die Tränen von ihren Wangen. „Uli, du bist eine echte Künstlerin. Jetzt wirken meine Sonnenblumen fast plastisch. Vielen, vielen Dank!"

Während des Frühstücks fragt uns Ines Heller, ob wir ihr im Anschluss an der Lagerfeuerstelle unsere Skizzen erklären wollen. Wir bestätigen es ihr. Pünktlich um 9.30 Uhr versammeln sich unsere Kursteilnehmer an der vereinbarten Stelle. Alle nehmen die Plätze ein, auf denen wir schon in den letzten Tagen gesessen haben. Neben mir sitzt wie immer Cindy, die gute Laune zu haben scheint.

Ines Heller kommt. Sie hat ein zitronengelbes, kurzes Kleid an und trägt weiße Sandalen. Ich finde sie sehr hübsch. „So, wir wollen es nicht unendlich ausdehnen", sagt unsere Kursleiterin. „Ich habe Zeit bis zum Mittagessen eingeplant. Seid ihr bereit? Können wir mit der Präsentation eurer Skizzen und Entwürfe beginnen?" Alle Kursteilnehmer nicken und haben nichts zu erwidern.

„Als ihr mir vor ein paar Tagen eure Ideen präsentiert habt", sagt Ines, „haben die Jungen begonnen. Heute fangen die Mädchen an. Ich bitte Cindy als Erste, sich zu erheben, um uns ihre Arbeit vorzustellen."

Cindy wird rot und steht langsam von der schmalen Holzbank auf. Sie zeigt allen ihre Skizze mit den Sonnenblumen und erklärt, dass sie ein Stillleben darstellen wollte. Nach fünf Minuten ist sie fertig mit ihrer Präsentation, die von allen mit Beifall gewürdigt wird.

„Ich bitte euch", richtet sich Ines Heller an uns, „eure Meinung zu sagen."

Niklas findet die Zeichnung langweilig, ist mit seiner Meinung aber allein. Das positivste Feedback bekommt Cindy von Gina, die sagt, dass ihr die Zeichnung gut gefällt und dass man durch die Schattierungen einen fast dreidimensionalen Eindruck erhält. Cindy bedankt sich und strahlt übers ganze Gesicht. Als sie sich setzt, flüstert sie mir ein Danke zu.

Nach Cindy stellt Gina das Porträt ihrer Mutter vor. Auch dafür gibt es nur positive Meinungen. Ihr folgt Neele, die eine Dampflok skizziert hat, die sie einmal als Graffitiarbeit der Bahn vorstellen möchte, um sie eventuell an eine Wand des Bahnhofsgebäudes sprayen zu können. Mir gefällt ihre Zeichnung sehr gut. Durch viele kontrastreiche Elemente wirkt ihr Bild ebenfalls fast dreidimensional.

Ich bin dran. Obwohl ich mit meinem Entwurf zufrieden bin, habe ich ein wenig Angst vor den Meinungen meiner Mitstreiter. Ich zeige einen alten Mann, der Willy sein soll und etwas heruntergekommen aussieht. Er hat seinen Mantel geöffnet und ein geflügeltes Herz scheint ihm davonzufliegen. Ich erkläre, dass man vom Äußeren eines Menschen nicht auf seinen Charakter schließen darf. Zu meiner Überraschung erhalte auch ich Applaus. Zufrieden nehme ich meinen Platz wieder ein.

Auch die Jungs haben sich Mühe gegeben. Niklas' Bild von einem Handballer beim Torwurf finde ich sehr dynamisch. Bei Bens Skizze vom

Blick aufs Meer denke ich an meinen letzten Urlaub an der Ostsee. Zuletzt ist Marvin an der Reihe. Ich finde seine Obstschale mit verschiedenen Früchten gelungen, aber das Bild reißt mich nicht von der Bank. Er kann eindeutig besser singen als zeichnen. Alles andere, was er vielleicht noch gut kann, hoffe ich bald herauszufinden.

Ines Heller bedankt sich bei uns. Sie lobt noch einmal die Art, wie Neele die Dampflok gezeichnet hat, und ist der Meinung, dass die Interpretation meiner Zeichnung gelungen ist. Ines sagt, dass sie gern mit uns diese Woche verbracht hat und hofft, dass jeder etwas aus dieser Woche mitnehmen kann. Ines Heller erhebt sich und sagt: „Wir werden gleich das Mittagessen einnehmen. Danach ist Freizeit, in der ihr schon mal einige Sachen zusammenpacken könnt, denn morgen nach dem Frühstück geht es für uns alle nach Hause." Sie packt ihre Unterlagen in ihre Tasche und will den Lagerfeuerplatz verlassen. Nach ein paar Metern bleibt sie stehen und dreht sich zu uns um. „Übrigens", beginnt sie noch hinzuzufügen, „wir sehen uns 18.30 Uhr zum Abendbrot und ab 20.30 Uhr beginnt im Speisesaal des Sozialgebäudes unsere Abschiedsdisco. Ihr könnt euch schon mal auf einen coolen DJ freuen."

Alle Teilnehmer klatschen, Neele pfeift auf ihren Fingern, und von einigen anderen kommt ein begeistertes: „Juchhu!"

Eine halbe Stunde später sitzen wir auf unseren Stammplätzen im Speisesaal beim Mittagessen. Die Theatergruppe, mit der wir ein paar Abende verbracht haben, ist auch anwesend. Ich fand den Vormittag mit den Präsentationen ganz gut, aber was jetzt folgt, ist nicht zu toppen. Heute gibt es sogar Personal, das uns das Essen serviert. Die Tage zuvor mussten wir uns an der Essensausgabe anstellen. Jetzt bringen uns, ich vermute Ferienhelfer, das Essen an die Tische. Ich bin begeistert. Es gibt Klöße, Rotkraut und Geflügelkeulchen. Und danach soll es noch einen Eisbecher geben. Das ist die Krönung dieser Woche!

Ich lasse mir Zeit beim Essen, genieße es. Allerdings finde ich, dass nur ein Kloß etwas zu wenig ist. Dessen Kalorien werde ich schon verbraucht haben, wenn ich nach der Bergbesteigung an unserem Zelt angelangt sein werde.

Gina zieht ein Gesicht, das vermuten lässt, dass sie sauer ist. Und dann platzt es aus ihr heraus: „Gibt es hier nicht einmal gesundes Essen? Das ist nicht zum Aushalten! Möchte jemand meinen Kloß?", fragt sie uns Mädchen.

„Ich würde ihn nehmen“, antworte ich. Natürlich nur, um Gina einen Gefallen zu tun! Ich kenne nur zu gut das Leiden der Reiswaffelfraktion, in der meine Schwester Jasmin sicherlich die Vorsitzende ist. Gina spießt mit ihrer Gabel den Kloß auf und platziert ihn auf meinen Teller. Ich bedanke mich.

Nach dem gelungenen Essen, die Teller werden durch die Ferienhelfer abgeräumt, hoffe ich, dass wir gleich den kulinarischen Höhepunkt serviert bekommen, den versprochenen Eisbecher. Endlich steht er vor mir. Eine Kugel Vanilleeis und eine Kugel Erdbeereis schwimmen in einer hellroten Erdbeersoße. Das Ganze wird mit einer großen Portion Schlagsahne veredelt! Ich bin glücklich. Bevor wir Mädchen uns der kalten Köstlichkeit hingeben, schiebt Gina ihren Eisbecher zu Cindy. Die freut sich. Ich finde es ein bisschen ungerecht. Wenn ich Gina bereitwillig unterstütze, damit sie nicht zu dick wird, und ihren Kloß esse, hätte ich doch auch ihren Eisbecher verdient gehabt. Man kann eben nicht alles haben! Gina holt sich vom Obsttisch ein paar Weintrauben. Nie werde ich so wie sie oder Jasmin!

Wir sind mit dem Mittagessen fertig und verlassen das Sozialgebäude. Die Jungen aus unserer Gruppe folgen uns. Marvin beeilt sich, mich einzuholen. „Na, hat dir das Mittagessen geschmeckt?“, fragt er mich. Ohne auf meine Antwort zu warten, möchte er noch wissen, was ich heute Nachmittag machen werde.

Ich bin so satt und mein Magen ist so voll, dass es mir schwerfällt, den Berg zu bewältigen und gleichzeitig reden zu müssen. „Das Essen war ganz gut!“, antworte ich lapidar, um nicht den Eindruck zu erwecken, ich wäre verfressen. „Wenn wir in unserem Zelt sind, wollen meine Mädels und ich schon einmal die Sachen einpacken, die wir nicht mehr benötigen.“

„Hast du Lust, heute Nachmittag mit zum Volleyballplatz zu kommen. Wir wollen ein Spiel machen, Jungs gegen Mädchen!“

„Ist das nicht ein bisschen unfair?“, frage ich. Meine Sportambitionen sind nicht besonders gut ausgeprägt. Ich möchte aber auch nicht ablehnen, schließlich ist Marvin dabei.

„Unfair ist es nicht. Die Jungs sind alle keine Profis. Lukas und die blonde Josi, deren Idee es war, kommen mit. Und sogar Ben, der aber nur mitspielen möchte, wenn wir nicht genug Spieler zusammen bekommen.“

„Okay, ich bin dabei!“, sage ich und fühle mich nicht so richtig wohl damit.

Wir sind endlich an unseren Zelten und ich ein wenig außer Puste. „Wann geht es los?“, frage ich Marvin.

„Wir treffen uns um 15 Uhr am Volleyballplatz.“

„Ich werde pünktlich sein.“

Marvin lächelt und sagt, dass er sich darauf freut. Er gibt mir einen Klaps an meinen Oberarm und folgt seinen Zeltmitbewohnern.

„Um was ging es denn jetzt, als du mit dem Gitarrentyp gesprochen hast?“, möchte Gina wissen, als wir im Zelt sind.

„Die Jungs wollen um 15 Uhr ein Volleyballspiel veranstalten. Jungs gegen Mädchen“, antworte ich.

„Da bin ich doch dabei!“, sagt Gina.

„Ich auch“, stimmt Neele zu.

„Was ist mit dir, Cindy?“, möchte Gina wissen.

„Ich habe noch genug zu tun mit Tasche packen. Und überhaupt spiele ich nicht gern Volleyball.“ Also werden nur Gina, Neele und ich an diesem Spiel teilnehmen.

Ich nehme mir meinen Trolley, der neben meinem Spind steht, und stopfe die benutzte Schmutzwäsche und auch Klamotten hinein, die ich nicht mehr benötige. In meinem Rucksack werde ich morgen noch das Waschzeug und die restlichen Sachen verstauen. Meine Zeltmitbewohnerinnen tun es mir gleich. Es wird kaum gesprochen, jede ist mit sich beschäftigt. Plötzlich bekomme ich eine Nachricht. Sie ist von Marvin. Mir werden die Knie weich. Es ist das erste Mal, dass er mir schreibt. Ich lese:

Hallo Uli,
ist alles klar bei euch? In einer halben Stunde am Volleyballplatz.
Schön, dass du mitkommst. Bis dann!

Ich hätte mich über eine liebevollere Nachricht mehr gefreut. Man soll eben nichts erwarten, um nicht enttäuscht zu werden! Ich tippe in mein Handy:

Danke, freue mich auch! Bis gleich!

Gina hat eine kurze weiße Sporthose an und ein weißes Bikinioberteil. Die Jungs werden sich kaum auf das Spiel konzentrieren können, wenn sie Gina sehen, so toll sieht sie aus. Ich schlüpfe in eine kurze, dunkelblaue Hose und ziehe ein hellblaues T-Shirt an. Mit meinen nicht so toll geformten Beinen fühle ich mich nicht so super. Was soll es, da muss ich durch. Sogar Neele hat eine bessere Figur als ich. Sie hat kurze, schwarze Shorts an und ein gelbes T-Shirt. Sie sieht besser aus als ich, aber an Ginas Outfit kommt auch sie nicht heran.

Kurz vor 15 Uhr verlassen Gina, Neele und ich unser Zelt. Als wir am Volleyballplatz ankommen, sind die anderen Mitspieler schon anwesend. Josi, die Blondine, ist das einzige Mädchen aus der Theatergruppe, das mitspielen möchte. Sie sieht ohne ihre Brille umwerfend aus und mit ihrem kurzen, leuchtend gelben Röckchen und dem gelben Topp mit Spaghettiträgern ist sie der absolute Hingucker. Mit ihr zusammen bilden Gina, Neele und ich das Mädchenteam. Die Mannschaft der Jungen besteht aus dem dünnen Typ aus der Theatergruppe, dessen Namen ich bis jetzt noch nicht einmal gehört habe, sowie aus Niklas, Ben und Marvin.

Ich sehe, dass Ines Heller kommt. Mit ihren weißen Shorts und dem weißen T-Shirt sieht sie sehr sportlich aus. Als sie uns erreicht hat, sagt sie, dass sie nur zusehen möchte. Sie ist dann aber doch eher Schiedsrichterin und eröffnet das Spiel. Ich habe schon seit einem Jahr kein Volleyball mehr gespielt und bin überrascht, dass ich mich gar nicht so dumm anstelle. Als mir am Netz sogar ein Schmetterball gelingt, der uns Mädchen in Führung bringt, bekomme ich Beifall von meinen Mitspielerinnen und von Marvin, der eigentlich zur gegnerischen Mannschaft gehört. Ich staune über mich, dass ich in der Lage bin, so hoch zu springen, und dass ich den Ball über das Netz schlagen kann.

Es muss eine Stunde vergangen sein, als es nach Sätzen 1:1 steht. Mir läuft der Schweiß den Rücken hinunter und ich spüre deutlich, dass es mit meiner Kondition nicht zum Besten bestellt ist. Ben, der deutlich ein paar Pfunde zu viel auf den Rippen hat, pumpt auch wie ein Maikäfer.

Ines Heller gibt das Signal zum Entscheidungsspiel. Wir Mädchen sind unserem Gegner total überlegen. Bei den Jungen können nur noch Niklas und Marvin mithalten. Ben kann fast nicht mehr und der dünne Junge aus der Theatergruppe scheint noch nie mit einem Ball in Berührung gekommen zu sein. Wir Mädchen verlassen den Volleyballplatz schließlich als die überragenden Sieger. Ines gratuliert uns und sagt, dass das Mädchenteam sie überrascht habe.

Zufrieden schleppe ich mich unserem Zelt entgegen. Marvin läuft neben mir. „Ihr wart so gut! Hätte ich nicht gedacht. Du bist sehr sportlich!“

„Danke, ich habe versucht, diesen Eindruck zu erwecken.“ Kurz vor unseren Zelten verabschieden wir uns.

Gina, Neele und ich gehen duschen. Zurück in unserem Zelt lege ich mich bis zum Abendessen erschöpft auf mein Bett.

Das Abendbrot ist dann nicht so der Knaller – Brot, Wurst und Käse und als Nachtisch einen Erdbeerjoghurt. Meine Mitzeltbewohnerinnen und ich bereiten uns anschließend auf die Abschiedsdisco vor. Gina und Neele frisieren sich gegenseitig ihre Haare, schminken sich und suchen Klamotten für den Abend zusammen. Auf all diese Dinge verzichten Cindy und ich. Was ich zur Disco anziehe, steht bereits fest: dunkelblaue Jeans, gelbes T-Shirt und Sandaletten. Das reicht.

Ich sehe auf mein Handy und erkenne, dass die Disco in einer Viertelstunde beginnt. Das teile ich meinen Mädels mit. Gina und Neele geraten in Panik, weil sie mit ihrer Klamottenaussuche noch nicht fertig sind. Cindy und ich warten auf die beiden. Punkt um 21 Uhr verlassen wir unser Zelt. Obwohl die Sonne bereits untergegangen ist, ist es immer noch mild. Ein schwaches Lüftchen macht es erträglich. Wir gehen ins Sozialgebäude und laufen schnurstracks zum Speisesaal. Es ist ziemlich dunkel. Nur ein paar Stehlämpchen spenden spärlich Licht. Alle sitzen an den Tischen, an denen sie sonst die Mahlzeiten einnehmen. An unserem Nebentisch sitzen die Jungen aus unserer Gruppe. Marvin winkt mir zu. Ich winke zurück. Kaum sitzen wir, begibt sich Ines Heller auf die kleine Bühne. Sie begrüßt alle und wünscht uns einen vergnüglichen Abend. Bevor sie die Bühne verlässt, bittet sie den DJ, zu ihr zu kommen.

In unseren Gesichtern ist die Überraschung deutlich zu erkennen. Es ist der Freund von Ines, Jan Fritsch. Er begibt sich an einen kleinen Tisch, auf dem seine Musikanlage aufgebaut ist. „Hallo, alle miteinander!“, begrüßt er uns. „Ich möchte meinen Teil dazu beitragen, dass ihr einen schönen Abend habt. Ich habe die Musik so ausgesucht, dass für jeden etwas dabei sein müsste. Lasst euch überraschen und tanzt ausgiebig. Der Abend wird erst beendet sein, wenn ihr nicht mehr könnt! Viel Spaß!“ Alle klatschen und grölen, als wäre ein geiles Rockkonzert eröffnet worden.

Ines Heller geht noch mal ans Mikrofon, um uns mitzuteilen, dass sich neben dem Eingang eine kleine Bar befindet, an der es verschiedene Getränke gibt. Kaum hat sie die Bühne verlassen, setzt die Musik ein. Jan hat einen Oldie aus den Siebzigerjahren aufgelegt. Ich stelle fest, dass ich noch nicht in der richtigen Stimmung bin und hoffe, dass sich das noch ändert.

Gina sagt, dass sie sich erst einmal etwas zu trinken holt. „Ich komme mit!“, sagt Neele.

„Das ist doch wie auf einer Kinderdisco!“, mault Cindy.

„Warte es doch erst einmal ab, das wird schon!“, entgegne ich ihr und bin mir nicht sicher, ob ich recht behalte.

Die Stimmung wird allmählich besser. Nach und nach füllt sich die Tanzfläche. Außer der Theatergruppe und uns sind noch andere Campbewohner anwesend. Mit ihnen hatten wir allerdings keinen Kontakt. Die meisten Tanzpärchen bestehen aus zwei Mädchen. Die gemischten Paare sind deutlich in der Minderheit.

Gina und Neele kommen zurück, Gina mit einer Zitronenlimonade und Neele mit einem alkoholfreien Radler. Cindy fragt mich, ob wir uns auch etwas zu trinken holen wollen. Gemeinsam gehen wir an die kleine Getränkebar. Cindy bestellt sich eine Cola und ich mir einen Cocktail mit verschiedenen Früchten, natürlich ohne Alkohol.

Wir sitzen wieder bei Gina und Neele. Ich genieße meinen Cocktail und beobachte die Tanzenden. Plötzlich sehe ich, wie Josi und Lukas miteinander tanzen. Aus Jans Anlage tönt ein langsamer Instrumentaltitel. Josi und Lukas tanzen eng umschlungen miteinander. Ich staune, weil ich immer noch denke, dass die Blondine einen Freund hat. Dann sehe ich auf mein Handy und muss feststellen, dass bereits fast zwei Stunden vergangen sind. Ich würde auch gerne tanzen und hoffe, dass es Marvin auch so geht.

Kaum habe ich den Gedanken zu Ende gedacht, steht er zum Glück ohne seine blöde Brille an unserem Tisch. „Würdest du mal mit mir tanzen?“, fragt er mich.

„Okay!“, sage ich, ohne mir anmerken zu lassen, wie sehr ich mich freue. Jan Fritsch spielt ein paar schnelle Titel, bei denen man getrost auseinander tanzen kann.

„Wie findest du es hier?“, möchte Marvin von mir wissen. Er muss mir seine Frage fast zurufen, weil die Musik ziemlich laut ist.

„Ich finde es ganz gut!“, rufe ich ihm entgegen.

Wir tanzten mindestens zehn schnelle Titel miteinander, als endlich mal ein Lied kommt, bei dem man zusammen tanzen kann.

„Wo hast du so gut tanzen gelernt?“, erkundigt sich Marvin bei mir.

„Mein Kumpel Adrian hat eine Tanzschule besucht und mir Discofox beigebracht“, antworte ich und kann gar nicht genug von Marvins Duft riechen. Er muss ein tolles Duschgel haben oder ein supergutes Deospray.

Daran könnte ich mich gewöhnen. „Und wo hast du so gut tanzen gelernt?“

„Das hat mir meine große Schwester vor meiner Jugendweihe beigebracht.“

Ich wundere mich über meine Ausdauer. Eigentlich hätten mir ein paar Tänze ausgereicht. Aber mit Marvin kann ich einfach nicht aufhören. Plötzlich sagt Jan Fritsch, dass gleich der letzte Titel von ihm gespielt wird. Es wäre schon 0.30 Uhr!

Lukas und Josi sowie Marvin und ich sind die letzten Paare auf der Tanzfläche. Einige Campbewohner verlassen bereits den Saal, um zu ihren Zelten zu gehen. Auch meine drei Mitbewohnerinnen stehen auf und gehen zum Ausgang. Im Vorbeigehen sagt Gina: „Na, dann noch viel Spaß!“ Ich bedanke mich und genieße diesen letzten Tanz. Auch wir tanzen jetzt eng umschlungen.

Als das Lied zu Ende ist, schlägt Marvin vor, auch zu gehen. Ich trinke den letzten Schluck meines mittlerweile warmen Cocktails und verlasse mit Marvin das Sozialgebäude. Auf der Hälfte des Berges drehe ich mich um und sehe, dass Josi und Lukas hinter uns laufen.

Marvin bemerkt es und klärt mich auf: „Josi hat sich von ihrem Freund getrennt. Sie hat ihm eine Nachricht geschrieben, dass Schluss sei. So hat es mir Lukas erzählt.“

An meinem Zelt bleiben wir stehen. Josi und Lukas laufen an uns vorbei und wünschen uns eine gute Nacht. Kaum sind die beiden außer Sichtweite, umarmt mich Marvin und gibt mir einen flüchtigen Kuss auf meinen Mund. Meine Beine werden zu Wackelpudding und ich schwebe.

„Schlaf gut und träume etwas Schönes!“, sagt Marvin.

„Du auch! War ein toller Abend!“, flüstere ich.

„Können wir morgen während der Heimfahrt nebeneinandersitzen?“, fragt er mich.

„Wenn du es möchtest!“, antworte ich. „Habe nichts dagegen.“ Marvin streichelt meine Wange und begibt sich zu seinem Zelt.

Zehn Minuten später liege ich in meinem Bett und bin mir sicher, dass Marvin mich auch mag, vielleicht sogar liebt!

Jemand zupft am Ärmel meines Schlafshirts. Es ist Cindy. „Ich glaube, du solltest aufstehen. Es gibt gleich Frühstück!“

Ich war bis eben im Tiefschlaf, öffne die Augen und sehe, dass meine Zeltbewohnerinnen schon angezogen sind.

„Na, läuft da was mit dem Gitarrentyp und dir?“, fragt Gina. „Sah verdammt danach aus!“

Ich habe eigentlich keine Lust darauf zu antworten. „Wir sind gute Freunde und, wie ich es schon sagte, wohnen wir in der gleichen Stadt. Mehr ist da nicht!“, quäle ich mir über die Lippen.

Gina grinst und verlässt mit Neele und Cindy unser Zelt, um duschen zu gehen. Ein paar Minuten später folge ich ihnen.

Nach dem Duschen geht alles ziemlich schnell. Letzte Klamotten und das Waschzeug in den Rucksack packen und ab zum Frühstück, das dieses Mal nicht so besonders ist, jedoch ausreichend, um während der Heimfahrt nicht zu verhungern.

Ines Heller möchte sich verabschieden und schließt jeden Einzelnen von uns in ihre Arme. Sie sagt noch einmal, wie schön es mit uns war und dass wir ein tolles Team wären. Als wir das Sozialgebäude verlassen, steht unser Bus schon bereit. Marvin und ich steigen als Letzte ein. Alle nehmen wieder die Plätze ein, so wie schon bei der Herfahrt. Da ich vor einer Woche allein saß, setzt sich Marvin neben mich, was Gina ein: „Oho!“, entfleuchen lässt.

Während der Fahrt reden Marvin und ich nur sehr wenig. Dass er aber meine Hand hält, macht mich glücklich. Ich denke, das Zeichencamp hat sich gelohnt!

14. Der Himmel weint

Drei Stunden Fahrt liegen hinter uns. Marvin und ich sind die letzten verbliebenen Fahrgäste im Bus. Die anderen Kursteilnehmer sind bereits in ihren Heimatorten ausgestiegen. Endlich sehe ich das Ortseingangsschild von Moorstadt, wo wir beide wohnen. Vor ein paar Stunden, als wir das Camp verlassen haben, schien die Sonne. Hier, über unserer Stadt, hängen dicke, dunkle Wolken am Himmel. Marvin und ich verlassen mit unserem Gepäck den Kleinbus. Wir verabschieden uns voneinander.

„Wollen wir uns heute Nachmittag treffen?", fragt mich Marvin und ein Lächeln ist in seinem Gesicht zu sehen.

„Oh, ich glaube, das wird heute nichts", beantworte ich ihm seine Frage. „Ich schaffe schnell meine Sachen nach Hause, begrüße meine Mutter und meine Schwester, dann möchte ich ins Reißbachtal, um Willy zu besuchen."

„Das ist aber schade. Ich hätte mich sehr gefreut, dich heute noch einmal zu sehen!"

„Marvin, es tut mir leid, aber ich habe es versprochen. Wenn du morgen Zeit hast, können wir uns doch am Marktcafé um 15 Uhr treffen", schlage ich vor.

Marvin stöhnt und sagt kurz darauf, dass er einverstanden ist. Wir nehmen uns in die Arme und er gibt mir wieder ein schnelles Küsschen auf meine geschlossenen Lippen. „Das Schönste am Zeichencamp war", sagt er, „dich kennengelernt zu haben!"

Ich werde ein bisschen verlegen. „Mir geht es auch so. Ich freue mich, wenn wir uns morgen wiedersehen!" Wir müssen beide in entgegengesetzte Richtungen. Marvin und ich drehen uns, während wir uns immer weiter voneinander entfernen, immer wieder um und winken uns zu. Das geht so lange, bis ich an einer Kreuzung abbiegen muss, um nach Hause zu gelangen. Als ich die ersten Blöcke unseres Wohngebietes sehe, stellt sich doch die Freude ein, wieder hier zu sein. Zu Hause angekommen, erwarten mich schon meine Mutter und auch Jasmin. Wir fallen uns in die Arme, als hätten wir uns Wochen nicht gesehen. „Du siehst blass aus", stellt meine Mutter fest, während ich den Trolley und den Rucksack in Jasmins und mein Zimmer bringe. „Möchtest du etwas essen? Ich habe dir einen Kloß mit Roulade und Rotkraut aufgehoben."

„Danke, ich habe gar keinen Hunger! Vielleicht esse ich es heute Abend." Mutter gibt sich zufrieden, zieht aber ein besorgtes Gesicht. Meine Güte, ich musste doch die vergangenen Tage nicht hungern.

Wenig später sitzen wir am Esstisch im Wohnzimmer und ich werde ausgequetscht, wie es im Camp war, ob wir genug zu essen bekommen haben und ob ich etwas über das Zeichnen lernen konnte. All diese Fragen stellt mir meine Mutter. Geduldig beantworte ich ihre Fragen.

„Und, hast du einen Jungen dort kennengelernt?", will Jasmin wissen.

„Ja, er ist sogar aus dieser Stadt. Er heißt Marvin. Wir sind aber nur Freunde. Da ist nichts weiter zwischen uns gelaufen!"

Meine Schwester zieht ihre Augenbrauen hoch und auf ihrer Stirn bilden sich Falten. „Na ja, wenigstens ein guter Freund!", sagt Jasmin. Damit ist das Verhör beendet.

Mittlerweile ist es 15 Uhr. Ich ziehe mir frische Sachen an und sage Mutter, dass ich noch mal fortmuss. „Ach ja?", mischt sich meine Schwester ein. „Die neue Freundschaft pflegen?"

Es nervt. Hätte ich bloß nichts von Marvin erzählt. Weil ich aber nicht sagen möchte, dass ich ins Reißbachtal will, um Willy zu besuchen, sage ich: „Oh man, Jasmin, du bist eine Hellseherin." Ich stehe an der Wohnungstür und möchte endlich gehen.

„Viel Spaß mit dem Typ!", ruft Jasmin aus unserem Zimmer. Mutter sieht zu mir und nickt lächelnd.

Endlich verlasse ich unseren Block, beeile mich, das Wohngebiet hinter mir zu lassen und laufe schnell durch das angrenzende Dorf Hallrich. Nur noch unter der Eisenbahnbrücke hindurch, vorbei an ein paar Einfamilienhäusern und schon bin ich im Reißbachtal. Vor mir liegt noch mehr als ein Kilometer. Ich sehe zum bedenklich dunklen Himmel und hoffe, trocken zu Willys Hütte zu kommen. Menschen begegnen mir nicht. Endlich erblicke ich den Hochsitz. Meine Schritte werden noch schneller. Ich renne die Wiese hinab, überspringe den schmalen Bach, um auf der anderen Seite die nun wieder ansteigende Wiese hinter mich zu bringen. Nachdem ich die kleinen Tannen passiert habe, laufe ich durch den Fichtenwald und gelange endlich zu Willys Hütte. Von zu Hause bis hierher habe ich eine Dreiviertelstunde gebraucht. Das ist neue Bestzeit! Ich bin gespannt, was mich gleich erwartet. Außerdem freue ich mich auf die Beurteilung meines Freundes über all meine Zeichnungen, die ich ihm vor dem Zeichencamp überlassen habe. Ich stehe vor der Tür der kleinen Hütte und klopfe ein paar Mal. Niemand reagiert. Vorsichtig probiere ich, ob die Tür verschlossen ist. Es könnte sein, dass Willy mit seinem Vierbeiner unterwegs ist, denke ich. Doch die Tür ist offen. Ich gehe in den ziemlich dunklen Raum hinein. Auf seinem Bett liegt Willy und hebt einen Arm, um mir zu winken. Whisky nimmt von mir keine Notiz. Er winselt vor sich hin.

„Was ist mit dir, Willy?", frage ich und begebe mich an sein Bett.

„Hole dir einen Stuhl und setze dich zu mir!", keucht mein Freund.

Ich nehme mir einen Stuhl vom kleinen Tisch und setze mich an das Bett. „Soll ich einen Arzt rufen? Du bist krank!"

„Uli, mir fällt das Reden schwer, bekomme kaum Luft. Bitte unterbrich mich nicht, denn ich glaube, es geht mit mir zu Ende!"

„Ach Willy, ich rufe den Notarzt …"

„Warte bitte, ich muss dir etwas sagen!"

Mich befällt große Angst. So habe ich meinem Freund noch nie gesehen. Seine Wangen sind eingefallen und seine Augen wirken trüb. Aber ich werde ihm erst einmal zuhören, bevor ich einen Arzt rufe.

„Uli, wie war der Zeichenkurs?"

„Der war sehr schön und ich habe viel gelernt!", lüge ich. „Jedoch das meiste hast du mir beigebracht. Dafür danke ich dir vielmals!"

„Gern geschehen! Ich weiß nicht, wie viel Zeit mir noch bleibt! Dieses vertane Leben ist bald beendet. Die zwei besten Dinge, die ich je getan habe, war, Whisky aus dem Tierheim zu holen und dass ich versucht habe, dich bei deinem Ziel, einmal eine gute Zeichnerin zu werden, zu unterstützen. In den nächsten Tagen wirst du von einem Herrn Schneider, meinem alten Freund, der jetzt Kurator dieser Stadt ist, einen Brief bekommen."

„Wieso?", frage ich. „Und woher hat er meine Adresse, wenn er mir schreiben möchte?"

„Unterbrich mich bitte nicht. Deine Adresse steht auf deiner Mappe. Ich habe sie dem Kurator gegeben, um seine Meinung zu erfahren. Er behandelt deine Zeichnungen vertraulich und wird sie dir wieder zurückgeben." Willy macht eine Pause und ringt nach Luft. Sein Oberkörper hebt und senkt sich ziemlich schnell, wie ich es empfinde. „Kann ich dich um einen Gefallen bitten?“, fragt mich Willy.

„Um jeden! Ich mache alles, was du möchtest!“

„Uli, wenn ich bald sterbe, kannst du dich um Whisky kümmern? Entweder du behältst ihn oder, wenn das nicht möglich ist, bringst ihn in ein Tierheim.“

„Du wirst wieder gesund, lieber Willy! Und wenn es irgendwann einmal so ist, dass es dich nicht mehr gibt, nehme ich Whisky mit zu meiner Familie. Auf keinen Fall gebe ich ihn in einem Tierheim ab! Das verspreche ich dir!“

Mein Freund greift nach meiner Hand und lächelt. „Danke!“, sagt er kaum hörbar. Plötzlich scheint es so, als hole er tief Luft, dann atmet er langsam wieder aus. Der Blick seiner Augen ist starr an die Zimmerdecke gerichtet. „Willy, was ist mit dir?“, rufe ich und Tränen schießen mir in die Augen. Jedoch kommt keine Antwort mehr von ihm. Ich kann es nicht fassen und vermute, dass der alte Mann tot ist. In meinem Leben habe ich noch nie einen toten Menschen gesehen. Ich berühre ihn mit zwei Fingern am Hals und kann keinen Puls spüren. Als ich seine Bettdecke ein wenig zurückgeschlagen habe, drücke ich mein Ohr auf die Stelle, wo sein Herz sein müsste. Nichts zu hören. Ich muss weinen. Willy, mein Freund, ist wirklich gestorben. Ich bin wie gelähmt. Was soll ich jetzt tun? Whisky springt mit seinen Vorderpfoten auf den Bettrand und sieht zu seinem Herrchen. Der Zwergschnauzer winselt herzzerreißend. Ich wische mir die Tränen aus dem Gesicht und krame mein Handy aus meiner Jeanshose. Meine Hand zittert, als ich die Notrufnummer eingebe.

Eine Frau fragt mich, um was für einen Notfall es sich handelt. Ich sage, dass ich vor ein paar Minuten zu einem alten Mann in einem kleinen Forsthaus im Reißbachtal gekommen bin. Plötzlich sei der Mann gestorben. Die Frau am anderen Ende fragt, wo sich das Forsthaus genau befindet. Ich versuche, es ihr so gut wie möglich zu beschreiben.

„Es wird gleich ein Arzt kommen. Bleiben Sie bitte dort.“

Ich bedanke mich und schalte mein Handy wieder aus. Whisky hat sich wieder in seinen Korb gelegt. Er sieht traurig aus. Ich beuge mich zu Willy und meine Wange berührt seine. „Danke für alles, lieber Willy!“, flüster ich.

Das Warten auf den Notarzt dauert mir viel zu lange. Dabei sind erst fünf Minuten seit dem Telefonat vergangen. Ich bleibe am Bett meines verstorbenen Freundes sitzen und halte seine Hand. Sie fühlt sich kalt an. Vielleicht bilde ich es mir auch nur ein. Plötzlich höre ich ein dröhnendes, sehr lautes Geräusch. Ich verlasse die Hütte und sehe zwischen den hohen Fichten, wie auf der kleinen Lichtung ein Rettungshubschrauber landet. Das Geräusch verstummt und kurze Zeit später kommt ein Mann im weißen Kittel und mit einer Tasche hastig auf mich zu. Ihn begleiten zwei Rettungssanitäter mit einer Trage.

„Hast du uns angerufen?“, fragt mich der Arzt.

„Ja, das habe ich! Der alte Mann liegt in der Hütte!“

Der Arzt geht mit den Sanitätern hinein, und ich folge ihm. „Du wartest bitte draußen und nimm bitte den Hund mit!“

Ich befestige an Whiskys Halsband die Leine und verlasse mit ihm die Hütte. Der Zwergschnauzer und ich warten darauf, dass der Arzt bald wieder aus der Hütte kommt. Es vergehen zwanzig Minuten.

Der Arzt kommt zu uns. „Der alte Mann ist tot“, sagt er. „Ich kümmere mich um alles Weitere. Du kannst nach Hause gehen!“

„Darf ich mit dem Hund noch einmal in die Hütte gehen, um mich von Willy zu verabschieden?“

„Gut, geht rein, aber nur kurz!“

Mit Whisky zusammen stehe ich am Bett. Willy hat die Augen geschlossen und es sieht aus, als ob er schläft. Ich streichel ihm seine Wange und sage leise: „Machs gut, lieber Willy. Du hast mich so sehr unterstützt und bist der einzige Mensch gewesen, der an mich geglaubt hat! Danke für alles!“ Ich sehe mich noch einmal in der Hütte um und verlasse sie wieder. Mit Whisky gehe ich durch den Wald, überquere anschließend die Wiese und bin endlich auf der befestigten Straße, die mich zum Dorf Hallrich führt. Noch immer weint der Himmel. Mir ist es egal, ob ich nass werde. Ich denke darüber nach, wie ich meiner Mutter erklären soll, dass wir ab jetzt einen Hund besitzen. Und ich denke an Willy. Sofort kommen mir wieder die Tränen. Alles wirkt so unwirklich wie in einem schlechten Traum. Doch das alles hier ist nicht geträumt.

Whisky läuft brav neben mir und wir gelangen endlich zu dem Wohnblock, in dem ich wohne. Vor drei Stunden bin ich mit guter Laune und voller Hoffnung zu Willy aufgebrochen. Und jetzt, nur drei Stunden später, ist alles anders. Meinen Freund gibt es nicht mehr! Das ist so traurig!

Wie werden Mutter und Jasmin reagieren, wenn ich einen Hund mitbringe? Auf keinen Fall werde ich Whisky in ein Tierheim bringen. Das habe ich Willy versprochen – es wird das Letzte sein, das ich für ihn tun kann. Ich stehe mit dem Zwergschnauzer vor unserer Wohnungstür und atme tief ein und aus. Etwas zitternd stochere ich den Schlüssel in das Schloss. Mein Herz spüre ich deutlich höher schlagen.

„Da bist du ja wieder!“, ruft Mutter aus der Küche, ohne mich zu sehen. „Jasmin und ich haben schon gegessen. Ich mache dir den Kloß und die Roulade von heute Mittag warm.“

„Ich kann nichts essen!“, rufe ich zurück.

Mutter kommt aus der Küche. „Na, wie war es mit deinem Freund aus dem Zeichencamp?“ Erst in diesem Augenblick sieht sie Whisky. „Was soll denn der Hund hier?“

Jasmin kommt aus unserem Zimmer. „Oh, was für ein niedliches Hündchen!“ Sie streichelt ihn und Whisky scheint sich darüber zu freuen.

„Kannst du uns mal erklären, was hier los ist?“, fordert mich meine Mutter auf und ihr Gesichtsausdruck verrät, wie wenig sie begeistert ist.

„Können wir mal ins Wohnzimmer gehen? Ich muss euch etwas Wichtiges erzählen!“, sage ich.

Mutter, Jasmin und ich sitzen am Esstisch. Whisky liegt neben meinem Stuhl und gibt keinen Laut von sich.

„Ich bin gespannt!“, beginnt Mutter das Verhör.

Ich weiß gar nicht, wo ich meine Schilderung beginnen soll. Es nützt nichts, ich muss die Wahrheit sagen, die ganze Wahrheit. Ich beginne damit, dass mir Willy das Zeichencamp ermöglicht hat und sage, dass ich all meine Zeichnungen bei ihm ließ, weil er sie beurteilen wollte. Um seine Meinung zu hören, wäre ich heute zu ihm gegangen. Dort hätte ich ihn schwer krank vorgefunden. Ich erzähle, dass er meine Zeichnungen einem Freund gegeben hat und dass ich bald von diesem einen Brief bekommen werde. Mir kommen die Tränen, als ich meiner Mutter und Jasmin erzähle, dass Willy, während ich bei ihm war, gestorben ist. Kurz erzähle ich vom weiteren Verlauf, vom Anruf bei der Notdienstzentrale, vom Arzt und zum Schluss von Willys letzter Bitte, mich um Whisky zu kümmern. Für ein paar Sekunden herrscht danach Schweigen.

„Warum hast du uns nicht die Wahrheit gesagt über das Sommercamp?“, will Mutter wissen.

„Weil ihr mich nicht versteht und du es mir verboten hättest!“, lautet meine Antwort. „Ich bin nun mal nicht die Tochter, die nach den Sternen greifen wird. Das ist Jasmin. Ich bin dir nicht so wichtig, weil ich die

Tochter bin, die ständig ins Klo greift. Und Willy war der einzige Mensch, der an mich geglaubt hat!“

Jasmin zieht ein sehr ernstes Gesicht.

„Ach Uli, ich liebe meine Töchter beide gleich! Ich bin froh, dass ich euch habe! Es tut mir sehr leid, dass du einen völlig falschen Eindruck gewonnen hast“, versucht Mutter sich zu rechtfertigen. „Gut, nun ist das geklärt“, fährt sie fort, „aber was wird nun mit dem Hund? Heute kann er hierbleiben. Morgen muss er aber ins Tierheim!“

Ich kann meine Tränen nicht zurückhalten und schluchze, dass ich meinem Freund versprochen habe, mich um Whisky zu kümmern.

„Ich möchte ihn auch behalten!“, sagt plötzlich Jasmin. „Er ist so niedlich. Wenn er bleibt, kann er in unserem Zimmer schlafen!“ Jasmin steht auf und geht zu dem Zwergschnauzer und knuddelt ihn.

„Der muss täglich Gassi gehen, muss gepflegt und gefüttert werden! Eigentlich möchte ich ihn nicht in meiner Wohnung haben.“

„Bitte, Mama!“, flehe ich sie an.

„Wir kümmern uns um den Süßen!“, sagt Jasmin. „Du musst dir keine Gedanken machen. Sieh nur, wie lieb er mich ansieht!“

Mutter holt tief Luft. „Na gut, von mir aus“, sagt sie schließlich. „Ihr müsst ihm in eurem Zimmer ein Plätzchen zurechtmachen. Ich habe noch eine alte Decke und alte Kissen, die könnt ihr nehmen. Morgen besorgt ihr Futter. Ich habe keine Ahnung, was dieser Hund frisst!“

Wie aus einem Mund sagen Jasmin und ich: „Danke!“

Ich bin von meiner Schwester sehr überrascht, dass sie auf meiner Seite ist und auch gern Whisky behalten möchte. Ich beuge mich zu meiner Mutter und umarme sie.

Stunden später liegen Jasmin und ich in unseren Betten. Whisky liegt auf seiner Decke und döst vor sich hin. Er hat jetzt seinen Platz zwischen unseren Schreibtischen und scheint zufrieden zu sein. Ich grübel, ob er sehr darunter leidet, dass er sein Herrchen nicht mehr hat. Noch einmal bedanke ich mich bei Jasmin für ihre Unterstützung. Sie sagt, dass sie den kleinen Hund mag und es gern getan hätte. Ich nehme mein Handy und schreibe Marvin, was mir heute Nachmittag widerfahren ist. Dabei kommen mir wieder die Tränen. Niemals hätte ich gedacht, dass ich der letzte Mensch sein werde, der Willy in seinen letzten Minuten begleitet. Was für ein verrückter Tag geht zu Ende? Traurig über Willys Tod und doch glücklich, dass mir wenigstens Whisky geblieben ist, schlafe ich ein.

15. Whiskey

Ich werde wach und stelle fest, dass meine Schwester nicht da ist. Ich vermute, dass sie das Bad in Beschlag genommen hat. Doch als ich bemerke, dass auch Whisky nicht im Zimmer ist, werde ich stutzig. Ein Blick auf meinen Wecker verrät mir, dass es bereits 8 Uhr ist. Ich sehe auf mein Handy und erkenne, dass mir Marvin geschrieben hat:

Liebe Uli,
es tut mir leid, was mit deinem Freund Willy passiert ist. Ich denke an dich! Heute Nachmittag kannst du mir alles ausführlich erzählen. Ich freue mich, dich in ein paar Stunden zu treffen!
Liebe Grüße, dein Marvin!

Über sein *dein Marvin* freue ich mich sehr. Schreiben werde ich ihm aber jetzt nicht. Schließlich sehen wir uns in sieben Stunden. Mühsam verlasse ich mein Bett und taumele schlaftrunken zum Bad. Ich muss feststellen, dass ich allein in unserer Wohnung bin. Mutter ist auf Arbeit im Supermarkt. Das ist klar. Aber wo sind Jasmin und unser kleiner Liebling? Geduscht und mit geputzten Zähnen begebe ich mich in die Küche, um mir einen Kakao zuzubereiten. Ich höre, wie die Wohnungstür geöffnet wird. Ein paar Sekunden später kommt Whisky in die Küche gerannt und springt an mir hoch. Ich gebe ihm ein kleines Stück Hähnchenbrustfilet, was er sofort verspeist. Der Zwergschnauzer wedelt mit seinem Schwanz und verlässt die Küche. Ich setze mich ins Wohnzimmer und genieße meinen Kakao, als Jasmin kommt. Sie beißt in eine Reiswaffel und strahlt übers ganze Gesicht.

„Wo wart ihr denn?“, frage ich meine Schwester.

„Ich war mit Whisky Gassi gehen. Er ist so süß und folgsam. Ich habe mir von Frau Schmidt aus der zweiten Etage, die doch einen Chihuahua besitzt, ein Tütchen geborgt, falls er mal muss. Das war auch so. Einweghandschuhe habe ich mir von uns mitgenommen.“

„Jasmin, du hast seine Hinterlassenschaft weggemacht?“

„Natürlich! Das gehört sich so, wenn man einen Hund hat!“

Mir steht für einen Moment der Mund offen. Meine Schwester, die sich eigentlich vor allem ekelt, hat die Hundekacke in ein Tütchen getan und es entsorgt? Hätte mir jemand vor zwei Tagen gesagt, dass er davon überzeugt ist, dass meine Schwester dazu bereit wäre, hätte ich all mein Gespartes verwettet, dass so etwas nie passieren wird.

Jasmin hat ihre Reiswaffel vertilgt. „Gehst du dann mit zum *Tierparadies* in die Stadt?“, fragt sie mich. „Der Kleine braucht ein Körbchen, genug Futter, Kacktütchen und etwas zum Spielen. Das Geschäft öffnet um 10 Uhr!“ Whisky liegt ihr zu Füßen und sie streichelt ihn unablässig.

„Klar gehe ich mit. Ich habe noch ein bisschen Geld vom Sommercamp übrig!“

Kurz vor zehn Uhr verlassen wir mit dem Zwergschnauzer unsere Wohnung. Es regnet nicht, aber dunkle Wolken ziehen über uns hinweg. Der Sommer scheint sich zu verabschieden und der Herbst kündigt sich an. Die Blätter der Kastanie unweit von unserem Wohnblock trägt schon vertrocknete, fast gänzlich braune Blätter.

Jasmin hat Whisky an der Leine und gehen zur Tierhandlung. Ich bin überwältigt wegen des riesigen Angebotes. Meine Schwester füllt den Einkaufswagen, als wäre sie die perfekte Hundeexpertin. Schnell hat sie das Futter, einen geflochtenen Korb, ein paar Spielsachen, ein Apportierstöckchen aus harter Plaste und ein Trinkschälchen im Einkaufswagen verstaut. An der Kasse stockt mir der Atem, als ich höre, dass alles zusammen 92 Euro kostet. Ich habe nur dreißig Euro mitgenommen, weil ich nicht ahnte, dass Jasmin in einen Kaufrausch verfällt. Sie bezahlt von ihrem Geld und ich gebe ihr, als wir den Laden verlassen, meine 30 Euro. Ich entschuldige mich bei meiner Schwester, dass ich nicht mehr Geld dabei habe.

„Das geht schon in Ordnung“, sagt sie. „Ich werde mich um den kleinen Liebling kümmern, übernehme so etwas wie seine Patenschaft.“ Ich bin sprachlos. Schon seit längerer Zeit denke ich, dass meine Schwester nur sich liebt. Doch nun muss ich feststellen, dass sie sich doch verliebt hat. Zwar nicht in einen Jungen, dafür aber in einen Hund. Diese Seite meiner Schwester war mir bisher unbekannt.

Zu Hause richtet Jasmin für Whisky das Körbchen her, gibt ihm etwas zu fressen und stellt das Schälchen mit frischem Wasser dazu. Ich überlege, ob Willy von oben das Geschehen verfolgen kann. Wenn dem so ist, wird er sich freuen, dass es seinem Whisky gut geht.

Es ist 14 Uhr und ich muss mich fertig machen für das Treffen mit Marvin in einer Stunde am Markt. Schnell wasche ich meine Haare und suche die passenden Klamotten aus. Ich stecke wenig später in einer dunkelblauen Jeans, trage ein langärmeliges weißes T-Shirt und ziehe meine weißen Sneakers an. Bevor ich die Wohnung verlasse, schlüpfe ich noch in meinen dunkelblauen Blouson. Jasmin tollt mit dem Zwergschnauzer herum und beide scheinen viel Spaß zu haben.

„Ich treffe mich gleich mit Marvin und möchte Whisky mitnehmen!“, sage ich zu meiner Schwester.

„Oh nein, wir spielen gerade so schön. Das ist so ein toller Hund und so gelehrig! Schau mal!“ Sie kniet vor unserem neuen Mitbewohner und fordert ihn auf, Pfötchen zu gegeben. Whisky gehorcht. Ich bin überrascht.

„Na, dann lass ich euch mal allein. Viel Spaß noch!“, sage ich etwas enttäuscht. Ich wollte Marvin gern den Zwergschnauzer präsentieren.

Ich laufe in die Stadt. Dafür benötige ich 25 Minuten. Fünf Minuten vor der vereinbarten Zeit stehe ich vor dem *Marktcafé*. Von Marvin ist nichts zu sehen. Endlich kommt er. Sogar pünktlich 15 Uhr. Wir begrüßen uns mit einer Umarmung. „Siehst du mich überhaupt?“, frage ich meinen Freund. „Ohne deine komische Professorenbrille siehst du wirklich besser aus.“

„Seit gestern habe ich Kontaktlinsen. Lass uns ins Café gehen. Hier draußen ist es zu kalt.“ Marvin hält mir die Tür auf und wir gehen hinein. Mehrere Tische sind noch frei und wir setzen uns an einen Tisch am Fenster, von wo aus wir das Treiben auf dem Markt beobachten können. Kaum sitzen wir, kommt eine Bedienung. Wir bestellen uns beide einen großen Cappuccino.

„Nun erzähl mal, was gestern so los war, als du zur Hütte des alten Mannes gekommen bist!“, fordert mich mein Freund auf.

Ich erzähle ihm, was mir Willy als Letztes gesagt hat, dass er meine Zeichnungen einem Freund gegeben hat und dass er mich gebeten hat, mich um seinen Hund zu kümmern. Während ich rede, kommen mir immer wieder die Tränen.

„Da hast du ein fürchterliches Erlebnis gehabt“, stellt Marvin fest. „Ich habe noch nie einen Toten gesehen!“

„Ich vorher auch nicht.“

Wir bekommen unseren Cappuccino und sprechen endlich über erfreulichere Dinge, zum Beispiel über das Zeichencamp, und stellen fest, dass es uns nicht viel gebracht hat. Ich sage, dass ich am meisten enttäuscht darüber bin, dass der Karikaturist nicht gekommen ist, weil ich mir ein paar Tipps von ihm erhofft hatte. Marvin sagt, dass er auch einmal meine Zeichnungen sehen möchte, wenn ich sie wieder zurückbekomme. Ich verspreche es. Nach einer Stunde gehen uns die Themen aus, über die wir noch reden können. So schlägt Marvin vor, zu bezahlen und uns zu verabschieden. Wenig später übernimmt er die Rechnung, und wir verlassen das Café. Wieder auf dem Markt nimmt er mich in seine Arme und sagt, dass es schön war, mich wiederzusehen. Er gibt mir ein flüchtiges Küsschen auf den Mund und löst sich von mir. Wir vereinbaren noch, uns zu schreiben, und gehen in verschiedene Richtungen auseinander. Ich bin wirklich verliebt in Marvin. Allerdings bin ich mir noch nicht sicher, ob er für mich die gleichen Gefühle hat. Eigentlich fand ich unser Gespräch im Café nicht so herzlich wie die Gespräche bei unseren gemeinsamen Unternehmungen im Sommercamp.

Als ich nach Hause komme, sind Jasmin, Mutter und Whisky im Wohnzimmer und hören eine CD mit klassischer Musik, die ich nicht kenne. Ich kann nicht glauben, was ich sehe: Mutter hat unser neues Familienmitglied auf ihrem Schoß und kaspert mit ihm herum. „Was ist denn hier los?“, frage ich und habe das Gefühl, dass keiner mitbekommen hat, dass ich im Zimmer stehe.

„Der Kleine ist wirklich süß!“, antwortet Mutter.

Jasmin zieht ein merkwürdiges Gesicht, was vermutlich zu bedeuten hat: „Du hast Whisky mitgebracht, aber jetzt gehört er uns.“

„Für dich ist ein Brief gekommen“, erwähnt Mutter. „Ich habe ihn auf deinen Schreibtisch gelegt.“

Ich bedanke mich und verziehe mich in unser Zimmer. Seit Jahren habe ich keinen Brief bekommen. Ich setze mich auf meinen Stuhl, reiße das Briefkuvert auf, falte den Brief auseinander und lese:

Liebe Ulrike Brandt!

Vielleicht hatte dir mein Freund Willy Schuster vor seinem Tod mitgeteilt, dass er mir deine Zeichnungen anvertraut hat. Ich habe sie mir angesehen und bin begeistert. Du bist ein hoffnungsvolles Talent!

Ich möchte, dass du, wenn es möglich ist, am Donnerstag um 14 Uhr zu mir in die Galerie am Stadtpark kommst, um mit dir über deine Zeichnungen zu reden. Außerdem möchte ich von dir ein Foto machen, das ich später vielleicht verwenden kann, wenn es einmal zu einer Ausstellung deiner Bilder kommen sollte.
Ich freue mich auf deinen Besuch!

Mit freundlichen Grüßen
Hellmut Schneider (Kurator)."

Ich falte den Brief zusammen und stecke ihn wieder in das Kuvert. Ich weiß nicht, woran es liegt, aber so richtig freue ich mich nicht über dieses Schreiben.

Jasmin kommt vom Gassigehen mit Whisky und Mutter sagt, dass es gleich Abendbrot gibt. Ich habe immer noch keinen richtigen Appetit. Es gibt Bratkartoffeln mit Spiegelei, dazu Blattsalat. Ich nehme mir nur eine kleine Portion, von der ich normalerweise verhungern würde. Jasmin isst auch kaum etwas davon. Während des Abendbrotes fragt mich Mutter, ob es ein wichtiger Brief gewesen wäre, den sie mir auf meinen Schreibtisch gelegt hat. Ich gebe ohne emotionale Regung den Inhalt des Briefes wieder.

„Das hört sich doch gut an", sagt Mutter. „Vielleicht kann es mal eine Ausstellung mit deinen Zeichnungen geben. Das wäre doch ein verdienter Lohn für deinen Fleiß."

„Ich glaube nicht, dass es mal zu einer Ausstellung kommt", gibt Jasmin ihren Senf dazu. „Wen interessieren schon Bleistiftzeichnungen? Ja, wenn es richtige Ölgemälde wären, würde ich es verstehen."

Ich habe keine Lust auf so eine Diskussion.

Nach dem Abendessen sehen sich Mutter und Jasmin einen Film an, der mich nicht interessiert. Deshalb beschließe ich, ins Bad zu gehen, um mich fürs Bett fertig zu machen. Wenig später höre ich zum gefühlt hundertsten Mal meine Lieblingssongs von Marcel Weniger. Danach schreibe ich noch an Marvin einen Gutenachtgruß und versuche einzuschlafen, was mir auch gelingt, doch als Jasmin und Whisky ins Zimmer kommen, werde ich wieder wach. Ich werfe noch einen Blick auf mein Handy und sehe, dass mir Marvin auch liebe Grüße gesendet hat. Ich kann nicht schlafen. Zu viel spukt mir im Kopf herum – Willys Tod, Whisky, Marvin und der Brief des Kurators. Doch irgendwann, als Jasmin und Whisky endlich Ruhe geben, schlafe ich doch wieder ein.

In den folgenden zwei Tagen zeichne ich die Illustration von Willy, die ich im Zeichencamp begonnen habe, endlich fertig. Ich habe Willy, meinem leider verstorbenen Freund, sehr real gezeichnet. Auch das Herz, das aus seinem offenen Mantel davonfliegt, ist mir gut gelungen. Diese Zeichnung werde ich zu dem Treffen mit dem Kurator mitnehmen. Ich bin gespannt, wie er sie findet. Als ich fertig bin, rolle ich sie zusammen und gebe sie in einen runden Pappbehälter.

Heute ist endlich Donnerstag und ich habe das Treffen mit diesem Herrn Schneider. Um 13.30 Uhr verlasse ich unsere Wohnung. Ich trage eine weiße Jeans, habe mir meine hellblaue Bluse angezogen und darüber meinen Blouson. Mit der Zeichnung, die Willy darstellt, begebe ich mich auf den Weg zur Galerie. Noch ist mir nicht klar, wofür der Typ von der Galerie ein Foto von mir benötigt. Gott sei Dank regnet es nicht mehr wie am Vormittag. So kann ich mir sicher sein, trocken zur Galerie zu gelangen. Als ich ankomme, ist der Haupteingang verschlossen. Ich laufe um das Gebäude herum und stehe plötzlich vor einer Tür, an der ein Schild angebracht ist, auf dem steht: *Büro Galerie am Stadtpark.* Ich klopfe an, und weil niemand reagiert, versuche ich, die Tür zu öffnen, was mir auch gelingt. In dem kleinen Flur dahinter befindet sich nur eine Tür. Als ich vor ihr stehe, lese ich: *Galerieleiter: H. Schneider.* Ich klopfe wieder und höre: „Komm rein!“

In dem kleinen Büro sitzt ein älterer, glatzköpfiger Mann hinter einem unaufgeräumt wirkenden Schreibtisch. Er erhebt sich von seinem Stuhl und streckt mir seine Hand entgegen. „Ich bin Herr Schneider und habe dir einen Brief geschrieben. Freut mich, dass du dir die Zeit genommen hast, mich zu besuchen!“

Ich reiche ihm meine Hand und sage ihm, wie ich heiße. Er bittet mich, auf dem Stuhl vor seinem Schreibtisch Platz zu nehmen. Ich setze mich und bin gespannt, was er von mir will. „Ulrike, ich möchte es kurz machen. Ich habe beschlossen, die Arbeit hier aufzugeben. Jetzt, wo ich schon seit etlichen Jahren mein Rentnerleben hätte genießen können, schließlich bin ich so alt, wie es unser Freund Willy war, möchte ich eine letzte Ausstellung ausrichten. Sie wird über drei Wochen stattfinden. Komm mal bitte mit!“ Wir erheben uns gleichzeitig von unseren Stühlen.

„Hier geht es lang", sagt Herr Schneider und zeigt auf eine zweite Tür in seinem Büro. Er öffnet sie und bittet mich, ihm zu folgen. Ich sehe, dass sich hinter der Tür der Ausstellungsraum der Galerie befindet. Es ist ein lang gezogener rechteckiger Raum ohne Fenster, aber mit dem Haupteingang gleich vorn an der rechten Seite. An der langen Wand neben dem Eingang und an der gegenüberliegenden Wand hängen zu meiner Überraschung meine Zeichnungen. An der Stirnseite gegenüber der Tür, durch die wir eben den Raum betreten haben, hängt kein Bild. Ich bin überwältigt und mir geht mein Mund auf. Ich spüre, wie stark mein Herz plötzlich schlägt. Meine Zeichnungen sind hinter Glasscheiben und wurden als Bilder mit einer dünnen transparenten Angelschnur aufgehangen. Ich weiß noch nicht, was ich denken soll.

„Na, was sagst du?", fragt mich der Kurator.

„Was hat das zu bedeuten?", lautet meine Antwort und ich stehe geistig auf einem Schlauch.

„Liebe Ulrike, ich werde es dir verraten", beginnt Herr Schneider, mich aufzuklären. „Am Samstag, also in zwei Tagen, findet hier um 18 Uhr eine Vernissage mit deinen Zeichnungen statt. Wie schon gesagt, es wird die letzte Ausstellung sein, die ich ausrichte, bevor ich in den verdienten Ruhestand gehe."

„Aber wer soll denn zu der Vernissage kommen?", frage ich. „Niemand weiß doch von der bevorstehenden Ausstellung."

Herr Schneider lächelt. „In einer halben Stunde kommt eine Journalistin. Frau Merz wird mit dir ein Interview führen. Außerdem wird sie ein Foto von dir machen. Das Interview und dein Foto werden morgen in unserer Regionalzeitung erscheinen und es wird die Vernissage angekündigt werden. Somit erfahren genug Menschen davon und werden hoffentlich erscheinen. Ist das nicht eine tolle Idee?"

Ich bin sprachlos, was nicht so oft vorkommt.

„Das war übrigens Willys Idee", sagt der Kurator. „Er hat es vorgeschlagen und mir deine tollen Zeichnungen gezeigt. Ich war begeistert von der Idee und habe sofort zugestimmt."

Mir kommen die Tränen. Nicht nur wegen der Überraschung mit der Vernissage, vielmehr wegen Willy, dem ich so viel zu verdanken habe. „Schade, dass Willy die Ausstellung nicht mehr erleben kann", schluchze ich. „Ich habe meinen Freund Willy gezeichnet. Darf ich Ihnen die Zeichnung zeigen?", frage ich und ziehe sie aus der Papphülle.

Während Herr Schneider sich meine Zeichnung ansieht, gehe ich durch den Ausstellungsraum und sehe mir meine von ihm ausgewählten Kunstwerke an. Ich entdecke die Zeichnung mit dem zerrissenen Herz, die den Titel *Liebeskummer* trägt, daneben hängt die Zeichnung mit den zwei Rehen auf der Wiese. Auch mein Bild *Hoffnung* mit der Rose, die aus einem Stein wächst, finde ich. Außerdem entdecke ich noch die Zeichnungen *Auf Leben und Tod* mit dem Greifvogel und seiner Beute und sogar die Zeichnung *Sehnsucht* mit den Schwänen, die nach Süden fliegen. Es hängen noch zwölf andere Zeichnungen von mir an den Wänden. Ich habe das Gefühl zu träumen.

„Die Zeichnung mit Willy gefällt mir sehr gut!", reißt mich der Kurator aus meinen Gedanken. „Ich möchte sie gerne noch den anderen Zeichnungen hinzufügen. Dafür werde ich sicherlich einen besonderen Platz finden."

„Vielen Dank!", sage ich ziemlich leise. „Ich bin so aufgeregt. Die Vernissage ist schon in zwei Tagen. Mir wird schwindlig bei dem Gedanken."

„Bleib ganz locker. Deine Zeichnungen sind es wert, der Öffentlichkeit präsentiert zu werden. Übrigens, ich muss dir noch etwas Trauriges mitteilen."

Ich werde gleich ohnmächtig. In zwei Tagen erfüllt sich mein größter Traum, der von einer eigenen Ausstellung. Was soll es da noch Trauriges geben?

„Am Samstag, dem Tag, an dem abends deine Vernissage stattfindet, wird morgens um neun Uhr Willys Bestattung stattfinden. Vielleicht möchtest du daran teilnehmen? Willy hat festgelegt, dass es keine Trauerfeier geben soll. Stattdessen möchte er nur, dass seine Urne in ein Grab gelassen wird. Später wird an der Grabstelle eine Steele angebracht werden mit seinem Namen, seinem Geburts- und Sterbejahr. So hat er es mit dem Bestattungsinstitut vereinbart. Wirst du kommen?"

In meinem Kopf geht es drunter und drüber. „Ich werde auf jeden Fall kommen, um mich von Willy ein letztes Mal zu verabschieden und ihm für alles, was er für mich getan hat, zu bedanken."

„Das freut mich!", sagt Herr Schneider. „Jetzt müssen wir aber in mein Büro zurückgehen, weil Frau Merz gleich erscheinen wird."

Kaum sitzen wir wieder im Büro des Kurators, wird die Tür geöffnet und eine korpulente, kleine Frau erscheint. „Ich hoffe, dass ich nicht zu spät komme! Merz ist mein Name, ich bin von der Lokalredaktion unserer Zeitung", sagt sie und reicht erst Herrn Schneider und dann mir die Hand. „Du bist also die talentierte Künstlerin, die am Samstag eine Vernissage hat!"

„Ich bin keine Künstlerin!", sage ich. „Zeichnen ist nur mein Hobby."

„Ich möchte mit dir ein Interview führen."

„Ich werde mal deine Zeichnung von unserem Freund Willy im Ausstellungsraum platzieren", mischt sich Herr Schneider ein und verlässt das kleine Büro. Zuvor bietet er der Journalistin seinen Platz an.

Frau Merz setzt sich mir gegenüber und stellt mir Fragen. Sie möchte wissen, in welche Klasse ich im neuen Schuljahr komme, wie alt ich bin und wie Zeichnen zu meinem Hobby geworden ist. Außerdem möchte sie erfahren, woher ich die Ideen bekomme und ob jemand mein Talent fördert. Ich beantworte alle Fragen und erzähle auch von Willy, der der einzige Mensch gewesen ist, der an mich geglaubt und mich unterstützt hat. Frau Merz schreibt fleißig mit, während ich rede. Als ich alle Fragen beantwortet habe, bittet sie mich, mit ihr in den Ausstellungsraum zu gehen, um ein Foto von mir zu machen.

So geschieht es. Ich muss mich vor die Zeichnung mit der aus einem Stein wachsenden Rose stellen. Sie fordert mich auf, etwas mehr zu lächeln. Die Journalistin fotografiert mich etliche Male. Als sie endlich fertig ist, sieht sie sich meine Zeichnungen an.

„Das ist eine sehr gut gelungene Zeichnung von unserem Willy!", sagt der Kurator, der das Bild an der freien Stirnseite angebracht hat.

Frau Merz sieht sich auch diese Zeichnung an und sagt, dass sie ihr am besten gefällt. Nun müsse sie aber gehen, weil das Interview und mein Foto noch in der Nacht in den Druck gehen müssen, damit alles morgen in der Zeitung erscheinen kann.

Kaum ist sie gegangen, verabschiedet sich auch Herr Schneider von mir. „Wir sehen uns am Samstag bei Willys Bestattung", fügt er hinzu. „Nicht vergessen, um neun Uhr!"

Ich verspreche, pünktlich zu sein, und verlasse die Galerie. Wieder an der frischen Luft muss ich erst einmal tief durchatmen. Die Freude über die bevorstehende Ausstellung hält sich in Grenzen. Vielmehr bin ich aufgeregt und in meinem Kopf herrscht wilder Gedankensalat. Ich laufe sehr langsam nach Hause, weil ich befürchte, dass mich dort Mutter und Jasmin mit vielen Fragen löchern werden.

„Na, wie war es, Uli?“, beginnt Mutter dann tatsächlich gleich, als ich die Wohnung betrete.

„Ich kann mir schon denken, was die von dir wollten!“, sagt Jasmin.

„Lasst mich doch erst einmal umziehen. Beim Abendbrot werde ich Bericht erstatten.“ In diesem Augenblick habe ich wirklich vor, alles so zu erzählen, wie es sich zugetragen hat. Doch einen Moment später beschließe ich, nicht die Wahrheit zu sagen, weil sie es morgen aus der Zeitung erfahren werden. Umso größer wird dann die Überraschung sein.

Während des Abendessens berichte ich meiner Mutter und Jasmin dann nur, dass der Kurator meine Zeichnungen ganz gut findet und er sie mir bald zurückgeben wird. Noch habe er sich nicht alle angesehen. Außerdem habe er mir gesagt, dass Willy am Samstagmorgen beigesetzt wird.

„Willst du da etwa hingehen?“, fragt mich Jasmin.

„Auf jeden Fall! Das bin ich ihm schuldig!“, lautet meine Antwort. Ich bin froh, keine weiteren Fragen beantworten zu müssen.

Eine Stunde später liege ich irgendwie erschöpft in meinem Bett. Jasmin ist mit Whisky eine Runde ums Haus drehen. Bevor mir die Augen zufallen, schreibe ich Marvin. Auch ihm teile ich nur mit, dass er doch morgen mal in die Regionalzeitung sehen solle. Darin würde er einen interessanten Artikel finden. Zum Schluss wünsche ich ihm eine gute Nacht und schicke die Nachricht ab. Bevor Jasmin mit dem Zwergschnauzer zurückgekommen ist, bin ich eingeschlafen. Ich habe nicht einmal mitbekommen, dass mir Marvin geantwortet hat.

Jasmin und Whisky verlassen am nächsten Morgen unser Zimmer. Dabei sind sie so laut, dass ich davon wach werde. Sofort denke ich daran, dass schon morgen die Ausstellung eröffnet wird. Und es ist nicht nur eine normale Ausstellung. Es ist die Ausstellung mit meinen Zeichnungen! Jahrelang habe ich davon geträumt und es mir sehnlichst gewünscht. Nun, wo es zur Realität zu werden scheint, wird mir fast schlecht bei dem Gedanken.

Nachdem ich im Bad war und gefrühstückt habe, suche ich mir die Klamotten aus, die ich am Samstag zur Vernissage anziehen möchte. Keine leichte Aufgabe. Ich probiere vier Jeans, fünf T-Shirts und drei Blusen an und kann mich nicht entscheiden.

Ich höre, dass die Wohnungstür aufgeschlossen wird. Ein paar Augenblicke später kommt Whisky in unser Zimmer gestürmt und springt ausgelassen an mir hoch. Ich hocke mich hin und knuddel ihn, als Jasmin erscheint. „Na, Schwesterchen, willst du ausziehen?", fragt sie mich und schaut auf den Wäscheberg auf meinem Bett.

„Ich weiß nicht, was ich am Samstag anziehen soll", antworte ich.

„Was ist denn dann los?", fragt sie und grinst hämisch.

Ich möchte mit der Wahrheit nicht rausrücken. Eine Notlüge muss her. „Ich möchte mit Marvin in einem schönen Restaurant essen gehen!"

„Du lügst doch!", sagt Jasmin, wühlt sich durch den Wäscheberg, zieht eine hellblaue Bluse und eine dunkelblaue Jeans hervor. „Diese Sachen sind perfekt und stehen dir gut!"

Ich ziehe die von meiner Schwester ausgesuchten Sachen an und tue so, als wäre ich damit zufrieden. Allerdings gehe ich nicht mit Marvin essen! Dafür würden sich die Klamotten zwar gut eignen, aber nicht für die Vernissage. Morgen werde ich eine Entscheidung zwecks passender Garderobe für den Abend zustande bringen, zustande bringen müssen! Schnell schlüpfe ich noch in ein schwarzes Kleid, das mir bis zu den Knien reicht.

„Das ist aber zu traurig für einen schönen Abend", stellt Jasmin fest.

„Da hast du recht. Aber das Kleid werde ich zu Willys Beisetzung anziehen." Jasmin streckt einen Daumen in die Höhe und verlässt unser Zimmer. Ich bin mit der Auswahl des Kleides für die morgige Bestattung einigermaßen zufrieden.

Mittlerweile ist es Mittag geworden. Unsere Mutter betritt die Wohnung und wird von Whisky schwanzwedelnd begrüßt. „Ich habe uns zwei Pizzen mitgebracht und schiebe sie gleich in den Ofen!", sagt Mutter, während sie ihren Mantel an die Flurgarderobe hängt.

Eine halbe Stunde später sitzen wir im Wohnzimmer an unserem Esstisch. Ich teile mir mit Mutter die Pizza mit Salami und Schinken. Eine halbe Pizza reicht mir. Ich habe überhaupt keinen Hunger. Zu meiner Überraschung vertilgt Jasmin eine ganze Pizza Margherita. Meine Schwester ist kaum wiederzuerkennen, seit der Zwergschnauzer zu unserer Familie gehört. Mutter spendiert uns noch ein Vanilleeis. Sogar Jasmin verschlingt es. Die Frage, ob sie nicht zu dick wird, verkneife ich mir. Als wir genug gegessen haben, räume ich den Tisch ab und beginne mit dem Abwasch. Der Geschirrspüler in dieser Familie heißt immer noch Ulrike. Ich frage mich, wer abgewaschen hat, als ich eine Woche im Zeichencamp war. Vermutlich war es unsere Mutter.

Ich trockne das abgewaschene Geschirr ab, als ich plötzlich einen Aufschrei von meiner Mutter höre und sie ruft: „Uli, komm doch mal ins

Wohnzimmer!“ Ich räume noch das Geschirr in den Küchenschrank und begebe mich zu ihr. Mutter sitzt mit Jasmin auf der Couch und haben eine aufgeschlagene Zeitung vor sich liegen.

„Was gibt es denn?“, stelle ich mich doof. Obwohl ich ahne, was jetzt kommt.

„Oh mein Kind, du bist in der Zeitung, sogar mit einem Bild von dir. Das ist eine superschöne Überraschung! Du hast am Samstagabend eine Vernissage und eine dreiwöchige Ausstellung mit deinen Zeichnungen wird eröffnet! Warum hast du uns nichts davon erzählt?“

„Wow, meine Schwester wird berühmt!“, fügt Jasmin hinzu.

„Ich wollte euch überraschen“, sage ich. „Es war Willys Idee, bevor er gestorben ist.“

„Ich bin so stolz auf meine Töchter!“, sagt Mutter und ihre Mundwinkel kriechen fast bis zu ihren Ohren.

„Ich bin auch stolz auf meine Schwester!“, fügt Jasmin noch hinzu. „Hätte ich nicht gedacht, dass jemand deine Zeichnungen für so gut hält, dass es sogar eine Ausstellung geben wird.“

Ich liege in meinem Bett und befürchte, nicht einschlafen zu können. Samstag ist ein ganz besonderer Tag für mich, erst Willys Beisetzung und abends die Vernissage. Ich bin jetzt schon sehr aufgeregt. Vielleicht kommen nicht so viele Besucher. Eigentlich ist es mir egal. Die Ausstellung wird drei Wochen dauern. Also ist genug Zeit, dass sich viele Menschen meine Zeichnungen ansehen können.

Jasmin liegt endlich auch in ihrem Bett, hat einen Arm herunterhängen, um Whisky das Fell zu graulen. „Ich habe auch eine Überraschung für dich“, sagt sie plötzlich. „Die verrate ich dir aber nicht!“

„Oh, bitte, sag es mir!“

„Keine Chance!“, antwortet Jasmin. „Vielleicht erfährst du es bei der Vernissage.“

Meine Schwester wünscht mir eine gute Nacht, was ich erwidere. Jasmin hat mich neugierig gemacht. Was für eine Überraschung sollte es bei der Vernissage geben? Ein paar Minuten später ist meine Schwester eingeschlafen. Mir fallen auch endlich die Augen zu. Ich bin fast eingeschlafen, als ich höre, dass ich eine Nachricht bekommen habe. Sie ist von Marvin:

Liebe Ulrike,
ich habe heute den Artikel über dich in der Zeitung gelesen. Herzlichen

Glückwunsch zur Vernissage. Ich werde auf jeden Fall kommen! Das darf ich mir nicht entgehen lassen. Ich bin so stolz auf meine Freundin! Schlaf schön und träume etwas Schönes!
Dein Marvin"

Was ist nur plötzlich los? Sitzt Willy da oben im Himmel und tut alles dafür, dass ich glücklich bin? Die Vernissage, die netteste Nachricht, die ich jemals von Marvin bekommen habe, und meine Familie, die stolz auf mich ist. Das alles ist mehr Glück, als ich es jemals erwartet habe.

16. Abschied von Willy

Mein Wecker meldet sich mit seinem durchdringenden Gebimmel. Ich sehe, dass es schon sieben Uhr ist, muss mich sputen, weil ich kurz nach acht Uhr zu Willys Beisetzung gehen möchte.

Mutter ist bereits zu ihrem Nebenjob in der Arztpraxis gegangen, um dort sauber zu machen. Jasmin und Whisky schlafen noch. Zum Glück sind sie von meinem Wecker nicht wach geworden. Ich bemühe mich, leise zu sein. Ich hatte vor, Whisky mit zu der Bestattung mitzunehmen. Doch diese Idee habe ich wieder verworfen, weil ich mir nicht sicher bin, wie der kleine Zwergschnauzer reagieren wird. Manchmal habe ich das Gefühl, dass er Willy gar nicht nachtrauert. Ihm scheint es bei uns zu gefallen. Das ist hauptsächlich Jasmins Verdienst. Niemals hätte ich gedacht, dass sich meine Schwester verliebt – und dann noch in einen Hund!

Schnell bin ich im Bad fertig. Ich ziehe das schwarze Kleid an und schlüpfe in meine schwarzen Pumps. Dazu trage ich in einen schwarzen Mantel. Mit nüchternem Magen verlasse ich die Wohnung. Ich bin so aufgeregt, dass ich keinen Bissen herunterbekommen hätte. Es ist frisch draußen und es weht ein kalter Wind. Am Himmel hängen dunkle Wolken und drohen mit Regen. „Vielleicht trauert auch der Himmel“, denke ich mir so.

Auf dem Weg zum Friedhof befindet sich ein Blumenladen. Dort kaufe ich schnell noch fünf gelbe Rosen, die ich mit einem Trauerflor zusammenbinden lasse. Es ist kurz vor neun Uhr, als ich den Friedhof erreiche. Eigentlich weiß ich nicht, wo ich hin muss. Plötzlich entdecke ich Herrn Schneider, den Kurator, der in meine Richtung sieht. Vermutlich hat er schon auf mich gewartet. Wir reichen uns zur Begrüßung die Hände. „Schön, dass du gekommen bist!“, sagt der Kurator. „Und sogar pünktlich!“

„Ich möchte mich von Willy ein letztes Mal verabschieden“, erwidere ich. „Er hat so viel für mich getan und bin ihm unendlich dankbar!“

Herr Schneider bittet mich, ihm zu folgen. Er wisse, wo Willys Grab sein wird. Wir passieren viele andere Gräber. Plötzlich biegt der Kurator vom Hauptweg ab. Ich folge ihm. Wir gehen einen schmalen Weg entlang. In einiger Entfernung steht eine dunkel gekleidete Frau, ein Mann ist an ihrer Seite. Ich erkenne, dass der Mann ein Netz in seinen Händen hält, in dem sich die Urne befindet. Es ist meine erste Bestattung und ich spüre, wie mir die Knie weich werden.

Herr Schneider und ich gelangen zu den beiden Personen, die wir begrüßen. Die Frau sagt, dass sie Winter heiße und Mitarbeiterin der Friedhofsverwaltung sei. Sie zeigt auf den Mann neben ihr und erklärt uns, dass er ihr Kollege ist. „Ich habe mit ein paar mehr Besuchern gerechnet", sagt Frau Winter.

„Ich nicht", denke ich. Willy wollte nichts mehr mit Menschen zu tun haben. Ich war wohl eine Ausnahme. Mein Freund war enttäuscht von seinem Leben, war enttäuscht über seinen Abstieg, nachdem er durch den Verkauf eines einzigen Bildes zu Geld gekommen war. Leider konnte er damit nicht umgehen. Dennoch lebte er seine letzten Jahre zwar zurückgezogen, aber glücklich. Das lag auch an Whisky und vielleicht zum Ende seines Lebens auch ein bisschen an mir.

„Ich möchte nun mit der Bestattung beginnen", sagt Frau Winter und reißt mich aus meinen Gedanken. „Herr Willy Schuster hat mich beauftragt, keine Grabrede im üblichen Sinne zu halten. Stattdessen hat er mir einen Brief gegeben, den ich den Anwesenden vorlesen solle. Das möchte ich hiermit tun."

Ich bin aufgeregt und gespannt, was Willy geschrieben hat. Die Bestatterin faltet ein Blatt Papier auseinander und beginnt, den Text zu lesen:

Liebe Gäste meiner Bestattung.
Ich vermute, dass nur zwei oder drei Menschen ihr beiwohnen werden. Vermutlich mein langjähriger Freund Hellmut Schneider und vielleicht auch meine mir sehr ans Herz gewachsene Ulrike.
Ich möchte nicht allzu viele Worte verlieren. Mein Leben war lange Zeit ein Desaster und ich war unglücklich. Ich habe alles verloren, was mir einst wichtig war. Doch das Unglück meiner früheren Jahre habe ich mir selbst zuzuschreiben. Ich wurde erst mit meinem Leben zufrieden, als ich beschloss, alleine zu leben, und als ich vom Forstamt eine verwaiste Hütte mitten im Wald kaufen konnte. In diesem, meinem neuen Leben habe ich zwei Dinge getan, die mich mit der Welt versöhnten. Das eine ist, dass ich

einen kleinen Zwergschnauzer, dem ich den Namen Whisky gab, aus dem Tierheim geholt habe und ihm somit ein angenehmeres Leben ermöglichte. Das andere, was ich gern getan habe, ist, ein junges Mädchen zu unterstützen, um sie so ihrem Ziel, einmal eine gute Zeichnerin zu werden, näherzubringen. Ich wünsche mir, dass die Vernissage, die mein Freund Hellmut für sie organisiert hat, ein voller Erfolg wird. Wie gern wäre ich dabei gewesen! Dafür wäre ich über meinen Schatten gesprungen und hätte mich nach vielen Jahren wieder einmal unter eine größere Menschenansammlung gewagt.
Ich bin aus diesem Leben gegangen ohne Groll und Zorn. Vielleicht würde ich, wenn ich noch einmal jung wäre, einiges anders machen. Aber meine letzten Jahre waren nicht die schlechtesten.
Ich bin dankbar, einen Freund wie Hellmut Schneider gehabt zu haben, und bin dankbar, dass ich meine liebe Ulrike kennenlernen durfte. Vergesst mich nicht ganz, seid nicht traurig und lebt euer Leben in Zufriedenheit. Glaubt immer an euch und verliert nie eure Ziele aus den Augen!
In Liebe
euer Willy.

Während Frau Winter den Brief wieder zusammenfaltet, putze ich mir meine Nase und wische mir die Tränen von den Wangen. Ich schwöre, mich immer an Willys letzten Worte zu halten. Auch Herr Schneider versucht, seine Tränen zu unterdrücken. Jedoch sehe ich, dass auch seine Augen feucht sind.

„Halten wir einen Moment inne und schicken unsere Gedanke zu dem Verstorbenen“, sagt die Bestatterin. Zur gleichen Zeit versenkt ihr Kollege das Netz mit Willys Urne in einem ausgehobenen Loch.

Ich lege meine gelben Rosen auf das Grab, denke an Willy und bin sehr traurig. Es ist nicht zu glauben, dass ich diesen tollen Menschen einmal für einen heruntergekommenen Penner hielt. Dafür schäme ich mich heute noch. Für eine Minute herrscht völlige Stille, die erst unterbrochen wird, als eine Krähe lautstark aus einer nahen Birke davonfliegt.

Die Bestatterin gibt erst dem Kurator und danach mir ihre Hand und drückt uns ihr Mitgefühl aus. Wenig später verabschieden wir uns von ihr und ihrem Kollegen.

Als Herr Schneider und ich am Ausgang des Friedhofs angelangt sind, verabschieden auch wir uns voneinander. Der Kurator sagt, dass trotz dieses traurigen Anlasses heute noch ein schöner Abend folgen wird, der alles wieder ein wenig erträglicher erscheinen lässt.

Mit meinen Gedanken bei Willy gehe ich nach Hause. Die dunklen Wolken haben sich ein wenig verzogen und der blaue Himmel wird an einigen Stellen sichtbar.

Als ich zu Hause ankomme, erzähle ich meiner Mutter und Jasmin von der Bestattung. Ich berichte nur sehr wenig darüber, weil ich einfach nicht reden kann, denn ich bin immer noch sehr traurig.

17. Die Vernissage

Es ist später Nachmittag und Mutter und Jasmin veranstalten eine regelrechte Modenschau. Ständig muss ich ihnen sagen, ob sie gut aussehen. Doch egal, was ich sage, es nützt meistens nichts und weiter geht es mit dem Klamottenspektakel.

Ich stehe vor meinem Kleiderschrank und plage mich mit den gleichen Problemen wie meine Familienmitglieder herum. Eins steht fest, ein Kleid kommt nicht infrage! Darin fühle ich mich nicht wohl. Ich streife mit einer Hand an meinen Sachen entlang. Plötzlich entdecke ich meinen schwarzen Hosenanzug.

„Lass es sein", schießt es mir durch den Kopf. „Den Anzug trugst du das letzte und einzige Mal zu deiner Jugendweihe", spricht mein Inneres zu mir. Eigentlich finde ich ihn genau richtig. Nach einem gewissen Zögern greife ich doch nach ihm. Allerdings befürchte ich, nicht mehr in die Hose zu passen und die Jacke nicht mehr zuzubekommen.

Während Jasmin flucht, weshalb sich Whisky ängstlich in sein Körbchen zurückzieht, wirft sie mir einen Blick zu. „Ich lache mich tot!", sagt meine Schwester. „Nie im Leben passt dir der Anzug noch!"

„Das werden wir ja gleich sehen!", sage ich trotzig. Schnell habe ich meine Hausgammeljeans und das ausgeblichene, einstmals leuchtend gelbe T-Shirt ausgezogen. Es dauert ein paar Minuten, bis ich mich in die Hose gezwängt habe. Ich bekomme zwar den Hosenknopf zu, habe aber ein wenig Mühe zu atmen. Zu meiner Überraschung passt die Jacke wie angegossen. Dazu ziehe ich eine weiße Bluse an. Fertig! Ich sehe zwar aus wie die Empfangsdame eines Fünfsternehotels, aber für eine Vernissage halte ich das doch für angemessen. Die Entscheidung, mit welchen Klamotten ich mich in der Galerie präsentiere, ist gefallen.

„Das gibt es doch nicht!", sagt Jasmin und betrachtet mich von oben bis unten. „Hast du während des Sommercamps so viel abgenommen?"

Ich bin mir nicht sicher, ob es am Sommercamp gelegen hat. Allerdings empfand ich die tägliche Besteigung des Berges, um zu unseren Zelten zu gelangen, schon wie so eine Art Fitnesstraining. „Natürlich habe ich abgenommen!“, antworte ich mit gespieltem Selbstbewusstsein.

„Kann ich so gehen?“, fragt Mutter und steht im Türrahmen unseres Zimmers. Sie hat ein dunkelgrünes Kostüm an. Dazu trägt sie eine hellgrüne Bluse mit einem schmalen Goldrand am Kragen.

„Du siehst mega aus, Mama!“, rufe ich und meine es ehrlich. Aber noch wichtiger ist es mir, dass diese ewig andauernde Modenschau beendet ist.

„Oh Mama, ich finde dich auch sehr stylish“, lautet das Urteil meiner Schwester.

Kurze Zeit später scheint auch Jasmin das passende Kleidungsstück gefunden zu haben. Sie steckt in einem quittegelben, ziemlich kurzen Kleid. „Und was sagst du dazu?“, fragt mich meine Schwester und dreht sich um die eigene Achse.

„Wow, du siehst umwerfend aus! Übrigens, wir gehen zu einer Vernissage und nicht zur Miss-Moorstadt-Wahl.“

„Weiß ich selber!“, giftet Jasmin zurück.

Ich bin froh, dass Mutter und Jasmin doch noch die passende Kleidung gefunden haben, die sie heute Abend anziehen möchten. Mir scheint, sie fühlen sich wohl darin.

Um 17.30 Uhr stehen Mutter, Jasmin, ich und auch Whisky vor unserem Wohnblock und warten auf das Taxi. Unsere Mutter war der Meinung, dass wir uns zu so einem besonderen Anlass chauffieren lassen sollten. Ich wäre auch gelaufen. Die dunklen Wolken, die noch am Vormittag mit Regen drohten, haben sich verzogen. Jetzt scheint die Sonne am strahlend blauen Himmel.

Pünktlich hält das bestellte Taxi vor uns an. Der etwas dicke Fahrer zieht ein grimmiges Gesicht, als er geschnallt hat, dass auch ein Hund sein Fahrgast sein wird. Während der Fahrt redet niemand. Vor dem Stadtpark befindet sich ein großer Parkplatz. Mutter bezahlt und wir verlassen das Taxi. Bis zur *Galerie am Stadtpark*, müssen wir etliche Meter zu Fuß gehen. Schon aus einiger Entfernung sehe ich, dass zahlreich Menschen erschienen sind. Ich werde immer aufgeregter. Am liebsten würde ich wieder nach Hause gehen. Das ist natürlich Quatsch, denn eigentlich geht heute ein großer Wunsch von mir in Erfüllung.

„Na, Uli, bist du ein bisschen aufgeregt?“, fragt mich unsere Mutter.

„Bitte, lass mich mal kurz in Ruhe. Ich schwitze und meine Hände sind feucht. Bin mir nicht sicher, ob ich das überstehe.“

„Mir machen öffentliche Auftritte gar nichts aus!", sagt die Sternegreiferin unserer Familie. „Ich genieße das Rampenlicht!"

Jetzt dreht meine Schwester durch. Das einzige Rampenlicht, in dem sie sich jemals befunden hat, war das Licht der Neonleuchten in der Aula beim Schulchorjubiläum. Ich habe jedoch keine Lust, einen Kommentar abzugeben, kämpfe stattdessen vergeblich gegen meine Nervosität.

Endlich erreichen wir die Galerie. Der Erste, der mir entgegenkommt, ist der Kurator und Organisator der Vernissage, *meiner* Vernissage. Doch er kommt nicht zu mir, sondern steuert direkt auf Jasmin zu und fragt sie, ob alles seinen Gang gehe, so wie abgesprochen. Ich bin dem Wahnsinn nahe! Was haben der Schneider und Jasmin abgesprochen? Mir bleibt keine Zeit, darüber nachzudenken.

„Hallo Ulrike", begrüßt der Kurator nun auch mich. „Bist du ein bisschen aufgeregt oder eher total cool?"

„Können wir reingehen? Ich möchte meine Bilder noch einmal sehen, bevor ich vor Aufregung zusammenbreche."

„So schlimm wird es schon nicht werden!", prognostiziert Herr Schneider. Er begrüßt meine Mutter und fragt sie, ob der Hund, den wir dabei haben, jener Hund ist, der noch vor einer Woche Willy Schuster gehört habe. Mutter beantwortet seine Frage und wir können endlich in die Galerie gehen.

Der Ausstellungsraum, der keine Fenster hat, liegt im gedämpften Licht. Ich sehe mich um und entdecke, dass alle meine Zeichnungen von Lämpchen, die über ihnen angebracht sind, angestrahlt werden. Warum steht an der schmalen Stirnseite, direkt unter meinem Bild, das Willy zeigt, ein Mikrofonständer? Ich soll doch hoffentlich nichts sagen! Neben dem Mikro ist ein Tisch mit einer kleinen Musikanlage. Ich habe keine Ahnung, was hier heute abgeht! In dem Ausstellungsraum gibt es etliche Stehtische, um die sich schon einige Leute versammelt haben. Auf diesen Tischen stehen kleine Sektflaschen, Limonaden und Säfte und die dazugehörigen Gläser.

Einige der anwesenden Gäste kenne ich. Es sind aber auch Menschen anwesend, die ich noch nie in meinem Leben zu Gesicht bekommen habe. Jasmin läuft kichernd zu ihren Freundinnen Sofie, Denise und Ella. Ich bin überrascht, dass sie sich diesen Abend nicht entgehen lassen wollen.

Plötzlich kommt mein Freund Adrian auf mich zu. „Wow, ich habe eine berühmte Freundin!", sagt er und klopft mir gegen meinen linken Oberarm.

„Schön, dass du gekommen bist. Wenn du wüsstest, wie aufgeregt ich bin!"

„Du wirst es überleben!", versucht er mir Mut zu machen, „Genieße den Abend, genieße deine erste Ausstellungseröffnung. Ich werde erst einmal etwas trinken!", sagt Adrian und lässt mich stehen.

Ich freue mich, dass mein bester Freund erschienen ist. Wir hatten, seit ich aus dem Sommercamp zurückgekommen bin, noch keinen Kontakt. Adrian hatte mir aber vor ein paar Tagen geschrieben, dass er erst am Freitag von seinen Großeltern zurückkäme. Das war gestern. Ich hatte keine Lust, ihm zu schreiben, was sich in der letzten Zeit alles ereignet hat. Das will ich ihm doch lieber persönlich erzählen. Von Marvin ist nichts zu sehen. Ich würde es sehr bedauern, wenn er nicht käme.

Bald begrüßen mich auch andere Bekannte. So die Chorleiterin unserer Schule Frau Rentsch. Frau Schmidt aus unserem Haus hat ihren Chihuahua mitgebracht. Sogar unsere Klassenschönste und Oberstreberin Melissa ist gekommen. Bei ihr vermute ich, dass es reine Neugier ist. Im Vorbeigehen gratuliert mir sogar unsere Klassenlehrerin Frau Hippler. Sie wünscht mir viel Spaß. Ich bedanke mich bei ihr. Eins haben auch alle anderen Bekannten getan, sogar Melissa – sie haben mir viel Glück, Erfolg und einen schönen Abend gewünscht. Darüber freue ich mich sehr.

Während Jasmin mit Whisky bei ihren Freundinnen ist, steht Mutter allein an einem dieser Tische. Sie hat sich ein Gläschen Sekt eingegossen und lässt ihren Blick zu meinen Zeichnungen schweifen. Ich beschließe, mich zu ihr zu stellen.

„Ich bin so stolz auf dich, Uli!", sagt Mutter, als ich neben ihr stehe. „Jetzt bin auch ich davon überzeugt, dass meine beiden Töchter mal nach den Sternen greifen werden. Es ist sehr schön hier und ich finde es toll, wie gut deine Zeichnungen präsentiert werden."

„Danke, Mama!", sage ich und gieße mir in ein Glas etwas Himbeerlimonade.

Plötzlich tritt Herr Schneider ans Mikrofon und sagt: „Liebe Gäste, darf ich um etwas Ruhe bitten!" Es wird mucksmäuschenstill. Der Kurator trinkt einen Schluck Wasser und setzt seine Rede fort. „Ich begrüße Sie alle auf das Herzlichste. Vor allem unsere Ulrike Brandt, ohne die es keinen Grund gegeben hätte, sich heute hier zu versammeln. Ich begrüße auch ganz herzlich ihre Familie und Frau Merz von der Lokalzeitung, die einen Artikel über diese Vernissage schreiben wird. Lange Rede, kurzer

Sinn, ich bitte unsere liebe Uli zu mir zu kommen, um ein paar Wort an Sie zu richten!"

Mir wird schlecht und ich denke, dass ich mich verhört habe. „Was soll ich nur sagen?", frage ich mich. Zum Glück ist der Raum nicht hell erleuchtet und niemand kann sehen, wie sich mein Gesicht tomatenrot verfärbt.

„Nun geh schon!", fordert mich Mutter auf.

Langsam bewege ich mich zum Mikrofon. Ich habe das Gefühl, gleich umzufallen. Alle Blicke sind auf mich gerichtet. Ich atme noch einmal tief durch, bevor ich sage: „Liebe Gäste, ich freue mich sehr, dass Sie heute zu meiner Vernissage gekommen sind!" Mein Mund ist staubtrocken und ich schwitze. „Ich zeichne schon seit einigen Jahren und hätte nie daran geglaubt, einmal meine Zeichnungen in einer Ausstellung zu sehen. Dass es so gekommen ist, ist vor allem der Verdienst von Willy Schuster, der leider vor einer Woche gestorben ist. Er hat immer an mich geglaubt und mich sehr unterstützt. Ihm und dem Kurator Herrn Schneider gehört mein größter Dank!" Ich sehe zu den anwesenden Gästen und erkenne, dass Marvin gekommen ist. Er lächelt und hebt einen Daumen. „Ich wünsche Ihnen allen einen wunderschönen Abend!"

Beifall setzt ein. Ich will zurück zu meiner Mutter, aber Herr Schneider hält mich am Arm zurück. Er lächelt, tritt ans Mikro und sagt: „Nun folgt noch ein ganz besonderer Höhepunkt. Jasmin, darf ich dich zu mir bitten?"

Meine Schwester schickt mir ihr süßestes Lächeln und kommt zu uns ans Mikrofon. Herr Schneider geht an die kleine Musikbox, schaltet daran herum, während meine Schwester sich in Position bringt.

Ich vermute, gleich wird meine Schwester wieder das *Heidenröslein* zum Besten geben. Doch aus der Musikanlage ertönt eine andere Melodie.

„Für meine liebe Schwester!", sagt Jasmin und beginnt, eines meiner Lieblingslieder zu singen: *Träume nicht dein Leben, die Zukunft lacht dir zu!'* Mir kommen die Tränen. Damit habe ich nicht gerechnet. Meine Schwester hat das Lied zu Ende gesungen und wieder gibt es Beifall. Herr Schneider bedankt sich bei Jasmin und wünscht allen Gästen noch einmal einen schönen Abend. Jasmin drückt mich und sagt, wie sehr sie sich für mich freue, dass ich eine eigene Ausstellung habe. Ich bedanke mich bei ihr und bin irgendwie gerührt. Jasmin hat sich wirklich verändert. Wir mischen uns wieder unter die Leute.

Als ich an meiner Mutter vorbeigehe auf dem Weg zu Marvin, sagt sie, dass ich eine tolle Rede gehalten hätte. Ich danke ihr und steuer auf meinen Freund zu.

„Du bist unglaublich!", sagt er und umarmt mich. „Ich sehe zum ersten Mal deine Zeichnungen und bin total begeistert."

„Danke, lieber Marvin. Ich bin so froh, dass du gekommen bist!" Ich gebe ihm ein Küsschen auf seine Wange. Zusammen gehen wir an den Tisch, an dem meine Mutter steht. Ich stelle Marvin meine Mutter – und ihr meinen Freund – vor. Mutter strahlt, wie ich sie schon lange nicht gesehen habe. Marvin bittet mich, ihm meine Zeichnungen zu erklären. Ich sage meiner Mutter, dass Marvin und ich sie kurz allein lassen.

„Geht nur!", meint sie und nimmt einen Schluck Sekt zu sich.

Mein Freund und ich haben uns schon einige meiner Zeichnungen angesehen und stehen jetzt vor dem Bild mit der Rose, die aus einem Stein wächst. „Der Titel *Hoffnung* passt super!", sagt Marvin.

„Entschuldigung", spricht mich plötzlich ein Mann an, den ich auf 50 Jahre schätze und noch nie zuvor gesehen habe. „Ich habe großes Interesse, diese Zeichnung käuflich zu erwerben! Natürlich erst, wenn die Ausstellung in drei Wochen beendet sein wird. Wie viel möchten Sie für diese Zeichnung haben?"

Mir verschlägt es für einen Moment die Sprache. Bis jetzt habe ich mir noch nie Gedanken darüber gemacht, ob ich meine Zeichnungen verkaufen möchte. Bevor ich alle Zeichnungen Willy gab, habe ich sie abfotografiert und auf meinem Laptop abgespeichert. Also könnte ich sie mir jederzeit ausdrucken, wenn es dazu kommt und ich die eine oder andere Zeichnung verkaufe.

„Was bieten Sie denn?", mischt sich Marvin ein.

„Ich dachte an 400 Euro. Ist das in Ordnung?"

Mir wird schwindlig! So viel Geld für eine Zeichnung von mir! Unfassbar!

„Da haben Sie kein Glück!", entgegnet mein Freund.

„Ich werde hier anscheinend nicht gefragt", denke ich und spüre, wie sich Schweißtröpfchen auf meiner Stirn bilden.

„Warum habe ich mit diesem Betrag kein Glück?", fragt der Mann und wirkt überrascht.

„Ihre Frage kann ich beantworten!", sagt Marvin. „Ich habe vor ein paar Minuten 500 Euro geboten."

Ich glaube, Marvin spinnt. Ich wäre über 400 Euro glücklich gewesen. Was, wenn der Mann diese Summe nicht überbietet und uns stehen lässt? Der Mann zupft sich an seinem Kinn und es scheint, als überlege er. „Ich gebe der jungen Künstlerin 550 Euro für die Zeichnung. Das ist aber mein letztes Angebot!"

„Da kann ich nicht mithalten!", erwidert Marvin und zieht ein Gesicht, als ob es ihm leidtäte, die Zeichnung nicht erwerben zu können.

„Nun, junge Frau", wendet sich der Mann an mich. „Sind Sie einverstanden?"

Ich weiß gar nicht, was ich sagen soll, und kann es nicht fassen, dass jemand bereit ist, so viel Geld für eine meiner Zeichnungen auszugeben. Es dauert ein paar Sekunden, bevor ich in der Lage bin, klar zu denken und zu antworten. „Okay, ich bin einverstanden!", sage ich dann.

„Das freut mich! Ihre Zeichnung ist wunderschön und durch das Schummern wirkt sie fast dreidimensional. Ich bin begeistert!" Dieser mir unbekannte Mann zückt sein Portemonnaie und reicht mir die vereinbarten Geldscheine. Ich bedanke mich und bin immer noch fassungslos! So viel Geld für meine erste verkaufte Zeichnung! Der Mann holt aus seinem Jackett einen Rechnungsblock und füllt das oberste Blatt aus. Somit sind der Verkauf meines Bildes und die Tatsache, dass ich die aufgeführte Summe erhalten habe, bestätigt. Gemeinsam mit ihm gehen Marvin und ich zu Herrn Schneider. Wir informieren ihn, dass dieser Herr die Zeichnung *Hoffnung* nach dem Ende der Ausstellung erhält. Der Käufer meiner Zeichnung verabschiedet sich und verlässt die Ausstellung.

Herr Schneider sieht mich an, klopft mir auf die Schulter und beglückwünscht mich. „Ach, Ulrike, ich habe auch noch einen Wunsch …", fügt er hinzu. Ich bin gespannt, was jetzt noch kommt. „Wenn die Ausstellung beendet ist, möchte ich gern das Bild von Willy behalten. Würdest du es mir verkaufen?"

Was ist das für ein verrückter Tag! Ich überlege kurz, bevor ich sage: „Gut, Herr Schneider, ich verkaufe es Ihnen. Sie haben schließlich so viel für mich getan. Nie hätte ich gedacht, so schnell eine eigene Ausstellung zu bekommen. Wie viel würden Sie denn mir dafür geben wollen?"

„Ich gebe dir in drei Wochen sechshundert Euro. Das ist mir deine Zeichnung wert. Außerdem ist darauf mein langjähriger Freund Willy zu sehen. Ich werde das Bild über meine Leseecke hängen und mich daran erfreuen, wenn ich nicht mehr arbeiten gehen muss." Wir reichen uns die

Hand und damit ist auch der Verkauf meiner zweiten Zeichnung perfekt. Marvin und ich gehen wieder zu meiner Mutter, die noch immer an ihrem Tisch steht. Wenig später gesellt sich auch Jasmin mit Whisky dazu. Ihre Freundinnen sind bereits gegangen.

„Ist das nicht ein toller, erfolgreicher Tag für dich?“, fragt mich mein Freund.

„Der erste Kauf hätte schief gehen können!“, gebe ich zu bedenken. „Dieser Mann hätte auch abspringen können. Über 400 Euro wäre ich glücklich gewesen. Da es durch deine Initiative aber deutlich mehr geworden ist, lade ich dich morgen Nachmittag zum Eisessen oder etwas anderem deiner Wahl gerne ein.“ Marvin zwinkert mir zu und streichelt mir über meinen Kopf.

„Kann mich mal jemand aufklären, was hier los ist“, bittet Mutter. „Und was wollte der Mann von dir und um was ging es dann noch beim Kurator?“ Ich erzähle alles haarklein und lasse nichts aus. Auch das Geld verschweige ich nicht, dass ich für die Zeichnungen erhalte.

Mutter kommen die Tränen und meiner Schwester steht der Mund offen. „Was habe ich für zwei tolle Mädels. Ich bin so stolz auf die beiden.“ Zu viert reden wir noch ein bisschen. Plötzlich sagt Mutter, dass sie nun ein Taxi rufen wird und wir nach Hause fahren sollten. Ich verabschiede mich noch von Herrn Schneider und bedanke mich für die sehr gelungene Ausstellungseröffnung.

Adrian kommt auf mich zu und sagt: „Das war eine tolle Vernissage! In den kommenden Tagen musst du mir erzählen, wie es überhaupt dazu gekommen ist. Ach, und bevor ich es vergesse, ich möchte wissen, wer der coole Typ ist, der nicht von deiner Seite weicht!“ Ich verspreche es und drücke meinen besten Freund zum Abschied.

Vor der Galerie stehen Mutter, Jasmin mit Whisky und Marvin. Sie warten auf mich. Gemeinsam verlassen wir den Stadtpark und hoffen, dass das Taxi bald auf dem Parkplatz erscheint.

Das Taxi kommt nach wenigen Minuten. Marvin verabschiedet sich von Mutter und von Jasmin mit einem herzlichen Handschlag. Als er sich von mir verabschiedet, zieht er mich dicht an sich heran und küsst mich. Es ist der erste Kuss, bei dem sich unsere Zungen berühren. Ich schwebe. Bevor ich in das Taxi steige, vereinbaren wir noch, uns morgen wieder am Café am Markt um 15 Uhr zu treffen.

Eineinhalb Stunden später liegen Jasmin und ich in unseren Betten und Whisky in seinem Körbchen.

„Dein Marvin sieht mega aus!“, sagt Jasmin. „Hätte ich dir nicht zugetraut. Ich werde wohl ewig Single bleiben! Gute Nacht!“ Ich reagiere nicht auf ihre Bemerkung wegen Marvin, wünsche ihr aber auch eine gute Nacht.

Noch lange liege ich wach. Ich bin von den vielen Eindrücken des Tages geplättet. Endlich haben meine Familie, meine Freunde und Bekannte zur Kenntnis nehmen müssen, dass ich es ernst meine mit dem Zeichnen. Endlich gehöre ich auch zu den Menschen, die nach den Sternen greifen können. Vielleicht ist es das Wichtigste, dass man an sich selbst glaubt und Vertrauen und Hoffnung hat in das, was man tut. Egal, was andere denken oder welche Meinung sie haben, wer ein Ziel für sich erkoren hat, sollte daran festhalten und alles dafür tun, um es zu erreichen!

Ich denke, meine Zeit mit den häufigen Griffen ins Klo ist vorüber.

Der Klodeckel bleibt geschlossen!

Für immer!

Der Autor

Peter Voigt wurde am 4. Dezember 1959 in Suhl geboren und ist in Oberhof aufgewachsen.

Nach einer Lehre als Dreher hat er ab 1982 als Lehrausbilder für Zerspanungsfacharbeiter und später wieder als Dreher gearbeitet. 1998 erfolgte eine Umschulung zum Mediengestalter, seit 2006 arbeitete er in einem CD-Werk, heute ist er Rentner.

Peter Voigt lebt heute wieder in Suhl.

Danke
Hiermit möchte ich mich herzlich für die gute Zusammenarbeit bei Susanne Borkmann bedanken! Sie hat mir hilfreiche Tipps und wichtige inhaltliche Hinweise gegeben.

Peter Voigt

Seine Bücher

Informationen zum Autor und seinen Büchern finden Sie auf der Verlagsseite unter **www.papierfresserchen.eu**

Printed in Poland
by Amazon Fulfillment
Poland Sp. z o.o., Wrocław